U0026428

渭南文集

四部備要

集部

中華書局據汲古閣本校刊

桐鄉 陸費逵 總勘
杭縣 高時顯 吳汝霖 輯校
杭縣 丁輔之 監造

渭南文集目錄

卷第七

珍倣宋版印

渭南文集卷第七

謝曾侍郎啓

結綬彈冠既過尋常之望懷鉛抱槧獲輸尺寸之長永言卵翼之恩忽焉涕淚之集伏念某讀書有限與世無緣吟梁甫於草廬倒天吳於短褐借助於金張許史既家世之不爲從事於米鹽簿書又生平之未學一昨奔馳薄宦流落殊方土風頓異於中州宿疾遽侵於壯歲食有蠹蝕之異醫無鍼石之良凜然懷性命之憂不暇計飢寒之迫毀車殺馬逝從此以徑歸賣劍買牛分餘生之永已豈謂始終之不棄俯憐緩急之誰投出泥塗而濯清風披泉扃而起白骨稱於天下曰知己顧豈在於他門雖使古人而復生亦難勝於此賜茲蓋伏遇某官盡心知性惟道集虛氣塞天地之間辭編詩書之策授業解惑務廣先師之傳揚善進賢用爲聖主之報廣則或至於雜恕則不

責其全是致庸虛亦汙題品然而仰觀明公之勇退每蹈前哲之難能超軼絕塵優游卒歲雖賢愚之甚遠顧師慕之敢志誓當力戒它岐益堅素守禍福有命豈其或置於胸中名節儻全是則不辱於門下終期末路可復斯言

刪定官供職謝啓

拔茅以征言處清流之末及瓜而往曾無累月之淹恩重如山感深至骨伏以刑措不用邈矣成康之隆法家者流肆於秦漢之際以吏爲師而先王之澤熄以律爲書而聖人之道微是以鄙夫深文而不知還儒者高談而靡適用惟我國家之制克合古今之宜置局而總以邇臣拔材而列之官屬必有遠關盛衰之法以授有司故非深達體要之人不預此選豈容懵甚亦在數中茲蓋伏遇某官學極誠明才全經緯道樞善應萬變不外於吾心仁風遠翔庶物悉陶於和氣矜憐墜緒收拾遺材致茲流落之餘被此生成

之賜某敢不討尋廢志激勵懦庸念彼三尺法安於哉要必通於古誼否則一獄吏所決耳尚奚取出諸生糞收毫髮之勞庶逃俯仰之媿

賀黃樞密啓

恭審顯膺制書進貳樞府威望之重宗社所憑天其相有求之圖日以冀中興之治竊以朝廷之政屬在帷幄之臣方無事之時雍容坐談則夫人而皆可應一旦之變酬酢曲當非有道者不能歷觀昔人蓋鮮全美王導之襟量而學不至德裕之術略而器未優故晉卒安於江東唐莫追於正觀有志之士太息於斯恭惟某官心正意誠任重道遠躬卓行於苟且自恕之俗推絕學於散缺不全之經凜然一家之言發乎千載之閟加之博極墳史得興亡治亂之由綜練典章識沿革始終之際氣足以懾姦慝明足以察忽微其在掖垣惟公議是達其侍經幄惟王道是陳果由師錫之同入總本兵之寄然而方時多故爲計實

難夷狄鴟張肆猖狂不遜之語邊障狼顧懷震擾弗
寧之心東有淮江之衝西有楚蜀之塞降附踵至人
心雖歸而强弱尚殊踊躍請行士氣雖揚而勝負未
決堅壁保境則曷慰后來之望闢國復土則又有兵
連之虞竊惟明公素已處此某頃聯官屬獲侍燕居
每妄發其戇愚輒誤蒙於許可雖輟食竊憂於謀夏
而荷戈莫効於防秋敢誓糜捐以待驅策

除編脩官謝丞相啓

揆才無似得祿已優不知何取於聖時顧使輒塵於
清選既難稱塞但有慚惶伏念某學術空疏文詞朴
拙頃遊場屋未能絕出於原夫久返山林但欲追酬
於欵乃至於手編簡冊身綴鵷鸞豈惟忘魏闕之心
固已息邯鄲之夢敢圖一旦輒越稠人與聞國典之
權輿猥備樞廷之掾史此蓋伏遇某官斯民先覺盛
世元臣亮天以格物之誠化俗用修身之道雖江海
至廣固無待於細流念燕雀兼容亦何傷於大厦故

令濫進以廣旁求然而某天賦甚窮自量尤審層臺起於累土雖深知獎拔之心浮屠成於合尖冀終遂迂愚之分敢忘惕勵用對陶成

謝參政啓

揆才無似得祿已優不知何取於聖時顧使輒塵於清選旣難稱塞但有慚惶伏念某至拙無能下愚不肖分章析句於蓬樞甕牖之下學但慕於俚儒娛憂紓悲於山巓水涯之旁文不供於世用比坐啼號之迫浪爲衣食之謀投擲無緣強顏可笑橘踰淮而爲枳竊自慨然泥出井而作塵望胡及此手編簡冊身綴鵷鸞筆研重尋氛埃一洗茲蓋伏遇某官至仁無間大德有容文兼衆作而不以窮人識高一代而樂於成物雖江海至廣本無待於細流念燕雀兼容亦何傷於大廈致茲久困遂得少通然而某天賦甚窮自量尤審層臺起於累土雖深知獎拔之心浮圖成於合尖冀終遂迂愚之分敢忘惕勵用對陶成

謝賜出身啓

明廷錫對晨趨甲帳之嚴親札疏恩莫拜丙科之寵感深涕隕媿極汗流竊以國家取士之方固非一路學者進身之始又惡多岐故祖宗非私於俊造之科而公卿罕出於選舉之外至膺特詔尤號異人頌詩足以配絃歌則梅堯臣出於皇祐文章足以垂竹帛則王安國起於熙寧或友朋借譽而不以爲私或兄弟當塗而莫之或議厥繇至當故可無慙如某者才樸拙而無奇學迂疎而寡要自悲薄命久擯名場敢謂一朝遂叨賜第門外之袍立鵠恍記少時詔中之字如鴉猶疑夢事茲蓋伏遇某官股肱王室領袖儒林以謂設一目之羅蓋非得爵之道至於售千金之骨抑明市駿之心寧借妄庸以風四方不忍拘攣而廢一士某敢不討尋舊學企慕前修儒者之弊勞而無功誓少求於實效聖君所行卽是故事將時得於遺材敢仰賀公道之興非獨敘私情之謝

舍人賀賜第啓

比對明廷猥塵特舉兩章控避莫回天地之恩一紙來臨復拜友朋之賜未知稱塞積有慚惶伏念某才本迂疎識尤淺暗頃遊場屋首犯貴權既憎糠播之偶前復惡瓦樞之輒巧訟劉蕡之下第空辱公言與李賀而爭名幾成奇禍敢期末路復齒清流晨趨甲帳之嚴莫拜丙科之寵此蓋伏遇某官學窮游夏文媲卿雲槐花黃而並遊每記帝城之舊荔子丹而共醉未忘閩嶺之歡特假溢言俾膺異選千名記佛雖叨學者之光榮一日看花寧復少年之意氣但懷感佩未易敷陳

賀張都督啓

恭審誕膺冊書首冠樞府運籌決帷幄之勝遂定廟謨假鉞督中外之軍仍專閫寄傳聞所逮欣抃惟均恭惟某官降命應期自天生德許國本事親之孝化民用克己之仁早際聖神偏居將相書虞淵取日之

績恍若古人詠東山零雨之詩適當初政屬邊烽之
尙警頃幕府之親臨元黃之篚爭歸赤白之囊幾息
果洊膺於徽數用卒究於宏規仰惟列聖之恩實被
中原之俗耕田鑿井舉皆涵養之餘寸地尺天莫匪
照臨之舊豈無必取之長算要在熟講而緩行顧非
明公誰任斯事不惟衆人引頸以歸責固亦當宁虛
心而仰成某獲預執鞭欣聞出綍斗以南仁傑而已
知德望之素尊陝以東周公主之宜勳名之益大雖
不敢紀殊尤於竹帛尚或能被一二於弦歌冒瀆之
深震惶無措

問候洪總領啓

借勢於王公大人夙懷志願侍坐於先生長者適有
夤緣仰偉度之兼容撫孤蹤而知幸伏念某至愚不
肖甚拙無能一官初迫於飢寒百慮更成於疾疢綴
鴛鷺會朝之列自傷鵷鶴之摧頹望魚龍變化之塗
獨類寒龜之藏縮比求祠廟歸掃丘墳猶出佐於近

藩實大踰於素望始終徼倖進退慚惶恭惟某官材擅國華德推世美崇論竑議質諸鬼神而不疑大冊高文編之詩書而無愧歷風波竝起之嶮挺金石可開之誠雍容囘翔而愈高康濟之資排擯斥疏而彌積邇遐之望天將降於大任上惟圖於舊人荷從橐於西清方俟論思之益擁使旜於北固猶煩道德之威某竊覬須臾欽承約束快威鳳景星之覩幸孰過焉辱高山流水之知儻其自此

畣鈐轄啓

列屬樞廷自不安於清選佐州京峴猶誤被於明恩方修候問之恭已拜緘縢之賜情文甚寵感愧兼深伏惟某官胄出山西書傳圯上綠沉金鎖雖勇略之無前緩帶輕裘亦風流而自命兹膺帝眷暫總兵符遂容顚頷之餘獲廁遊從之末春容方麗戎幕多閑冀加衛於寢興用大符於頌禱

問候葉通判啓

列屬樞廷自不安於清選佐州京峴猶誤被於明恩敢謂窮途獲覯耆德恭惟某官性資直諒學術淵源愷悌宜民固已高於治績忠誠許國曾未究於遠猷行膺召節之嚴趣上禁途之峻雖仰觀翔翥鳳凰方覽於德輝然猶幸須臾虎鼠同稱於相屬春容方麗燕寢多閑冀調與止之宜用副傾依之素

答吴提宮啓

伏蒙講修拜禮惠示函書溫乎其容若加親粲然有文以相接雖快景星之覩終慙明月之投伏惟某官華國英材通家舊好未嘗少貶於公卿勢位之地顧乃獨厚於江湖顦悴之人賣劍買牛念卽歸於農畝棄車戴笠尚永記於交盟

賀葉提刑啓

伏審顯奉璽書改臨畿服坐於廟朝而施利澤雖尚鬱於遠猷送以禮樂而有光華實寖隆於睿眷傳聞之始開慰實深恭惟某官學造宮庭行尊防範閎識

兩朝之望高文百世之師入踐掖垣有斧藻聖謨之益出乘使傳有宣道王意之勞周旋百爲終始一節鳳凰之翔千仞雖瞻仰詠歎之實同虎豹之守九關終排擯斥疎而莫進竊惟大任之降將啓非常之元必使備歷於阻難所以終成其器業今者承邊鄙宿兵之後加夏秋積潦之餘疾癘相熏流逋未止憂軫上煩於宵旰撫摩方屬於忠賢伏聞親奉尺一之書下慰億兆之望坐席未暖握節遽行蓋將訪災沴之由施寬平之政挈之溝壑之內厝諸衽席之安老稚聚觀感涕相屬迨及嘉猷之告宜膺共政之求某久去門墻寖疎牋牘摳衣函丈每懷問道之誠負弩前驅卽下望塵之拜其爲欣抃未易敷陳

賀呂知府啓

恭審光膺中詔洊畀左符協於師言出自上意凡在部封之內舉同抃舞之情恭惟某官襟量恢閎文辭卓偉飛書走檄名早震於華夷仗節擁旄功每書於

竹帛比屬邊烽之靜力辭宮鑰之嚴雖北闕之書至於屢上然東山之志寧許遽從果被睿知復膺重寄仁風穆若方同比屋之春威望凜然先破巨奸之膽某自欣末路得附餘光不汝疵瑕固荷包荒之度令公喜怒敢招越分之尤惟殫惕勵之誠用對眷知之好

上陳安撫啓

佐州北固麥甫及於再嘗易地南昌瓜未期而先代雖千里困奔馳之役幸一官託覆護之私伏念某孤學背時褊心忤物方牽聯而少進已恐懼而遽歸偶充振鷺之廷自知非稱不失屠羊之肆其又奚言比自列於私嫌遂再汙於除目始終儌倖俯仰慙惶恭惟某官道極誠明器函康濟閎識兩朝之望高名百世之師經術淵源造大學中庸之妙文章簡古在先秦兩漢之間久以臺省之英出試蕃宣之績雖弗容而君子乃見公初無欣戚之殊然必進而朝廷始尊

國實繫安危之重佇聞休命大慰衆心某再掃餘塵增光末路顧才能之有限加疾疢之未平先生琴瑟書册在前願卒門人之業小子洒掃應對則可敢睎别駕之功

上史運使啓

佐州北固麥南及於再嘗地易南昌瓜未期而先代雖千里困道途之役幸一官在部封之中伏念某學本小知器非遠用昨侵尋於薄宦偶比數於諸公除目雖頻不出百僚之底駭機忽發首居一綱之中謂宜永放於窮閻猶得出丞於近郡復緣私請更冒明恩超超空凡馬之羣實非能辦默默反屠羊之肆其又奚言僥倖非常慚惶莫諭恭惟某官英姿山立大度淵渟不媿於天而不怍於人卓矣誠身之學有考於前而有驗於後大哉致主之言顧自信之甚明雖不容而何病使事有指姑少試於澄清治具畢張要終煩於經濟某小舟已具漫刺將前雖多病懷歸徒

費噓枯之力然至仁逮下實寬東溼之憂

渭南文集卷第七

渭南文集目錄

卷第八

渭南文集卷第八

賀發解進士啓

都騎來臨方快景星之先覩雄文授贄更慙明月之暗投藏去爲榮幸甚過望伏惟解元先輩材高衆雋學富三餘將鴻漸於天廷姑龍驤於學海豈圖羈宦適與榮觀萬里摶風莫測雲程之遠一第溜子行聞桂籍之傳欣佩兼懷敷宣罔既

賀廖主簿發解啓

都騎來臨方快景星之先覩雄文授贄更慙明月之暗投藏去爲榮幸甚過望伏惟某官文高藝圃行著鄉評雖數奇如李廣之封猶强飯有廉頗之志賈勇千人之敵策勳百戰之餘豈意羈遊與觀盛事故將軍羨妄校尉知久鬱於壯圖新天子用老舍人宜卽膺於顯擢其爲贊喜莫究占言

上二府乞宮祠啓

白首而困下吏久安佐郡之卑黃冠而歸故鄉輒冀奉祠之樂特廊廟弁容之度忘江湖遠屛之蹤敬布忱誠仰干造化伏念某讀書有限與世無緣歲月供簿領之勞衣食奪山林之志拊心自悼顧影知慙儻少逭於飢寒誓永投於閑散頃以牽聯而少進惕然恐懼而弗寧亟辭振鷺之廷徑返屠羊之肆優游食足敢陳楚些之窮衰疾土思但抱越吟之苦伏望某官因材授任與物爲春察其愚無所能乏細木侏儒之用哀其窮不自活捐太倉紅腐之餘特假閑官使安晚節棄寶憲如孤雛死鼠寧足矜憐譬杜牧以白骨遊魂少加恤養某謹當收身末路沒齒窮山玩仙聖之微言樂唐虞之盛化杜門掃軌固莫望於功名卻粒茹芝冀麤成於道術雖無以報猶不辱知

賀吏部陳侍郎啓

恭審顯膺帝睠進貳天官成命甫行羣情交慶若用人每皆如此則公論寧復間然竊以自昔撫運而有

邦孰不好賢而願治然賢能之進常齟齬而不合治安之會亦稀闊而難遭京房事漢則見謂小忠孔子去魯則自以微罪有志之士太息於斯方今主上嗣無疆之慶基恢有爲之遠略思求人傑俾代天工當鑽歎無蕭曹共傳斯訓恥君不及堯舜今得其人采四海之公言寘六卿之要地將期共政以責奮庸恭惟某官道大而氣剛才全而業鉅方登臺閣則已挺然稱輔相之器及試岳牧則又卓爾著藩垣之勞福及京師名震天下使能少貶久已趣還顧乃周旋四鎮之間淹歷五年之久積排擯斥踈而莫置殆艱難險阻之備更道之將興理不輕畀豈惟論思獻納陳萬世之策遂將經綸康濟致三代之隆某早出門墻晩依幕府誨言在耳盛德銘心篤下澤之車雖已安於微分磨浯溪之石尚擬頌於中興

賀莆陽陳右相啓

恭審廷颺大號位冠羣公識者咨嗟益信道行之有

命聞而興起共知天定之勝人某嘗因故老之言竊考昭陵之治乾坤大度固兼容而罔間日月之照實無隱而弗臨小人雖有倖進而善類常多詖論亦或抵巇而公議終勝故士氣屢折而復振邦朋既久而自消諤諤昌言天下誦道輔仲淹之直巍巍成績史臣書韓琦富弼之賢固嘗端拜於遺風豈意親逢於盛日恭惟某官名蓋當代材高古人瑰偉之器足以遺大而投艱精微之學足以任重而道遠方孤論折羣邪之鋭蓋一身爲衆正之宗徇國忘家惟天知我論去草者絶其本宜無失於事機及驅龍而放之菹果不動於聲氣卓矣回天之力孰曰拔山之難積此茂勛降時大任豈獨明公視嘉祐之良弼初無間然亦惟聖主享仁祖之治功殆其自此某孤遠一介違離累年登李膺之舟恍如昨夢遊公孫之閣尚覬茲時敢誓糜捐以待驅策

謝王宣撫啓

杜門自屏誤膺物色之求開府有嚴更辱招延之指銜恩刻骨流涕交頤伏念某獨學寡聞倦遊不遂瀾飜誦說愧口耳之徒勞跌宕文辭顧雕蟲而自笑頃預朋來之列適逢聖作之辰玉音親錫於儒科奎翰特嘉於樸學曾未乾於詔墨已亟遠於周行病骨支離邅塗顛沛駑馬空思於十駕沉舟坐閱於千帆方所向而輒窮已分甘於永棄侵尋末路邂逅賞音招之於衆人鄙遠之餘挈之於半世奇窮之後夫富貴外物唯事賢可謂至榮父子雖親然相知猶或不盡曾是疏遠至孤之迹又無瓌奇可喜之能不知何由坐竊殊遇稱於天下曰知己誰或間然雖使古人而復生未易當此此蓋伏遇某官民之先覺國之宗臣精義探繫表之微英辭鼓海內之動至誠貫日踐危機而志意愈堅屹立如山決大事而喜慍不見雖裴相請行於淮右然蕭公宜在於關中姑訖外庸即登魁柄凡一時之薦寵極多士之光華豈謂迂疎亦加

采錄某敢不急裴侯命碎首為期運筆颯颯而草軍書才雖盡矣持被刺刺而語婢子心亦鄙之尚力著於微勞庶少伸於壯志

通判夔州謝政府啓

貧不自支食粥已踰於數月幸非望及彈冠忽佐於名州孰知罪戾之餘猶在憫憐之數銜恩曷報撫己知慙伏念某少也畸人長而獨學好莊周齊物之說樂以忘憂讀嵇康養生之篇慨然有志秉心不固涉世寖深兒女忽其滿前藜藿至於併日屢求吏隱冀代躬耕亦嘗辱記其姓名固欲稍畀之衣食費元化密移之力不知幾何悼孤生一飽之艱迺至如此卒叨薄祿實謂殊私此蓋伏遇某官黼黻帝猷權衡國論開公孫之東閣共欣多士之彙征解晏子之左驂不忍一夫之獨廢召來和氣力致隆平惟是魚復之故城雖號烏蠻之絕塞乃如別駕實類閑官況憚憚方起於徒中宜凜凜過虞於意外固弗敢視馬曹而

不問亦每當占紙尾而謹書豈有功勞能自表見念昔竝遊於英俊頗嘗抒思於文辭旣嗟氣力之甚卑復恨見聞之不廣今將窮江湖萬里之嶮歷吳楚舊都之雄山巔水涯極詭異之觀廢宮故墟弔興廢之迹動心忍性庶幾或進於豪分娛憂紓悲亦當勉見於言語儻麤傳於後世猶少畣於深知過此以還未知所措

謝洪丞相啓

薄技効官曾是青袍之朝士明恩起廢更爲朱綬之山人雖莫與於鴻鈞猶竊陶於盛化敢修尺牘敬布寸心伏念某承學孤生輟耕漫仕頃輸勞於鉛槧嘗廁迹於紳緌再歲京華每有鳧雁少多之歎一時士類或爲草木臭味之同因遭衆口之鑠金孰信淡交之如水訖由寬貸得遂退藏幸未抵於投荒乃復污於除吏茲蓋伏遇某官應期降命同德格天以淵源之學潤色皇猷以直大之氣折衝世變彝鼎方書於

偉績濤瀾忽起於畏塗際嘉會之風雲將開平治畀凶人於豺虎亟正讒誣乃顧近藩暫勞臥護鋤耰競勸流逋已見於四歸弦誦相聞風俗殆期於一變俯念編氓之賤嘗居部吏之閑假之餘光使不終廢而某自安隱約久困沉縣和堯民擊壤之歌徒欣末路刻唐士齊天之頌尚俟他時

上王宣撫啓

薄命邅回阻竝遊於簪履丹誠精確猶結戀於門墻敢辭蹈萬死於不測之途所冀明寸心於受知之地伏念某稟資凡陋承學空疎雖肝膽輪囷常慕昔賢之大節洒迺齒牙零落猶爲天下之窮人撫劍悲歌臨書浩歎每感歲時之易失不知涕泗之橫流昨屬元臣暫臨西鄙獲厠油幕衆賢之後實輕玉關萬里之行奮厲欲前駑馬方思於十駕羈窮未憖沉舟又閱於千帆傷弱植之易搖悼鴻鈞之難報心危欲折髮白無餘如輸勞効命之有期顧隕首穴胸而何憾茲

從剡曲來次夔關雖未覘於光躔巳少紓於志願此蓋伏遇某官應期降命生德自天器宇魁閎鍾太行黃河溫厚之氣文章鉅麗有慶曆嘉祐太平之風取人不棄於小材論事每全於大體念茲虛薄奚足矜憐然遭遇異知業已被扆前之薦使走趨遠郡豈不爲門下之羞儻囘曩昔之恩俾叨分寸之進窮子見父可量悲喜之懷白骨成人盡出生全之賜過此以往未知所裁

謝晁運使啓 救火後發舉狀

事出權宜弗及先言而後救恩加慰藉乃煩竝蓄而兼收甫定驚魂已橫感涕伏念某灰心賤士焦尾餘生學纔比於聚螢智莫階於束縕偶緣羈宦獲託餘光別駕治中已負曠瘝之責祝融囘祿更慙備禦之疎方炎官熱屬之鼎來實杯水輿薪之弗救煙埃蔽日綆缶交塗鬱攸遽駭於黔廬倉卒僅知於顧府焦頭爛額本資衆力之同露蓋暴衣至屈使華之重惟

當治罪寧可論功此蓋伏遇某官造道精深宅心誠敬曲記熒熒之迹特收赫赫之威憐巢燕之幾焚脫池魚於必死弗用玉瓚方勤人事之修等與牛車俾離火宅之怖某敢不仰思難稱俯愧無勞深念客言更謹徙薪之戒廣儲水器嘗如濡幞之時過此以還未知所措

謝夔路監司列薦啓

意象纍然揣分方安於下吏寵光異甚交章遽上於公車莫測何由但知難稱伏念某久嬰瞀病見謂散材偶從諸老先生之遊麤得前言往行之略可咨今事少年誤竊於虛名力洗陳言晚節方慙於大學一來楚破再閱王春惟體重於藩方故職均於曹掾占名惟謹幸逃有蟹之嘲竊祿甚微屢起無魚之歎豈期僉論驟及孤蹤遂令枯槁之餘漸有敷榮之望此蓋伏遇某官器函魁磊議極崇竑雖持秋霜夏日之嚴每廓滄海洪河之量大呼相和或容醉吏之狂重

聽何傷曲恕聾丞之老雖深知其無用亦並采而不遺某敢不强恕求仁質直好義庶幾夙夜或免小人之歸猶有鬼神尚圖國士之報

畣薛參議啓

伏審光奉制書來參戎幙山川信美久嗟人物之寂寥車騎甚都一聳吏民之瞻視極知趣召之在邇猶幸小留而後東恭惟某官器度清真風規高亮驥行千里騰驤本結於主知虎拒九關排斥遂收於朝蹟惟是雄豪之氣寓於鉅麗之文南弔沉湘西賡諭蜀顧臥龍之遺蹟有化鶴之故城雖左官共歎於滯淹然絶景政煩於彈壓某久疏麈尾之誨喜聞鷁首之來聯遠遊之詩固莫追於大手續郊居之賦猶小異於庸人

畣衞司戸啓

彈冠巫硤早欽三語之賢捩柂蜀江首拜尺書之寵情文兩厚感怍兼深伏惟某官自立修名收蚕上第

千人所見共推高明練達之才一座盡傾行接醞藉雍容之論豈獨有光於吾黨固將增重於此州至於痛懲文法之疎一振廉隅之壞非俗吏所爲也徵君子其能乎願疾其驅用諧所冀

與何蜀州啓

漂流萬里可知已老之頭顱贊貳一城復得本來之面目將就脂車之役敢稽削牘之恭伏念某小智自私大惑莫解自收朝蹟久困宦遊迺冒別駕治中者三州假軍諮祭酒者數月老驥伏櫪雖未歇於壯心逆風撑船終不離於舊處志栖栖之可笑復挈挈以此來恭惟某官曠度清真高標峻潔體道自得有見於參倚之間受氣至剛不移於毀譽之際顧公言之允穆知追詔之方行敢意窮途猥塵上佐然某比緣多病深願少閑歲計之有餘當守平生之素志治行其無事更歸長者之餘風

畬交代楊通判啓

瓜戍及期幸仁賢之爲代萍蹤無定悵候問之未遑敢謂勞謙特先縈翰伏惟某官淵乎似道直哉惟清風致雖高不廢應酬於衆務文詞甚麗要皆原本於六經所宜問津於黃扉青瑣之間何至涉筆於赤甲白鹽之下卽聞號召遂陟清華某猥以陳人偶叨末契道途迫遽僅能占報於記曹舟艫軻峨弗獲往迎於市暨歸依之素敷敘奚殫

與趙都大啓

洊被臺移攝陪幕辯方剡章而俟報輒懷檄以徑前廹於奇窮作此頑鈍冒世俗之所憫笑賴門下以爲依歸伏念某下愚無知大惑不解罪宜永斥朝蹟已收者十年身困遠遊車轍幾環於萬里比官巴硤旋客塞垣歲月不知其再周形影相顧而自悼支離病骨無毀而亦消羇旅危魂雖招而未返念惇惇之安往復挈挈以此來豈忘慚羞實恃矜惻老馬已甘於伏櫪敢望長途窮猿方切於投林況依茂蔭斯蓋伏

遇某官資函英達學蘊淵源早奮奇謀蓋處囊而立見晚更劇任真遊刃以無前寶儲直中禁之嚴玉節寄西陲之重曲憐狂簡自致漂流每假借於餘談爲經營其一飽致茲小懇盡出大恩某敢不痛洗昨非姑休疲役松陵笠澤雖睽故國之歸期錦江草堂聊竊老師之補處

渭南文集卷第八

渭南文集目錄

卷第九

渭南文集卷第九

與成都張閣學啓

薄遊萬里最爲天下之窮攝守一官猥與幕中之辯將擕孥而就食敢削牘以告行伏念某下愚難移大惑莫解光陰晼晚已逾不惑之年簿領沉迷猶在無聞之地嗟征途之可厭捨舊館而疇依爲晏平仲執鞭既云素願就謝仁祖乞食寧復自疑玆承行省之移遣備大藩之屬雖剡章之未報輒懷檄以徑前冒行世俗之譏訶實恃門闌之知奬老馬已甘於伏櫪敢望長途窮猿方切於投林況依茂蔭恭惟某官學函經濟洞極誠明秉心無邪不媿於頫仰之際體道自得有見於參倚之間學倡諸儒惠加多士雖困窮之自取亦提挈而不遺照隱察微每能得之濠上哀窮悼屈幾若推之溝中施及孤生亦叨異顧某敢不暫休疲役痛洗昨非陪蓮幕之英遊雖知遲莫居草

堂之補處尚竊光華

畣勾簡州啓

近被臺移來陪幕辯以海內孤寒之迹假天涯獨冷之官但虞譏訶誰肯慰藉忽奉華箋之況豈勝末路之榮伏念某性資冥頑問學衰廢留落殊方者累歲奇窮舉世而一人雖夢寐思歸類澤國春生之雁而巾瓶無定如雲堂日過之僧比叨閫屬之招實過埜人之分方剡章而待報忽捧檄以徑前久矣倦遊幸玆小憩此蓋伏遇某官風猷凝粹志節清貞念倀倀淚迹之安歸假亹亹餘談而借助遂容萍梗暫息邅途惟此意之甚恩實衰俗之創見而某自侵晚景久歇壯心理剡曲之歸舟方從此日卜浣花之絕境敢傚先賢

與蜀州同官啓

去國十年飽作江湖之夢佐州萬里又寬溝壑之憂伏惟某官材術清通風猷凝粹雖小試尚淹於遠業

而盛名已著於僉言俯念孤蹤方厄黃楊之閏特詒妙翰俾生枯桋之春靖言留落之餘曷副吹噓之意感歎交集敷敘奚殫

賀薛安撫兼制置啟

恭審璽封綠底疏恩遙下於霄宸幰建碧油開府全臨於井絡周邦咸喜舊觀復還民望息肩之期士知託命之所竊以江淮駐蹕勝人在天定之時梁益宿兵擊首有尾應之勢儻事權之少削則脉絡之不通宜得股肱之良用增臂指之重至於旁連荆豫外撫戎蠻亭障騫騰東軼巴渝之阻關河重複西當秦隴之衝蓋有應變於立談之間豈容稟令於千里之外維時詔旨實契事機恭惟某官淵博有傳方嚴不撓竑言崇議卓爲百世之師傑作雄辭散落四夷之遠入則首處六官之長出而遍膺十乘之華進用雖速而人猶恨其滯淹位望愈崇而心益持於挹損涵湖海胸懷之大負廟堂器業之優將究顯庸果膺隆委

關中既留蕭丞相上遂寬西顧之憂江左自有管夷吾人共望中興之盛而況絲綸之命適茲弧矢之期維嶽降神而生申丕應風雲之會夢帝賚弼而得說遄觀袞繡之歸某去國十年佐州萬里縛袴服弓刀之役雖恨迫於衰遲曳裾陪簪履之塵尚欣承於閑燕歸依之至敷繹奚殫

與李運使啓

伏審抗章力請優詔曲從雖暫勞諭蜀之行然益見囘天之力恭惟某官致知格物學道愛人親承西洛之正傳獨殿中朝之諸老至於盤礴遊戲之翰墨嬉笑怒罵之文章過黃初而有餘嗟正始之復見飛騰捷路恥煩狗監之吹噓散落遐荒寧付鷄林之鑑裁比下九天之號召已傾四海之觀瞻不俟駕行命義雖存於大戒可以理奪忠孝果得而兩全方帥閫之猶虛以討司而兼莅仰惟臺省清華之宿望加以山林高逸之雅懷一琴一龜預想鈴齋之靜三熏三沐

尚陪藥市之遊過此以還未知所措

上鄭宣撫啓

伏審顯膺大號出董戎師自陝以西咸舞歌於德化從天而下即震疊於威靈豈惟翰海玉關馳奏捷之音將見博士議郎上策勳之典士心翼懌國勢尊安竊以當今秦蜀之權重無與比中原祖宗之地久猶未歸旣天定而勝人宜王明之受福非得太行黃河山川所鍾之傑誰復慶曆嘉祐華夏太平之基先王克相後人上帝爲生賢佐雖遠猷辰告暫違帳殿之深嚴然大臣暑行式慰轅門之徯望復河關其自此知龜筮之悉從恭惟某官氣壓羣公才周萬務識若著龜之先見論如山嶽之不搖湖海襟懷正在大床之獨臥廟堂風采未妨一壑之初心茲輟近司來恢遠略弼臣同德何難運帷幄之籌眞儒爲邦寧止學俎豆之事已慶登壇而授鉞遄觀推轂而出師先天下而深憂方遠同於文正即軍中而大拜豈專美於

熙寧某流落無歸棲遲可歎青衫去國十載於茲白首佐州一人而已顧尚睽於委骨猶復覬於伸眉仰跂光躔雖阻服弓刀之役鋪張勳業或能助金石之傳過此以還未知所措

賀葉樞密啓

恭審顯膺明詔進貳鴻樞道大材全固視功名爲餘事任隆位重蓋倚精神之折衝衆志交孚太平可冀伏聞今昔有不移之形勢華夷有一定之土疆故彼不可越燕薊而南侵猶我不能跨遼碣而北守堯舜尚無冠帶百蠻之理天地豈忍羶腥諸夏之區又況以本朝積累而當荒陋崛起之小夷以陛下神武而討衰弱僅存之孱虜重以軍民之憤切加之廟祏之威靈當一震於雷霆宜坐消於氛祲夫何玩寇久使逋誅九聖故都視同棄屣兩河近地進若登天莫宣方叔之壯猷更類棘門之兒戲坐殫民力孰奮士心上方撫髀而喟然公宜出身而任此恭惟某官負沈

雄邁往之略躬英發絕人之姿撫卷慨慷夙有四方之大志立朝開濟晚收九牧之重名果副簡求肆當柄任以元龍湖海之氣參子房帷幄之籌北斗以南一人誰其倫儗長安之西萬里行矣清夷某識面莫先託身最早側聽延登之渥自悲淪落之餘雖意氣摧藏非復雕鶚離風塵之望然飢寒處迫猶懷駑馬戀棧豆之思敢敬布於微誠覬少回於曩睠

除制司參議官謝趙都大啓

攝郡壘之左符已逾素望備賓僚之右席復玷明恩雖可知已老之頭顱猶幸得本來之面目伏念某下愚不肖至拙無能陪蓬嶠之後塵最爲薄命省桃源之昨夢恍若前身泛然不繫之舟莫知稅駕之地豈圖末路更汚除書蓋將問道質疑求備老聃之役豈獨擘牋染翰預賡嚴武之詩樂哉斯行幸甚過望茲蓋伏遇某官學窺聖域望冠時髦根於高明用以忠恕執詩書之正印司翰墨之衆盟富貴不驕有偉周

宗之百世誠明自得屢班漢詔之六條方當日有九遷之榮何難身兼數器之地施及萍蓬之孤迹亦叨俎豆於羣英但不稱之是虞豈辱知之敢望已遵臺檄卽發山城紀文饒戎幕之談當從兹日窺逸少蘭亭之帖或在莫春過此以還未知所措

賀葉丞相啓

恭審誕告大廷延登眞相永惟夷夏戴宋之舊思見太平時則祖宗在天之靈爲生賢佐海內幸甚國勢巋然某少從史氏之遊麤習星官之說去歲之杪垂象有開太微紫垣忽一新於景氣神州赤縣將寖復於提封曾未閱時遽聞休命昭哉天人精祲之際見於君臣會遇之初恭惟某官鍾河嶽英靈之姿應乾坤開泰之運器函魁碩論極崇谹萬卷讀書盡是經綸之蘊十年遇主獨高康濟之功比遄井絡之歸式贊斗樞之重俄進陪於大政果首建於永圖股肱良哉恥君不及堯舜期月可也致治庶幾成康方將修

未央長樂之故宮築馬邑雁門之絶塞興植禮樂於僵仆之後整齊法制於搶攘之餘威憺殊鄰玉輦受渭橋之謁治偕邃古金泥增岱嶽之封然後遨遊謝傳之東山偃息蕭何之甲第委成功而不處享眉壽於無窮某遠寄殊方久孤隆眷驥老伏櫪知難効命於馳驅狐死首丘但擬祈哀於造化

賀龔參政啓

恭審光膺明詔進貳政機爲治不難其道顧何如耳用人若此吾國其庶幾乎傳聞四方驩喜一意某聞公論未嘗盡廢常恐不在於朝廷小人豈必無材惟患與聞於國事誠使元臣大老守紀綱而不紊近習外戚保富貴而有終政一出於廟堂權弗移於貴倖豈獨坐消於外侮固將馴致於太平孰成伊尹格天之功其在孟子敬王之學恭惟某官材負超軼器局恢閎造道深故能泛應而不窮進身正故敢盡言而無諱建久安之勢成長治之業已收効於立談開衆

正之路塞羣枉之門曾不勞於變色薦紳相賀史冊有光然而仁人先天下而憂重矣自任賢者備春秋之責難哉克終某十年獨荷於異知萬里敢虚於忠告輒因尺牘罄寫寸誠未死殊方或見丕天之偉績猶期末路終爲盛世之幸民

畣交代陳太丞啓

撫銅人而歎息方感舊遊拾竹馬之棄遺偶叨新命曾馳書之未暇愧飛翰之鼎來恭惟某官鴻漸賢關鳳儀朝著傑作紀永和之會邈矣風流清言繼正始之音超然名勝初叱乘軺之馭已勤側席之思峻陟容臺寖階清禁某自憐末路獲踵後塵君遣使而有光華卽載驅於原埜匠誨人而以規矩尚竊望於門墻

與錢運使啓

犇走九年僅補州麾之選來歸萬里遽叨使傳之華踰分已多置慙無所伏念某稟資甚陋賦命多艱跌

宕文辭本是書生之常態蹉跎名宦獨爲天下之畸人比由西蜀之歸獲俟東華之對進趨梗野占奏空疎謂擯斥之是宜豈超逾之敢望此蓋伏遇某官道參聖域學擅經郛愛惜人材每陰借之餘論維持公道尤深憫於窮途致此妄庸亦叨臨遣某服膺已久擁篲有期大匠之規矩可師方日覯於函丈小夫之竿牘自見姑少述於萬分

荅南劍守林少卿啓

比解邊城猥叨使傳顧惇惇之寡助宜挈挈而亟行揣分已踰置慙靡所伏念某百罹薄命九折窮途跌宕文辭已困諸生之小技沉迷簿領又無俗吏之能聲乃者來歸頹然遲莫進趨梗野占奏空疎宜居擯斥之科敢辱光華之命茲蓋伏遇某官道該聖蘊學擅經郛獨倡諸儒躬伊尹天民之先覺興憐末路念正元朝士之無多致此妄庸亦叨臨遣某方圖馳問已辱詒書墨妙筆精雖喜窺於近製頭童齒豁更自

感於殘年

與建寧蘇給事啓

奔走九年僅補州麾之選來歸萬里遽叨使傳之華忝冒過優慙惶莫喻伏念某多奇薄命孑立孤生小智自私守紙上區區之糟粕大惑不解蹈人間洶洶之風波比由隴蜀之歸獲奉宣温之對樸學不足以恭承清問蕪辭不足以罄寫丹衷謂擯斥之是宜何超踰之敢望此蓋伏遇某官材高而善下道峻而兼容哀元祐之黨家今其餘幾數紹興之朝士久矣無多曲借餘光少伸末路某逖違燕語喜望提封大匠之規矩可師方亟趨於函丈小夫之竿牘自見姑少述於萬分

與本路郡守啓

比奉宸綸躐乘使傳方懼誤恩之及敢勤流問之先伏念某潦倒寒生沉迷薄宦曲江禁柳早旅食於京華東閣官梅晚狂吟於蜀道偶然不死復此來歸豈

期顛頓之餘亦玷光華之選此蓋伏遇某官天資甚茂朝望素高俯憐萍梗之孤蹤每借齒牙之餘論遂令留落忽有超逾某弛擔云初登門尚阻川途悠邈敢辭叱馭之行風度清真先想凝香之地

福建謝史丞相啓

大鈞播物萬化悉付之無心小己便私一官獲從於所欲可謂難遭之會空懷莫報之恩伏念某早出門闌嘗塵班綴士於知己寧無管鮑之情人之多言誣爲牛李之黨既逡巡而自引因委棄而莫收晚參戎幕之遊始被邊州之寄知者希則我貴矣何嫌流俗之見排加之罪其無詞乎至以虛名而被劾甫周歲律復畀守符曾未綰於印章已遽膺於號召行能士取資望尚輕便朝纔畢於對揚使指遂叨於臨遣此蓋伏遇某官兩朝元老千載真儒以道德性命訓迪人材以禮義廉恥維持國勢哀窮悼屈如伐木故舊之不遺懷昔感今異積薪後來之居上遂容孱瑣猶

被甄收某敢不斂散視豐凶之宜阜通去農末之病
覲近臣以其所主期無負於深知非俗吏之所能爲
或麤施於素學過此以往未知所裁

渭南文集卷第九

渭南文集目錄

卷第十

珍倣宋版印

渭南文集卷第十

上趙參政啓

造于王廷既盡除於宿負試以使事復躐被於明恩豈惟寬溝壑之憂遂亦有桑榆之望大鈞難報末路知榮伏念某固陋不通迂疏寡合雖抱宿道鄉方之志了無赴功趨事之能迨從幕府之遊始被邊州之寄方漂流於萬里望飽暖於一麾豈圖下石之交更起鑠金之謗素無實用以爲頹放則不敢辭橫得虛名雖曰僥倖而非其罪甫周歲律再畀守符曾未綰於印章已遽膺於號召遂以羇旅入朝之始首預光華遣使之行此蓋伏遇某官造德精微宅心忠厚念錦里十年之卜築已是蜀人憐萍蹤萬里之來歸特捐漢節蔚然遲莫被此恩榮某敢不斂散視豐凶之宜阜通去農末之病觀近臣以其所主期無負於深知非俗吏之所能爲或麤施於素學過此以往未知

所裁

上安撫沈樞密啓

造于王廷旣盡除於宿負試以使事復躐被於明恩豈惟寬溝壑之憂遂亦有桑榆之望慙汗爲之浹背感涕至於交頤伏念某固陋不通迂疎寡合雖抱宿道鄉方之志了無赴功趨事之能自屏跡於寬閑已頽心於榮進徒中起廢方蒙樊道之除望外召還忽奉燕朝之對然而進趨梗埜論奏空疎徒叨三接之榮莫陳一得之慮循名責實所宜伏司敗之誅含垢匿瑕特俾玷外臺之寄茲蓋伏遇某官望隆而善下道峻而兼容哀元祐之黨家今其餘幾數紹興之朝士久矣無多曲借餘光少伸末路某敢不求民疾苦絕吏竝緣斂散視時益廣倉箱之積阜通助國庶無農末之傷過此以還未知所措

賀泉州陳尚書啓

恭審顯奉璽書起臨藩府廟堂虛位固宜大老之遂

歸嶽牧得人聊見太平之有象恭惟某官道參聖域德冠民彝下視諸公負元龍湖海之豪氣獨尊九牧擅諸葛宇宙之大名風雲自際於明時金石靡渝於素履超然去國之久綽有高世之風雖力避寵名亟欲急流而勇退顧眷求舊德未容袖手而旁觀姑暫起於名邦即延登於政路某久違德宇喜聽除音承顏接辭恍不殊於曩日質疑問道尚自慰於窮途

畣建寧陳通判啓

伏審顯膺新渥出貳潛藩遡聞旌旆之臨宜有神明之相伏惟某官風規高秀德宇粹夷含英咀華早預蓬萊道山之選飛英騰茂暫爲治中別駕之行雖澹然克守於家風顧籍甚難淹於國器即聞追詔遂陟顯途某託契至深開緘竊喜自憐下客久孤國士之知猶冀殘年及見郎君之貴

畣漳州石通判啓

伏審被命佐州涓辰視印士心甚鬱謂斂經濟以惠

小邦天意孰知蓋儲名望而須大用伏惟某官好是正直擇乎中庸崇論竑言挺松柏貫四時之操高文大冊擅江河流萬古之名謂宜凌厲以橫翔乃復逡巡而小卻使爲治中乃展驥耳雖暫試於外庸不有君子其能國乎當亟還於近列某未遑馳問先辱寄聲祭竈而請比鄰歎高懷之莫測烹魚而得尺素藏妙語以爲榮

江西到任謝史丞相啓

詣行在所方承命以北馳駕使者車復改轅而西上訓詞甚寵地望加優本宜使之省循乃更增其僥倖伏念某性資鄙陋學問荒唐雖慕長者之餘風豈聞君子之大道早親函丈偶竊緒餘曾未免於鄉人乃見待以國士知憐覆護殆塵沙曠劫之難逢頹墮摧藏無絲髮微勞之上報昨者甫還吳會郎使甌閩超躐既多便安尤極徒以久違於公袞悵然願事於師門山川間之日月逝矣方坐馳於夢想忽祗奉於詔

追深惟幸會之非常但懼奔馳之弗及夫何奇蹇更累生成方仇怨造言投鼠不思於忌器乃保全極力舍牛寧廢於釁鍾此蓋伏遇某官偉量包荒深仁篤舊念招之來而麾之去若匪近於人情謂舍其短而取其長猶可勝於官使故推餘潤以及枯荄而某筋力疲於往來疾恙成於憂畏質疑問道自憐卒業之何時訟過戴恩尚冀收身於末路

謝趙丞相啓

詣行在所方承詔以北馳駕使者車復改轅而西上仰戴公朝之寬大重爲遠吏之光華伏念某拳曲散材聱牙末學衣食不繼自竄夔楚之邦齒髮寖衰倦遊隴蜀之境惟習氣未忘於筆硯每苦心自力於文詞藏之名山本欲麤傳於後世待以國士豈期親遇於鉅公記憶不忘詔除屢下雖復顛隮於薄命要爲比數於明時而況仍皇華臨遣之榮易江表清閑之處優游甚適僥倖難名此蓋伏遇某官誕保民彝堅

持國是致君密勿偉治具之必張望古慨慷閔道術之將裂務廣人文之化仰扶主斷之明念此窮途爲之擇地更令破萬卷之讀或可成一家之言某敢不開益舊聞激昂懦意稍竊簿書之暇日試求學問之新功欂櫨侏儒儻未捐於大匠雕蟲篆刻尚少進於故時庶仰答於聖知亦竊酬於鈞播過此以往未知所裁

謝王樞使啓

詣行在所方承詔以北馳駕使者車復改轅而西上訓詞甚寵地望加優伏念某拳曲散材邅回末路浪遊山澤不知歲月之屢遷篤好文辭自是書生之一癖斐然妄作本以自娛流傳偶至於中都鑒賞遂塵於乙夜既閱期年之久兩膺召節之頒雖改命於半途尚乘軺於名部始終僥倖進退光榮茲蓋伏遇某官謨明弼諧任重道遠以國士待我卓爲特達之知於古人求之每極吹嘘之論詔除屢下器使不遺雖

云薄命之顛隮要是公朝之記省某敢不竊簿書之暇日求學問之新功樽櫨侏儒儻未捐於大匠雕蟲篆刻尚少進於曩時庶仰答於上恩亦麤酬於鈞播過此以往未知所裁

謝錢參政啓

詣行在所方承詔以北馳鴐使者車復改轅而西上訓詞甚寵地望加優伏念某少苦賤貧長更憂患名場蹭蹬幾白首以無成宦海漂流顧青衫而自笑不圖遠戍乃誤明恩一麾在巴蜀之間萬里促宣温之對清光只尺睿獎再三畧有司資格之常備奉使詢謀之選方虞官謗又辱詔追半道遣行雖數棲遲之薄命頻年記錄要爲比數於公朝茲蓋伏遇某官培植衆材主張公論憐其跋前疐後姑令全進退之宜謂其尺短寸長或可責馳驅之効曲加技拭俾竊便安某謹當增所不能修其可願侵尋遲莫雖嗟已失於東隅激勵衰疲尚及未先於朝露

謝侍從啓

祈天請命冀循省於叢祠便道之官復馳驅於近甸始終僥倖俯仰兢慙伏念某鄙朴不材荒唐寡學生逢盛際無尺寸之可稱久戍遠方乞斗升而自活昨蒙臨遣已劇超踰但虞薄祐之難勝寧復異恩之敢望未温坐席遽辱賜環初疑誤報者再三俄乃真承於尺一文詞吏事何者麤堪物論人情居然不允非賴密加於覆護固難終逭於顛隮此蓋伏遇某官義薄九天量容百輩念器盈則覆推轂無所復施然令出惟行反汗豈其得已遂容末路獲忝優除雖愧招麾之頻亦驚吊賀之速而某昨緣奔走積困沉綿顧影獨悲豈久堪於從宦服勤不怠尚少贖於空餐

謝臺諫啓

祈天請命冀循省於窮閻便道之官復馳驅於近甸始終僥倖俯仰兢慙伏念某鄙朴不材荒唐寡學生逢盛際無尺寸之可稱久戍遠方賴斗升而自活昨

蒙臨遣已劇超逾但虞薄祐之難勝寧復異恩之敢望未溫坐席遽辱賜環初疑誤報於姓名俄乃真承於詔命人才吏事何者麤堪自討旁觀居然不允敢謂并包之廣大更令進退之從容此蓋伏遇某官山立英姿海涵偉量盡言劇論雖震聳於朝端用恕持平每保全於士類遂容末路獲忝優除俯伏以思論報何所而某昨緣奔走積困沉綿顧影獨悲豈久堪於從宦服勤不怠尚少贖於空餐

與本路監司啓

詣行在所方奉詔以北歸駕使者車復改轅而西上稍息道途之役獲全溝壑之身揣分已踰置懃靡所伏遇某頽然遲莫久矣漂流戍隴十年形容盡變還吳萬里交舊半空騎馬而聽朝雞已冥心於昨夢賣刀而買耕犢將掃軌於窮閻敢謂頻年屢膺嚴召既衆知其不可亦自揆之甚明所期獨往於山林乃得本來之面目此蓋伏遇某官英姿山立大度海涵愛

惜人材每陰借之餘論維持公道尤深憫於窮途施
及妄庸未忘記省某登門維舊擁篲有期大匠之規
矩可師卽趨函丈小夫之竿牘自見姑致萬分

畣本路郡守啓

末路賜環本出聖知之舊半途畀節尚承寵命之新
揣分實逾置慙靡所伏念某易搖弱植無用散材輒
環天下而老於行寧非薄命舟近神山而引之去殆
有宿緣方力丐於退藏乃更叨於臨遣此蓋伏遇某
官指南公議推轂時髦顧雖流落之餘亦在揄揚之
末某方勤馳傳未卜登門頌詠之私敷宣罔旣

畣寄居官啓

賜環半道易節回轅去閩中瘴癘之區得江表清閑
之地優游甚適僥倖難名此蓋某官義重噓枯情深
推轂每假揄揚之助俾叨臨遣之榮黄撫幹晏簽判云老夫
耄矣而無能寧有澄清之効君子居之而何陋尚陪
名理之餘范幹提云尺素驚傳喜論交之未替一樽相屬

悵道舊之何由陳檢法云汨沒簿書敢冀澄清之効從容談笑尚爲衰晚之光

賀葛正言啓

恭審僎直北扉方演出綸之命拾遺西省遂輸補衮之忠上虛佇於嘉言士共歸於碩望恭惟某官英辭擅世偉識絕人諸老先生聞名而願交學士大夫望風而知敬雠書羣玉之府視草承明之廷比傳夜對之從容屢動天顏之忻懌主聖臣直共知千載之逢言聽諫行獨任七人之責木從繩而必正石投水以奚難某屬以乘軺阻陪賀廈比年十漸必盡告於吾君一日九遷將孰先於門下其爲抃躍罔罄敷陳

賀周參政啓

恭審顯奉廷揚進陪國論號令渙焉可述乃專討論潤色之功疇咨若時登庸遂處輔弼疑丞之位國有隆儒之盛士知稽古之榮伏以典謨實列於六經臣主難逢於千載高文大冊或託之不得其人老師宿

儒有死而莫見於世維時鴻碩之彥早冠清華之途成功告於神明大業刻之金石發德音下明詔大哉王言建顯位施尊名震於方外一變猥釀枝駢之體復還雄深灝噩之風搢紳竊誦而得師夷狄傳觀而動色顧於昭代可謂殊勳雖箕潁之志屢陳然莘渭之求焉往恭惟某官任重而宏毅謨明而弼諧以窮深測遠之才坐酬衆務以極高蟠厚之氣陰折遐衝至於擅世之英辭本皆全德之餘事僅少施於一二已見謂於崇謐豈容卷懷經濟之圖遂欲袖手寬閑之地公毋困我初誦留行之言上誠知人亟下延登之命然易間者聖君之眷難居者天下之名方仰對於寵光願益思於挹損茂迪謙尊之吉永爲善類之依

賀謝樞密啓

恭審顯膺出綍進貳本兵蠻夷奪氣而息謀朝野動容而相慶恭惟某官英猷經遠敏識造微秉心如金

石之堅論事若權衡之審主知千載際聖世之風雲言責三年極人才之涇渭士恃公平而不恐上嘉孤直之無朋遂由常伯之聯進貳中樞之任較一時之同進得喪孰多付四海之僉言忠邪自見固將力回薄俗盡見明謨網漏吞舟示大平之寬大雲興膚寸澤庶物之焦枯豈惟康濟於茲時固足儀刑於後世某早迂記省晚荷甄收雖知薄命之多奇猶復誦言而不置使駑馬妄思於十駕而沉舟未羨於千帆求之古人可謂曠世難逢之會報以國士敢忘終身自勵之心

渭南文集卷第十

珍倣宋版印

渭南文集目錄

卷第十一

渭南文集卷第十一

賀禮部鄭侍郎啓

恭審筆槖陛華資論思於禁路絲綸出令兼潤色於皇猷共知儒術之益尊孰謂太平之無象恭惟某官好是正直擇乎中庸大冊高文固已寫之琬琰崇言欿議皆可質於鬼神殆將與日月而爭光奚止當雷霆而獨立惟上聖克勤於總攬察羣臣各盡於才能謂其代予言既久煩於鴻碩求能典朕禮宜無易於老成況以南省之要司仍寓西垣之舊直惟時異數實冠清途然而文關國之盛衰官以人而輕重竊俟尊上帝豈止在玉帛鐘鼓之間斂福錫庶民其必有典謨訓誥之盛視古無愧非公而誰所冀復如三代禮樂大備之時抑亦追還兩漢文辭爾雅之體顧雖老矣尚及見之

畣撫州發解進士啓

士論推賢方恨定交之晚鄉書擢秀遽勤授贄之恭恭惟某官輿學海涵英姿玉立山川信美生大儒名世之邦絃誦相聞陶聖主右文之化將鵬搏於宦海姑鴻漸於名場某偶此乘軺遂叨勸駕宸廷射策豈惟慶榜帖之馳藏室讎書尚及見雲霄之舉　解魁云

籍甚聞名方恨定交之晚褎然擢秀遽勤授贄之恭

賀施中書啓

伏審蓬壺清閟早冠羣仙之遊詞掖高華旋觀一佛之出得人之盛吾道有光恭惟某官秉德醇明宅心夷粹高文大冊非復騷人墨客感寓之詞崇論竑言盡得宗廟朝廷嚴重之體久矣絕世而獨立固難袖手而旁觀況今聖政之新方建太平之業推明天子惻怛愛民之指開慰海內奔走鄉化之心德意達於四夷號令媲乎三代清議所屬匪公而誰且甘泉均號於從臣而西省獨稱於政本國僑潤色雖概取儒學之長山甫將明必深通天下之務正官名者蓋已

百祀稱職業者凡有幾人戛乎其難理若有待動心駭目自茲觀大手筆之傳削牘濡毫又當慶真學士之拜

上丞相參政乞宮觀啓

年運而往益知涉世之艱職思其憂獨幸侍祠之樂惓惓微志懇懇自陳伏念某擁腫凡材聱牙曲學既無甚高論足以譁世豈有它繆巧用以致身隨牒半生問津萬里雖誓圖微報不勝狗馬之心而俯迫頽齡已羅霜露之疾壯志纍然而欲盡殘骸悴爾以難支拉朽摧枯競爲排陷哀窮悼屈孰借聲光敢圖廊廟之尊未棄門闌之舊曲憐不逮力謂無他至於跌宕之文辱在褒稱之域二百年無此作矣固難稱愜於奬知萬戶侯豈足道哉私亦激昂於衰懦然而揣數奇之薄命懼徒費於鴻鈞與其度越羣材留朱雲於東閣曷若稍捐薄祿置陶令於北窗伏望某官仁風翺及物之恩赫日照覆盆之陋念前跋胡而後疐

尾惟當自屛於江湖方上昭天而下漏泉忍使獨擠於溝壑假以毫端之潤寵其林下之歸某謹當刻骨戴恩刳心慕道誦丹臺之蕋笈少尉素懷拜玉局之冰銜用華晚景

知嚴州謝王丞相啓

故里浮沉竊玉局再期之祿公朝拔拭付桐江千里之民瓜戍非遙竹符甚寵感淪病骨愧溢衰顏伏念某元祐黨家紹興朝士池魚瀺灂本思自放於江湖社櫟支離久已難施於斤斧繇治生之素拙因從宦以忘歸頃自吳中久留劍外顧彼衣冠之所萃頗以文字而相從方深去國之悲敢有擇交之意流偶殊於涇渭風自隔於馬牛睚眦見憎本出一朝之忿排擠盡力幾如九世之讎藐是羈孤孰爲別白縱免投荒之大罰亦宜置散以終身且定遠未歸惟望玉關之生入輕車已老猶護北平之盛秋豈有朝爲閭閻廢斥之人莫竊畿輔承宣之寄茲蓋伏遇某官學窮

実與勳塞堪輿南山巖巖冠公師之重任赤舄几几同宗社之閎休念人才之實難悼士氣之不振埏陶至廣收拾無遺方與物以皆春憫向隅之獨泣變和輿論闊略彝章起安國於徒中較恩未大還管寧於海外爲力尚輕而某少非列於通才晚徒專於樸學棄雞肋而猶惜雖仰戴於深仁續鳧脛則自悲恐難逃於薄命

謝梁右相啓

故里投閑久竊奉祠之祿清時起廢遽叨出守之榮挈於九折之途置之一飽之地感深至骨涕溢交頤伏念某鄉校孤生京塵下吏學徒盡力徐而察之則鷁退飛仕已冥心非敢後也而馬不進頃者南遊七澤西上三巴繆見推於文辭因頗交其秀傑愛憎遂作譽毀相乘肆爲部黨之讒規動朝端之聽雖漸能忍事聽唾面之自乾猶競起浮言至擢髮而莫數頃洞風波之上流離道路之旁幸逢皦日之中天固宜

潦水之歸壑矧此江山之郡介於吳越之間先世嘗臨尚有召伯憩棠之愛提封甚邇僅同買臣衣繡之歸蕞爾何堪居然非稱此蓋伏遇某官身扶昌運手斡化鈞一氣鳶魚咸遂飛潛之性衆材杗桷各安小大之宜俯憐爨下之餘嘗沐筆端之潤摧頹雖久省錄未忘謂人士舍之則藏固當慕昔賢顯晦之節然朝廷養非所用何以待異時緩急之求既啓迪於淵衷遂燮和於輿論而某年齡抵此意氣蕭然律召東風雖幸春回於寒谷手遮西日敢希身到於脩門

謝周樞使啓

起由散地付以名州朝迹久疎忽喜長安之近戍期未及先寬方朔之飢靖言孤蹤可謂過望伏念某簞瓢窮巷土木殘骸早已孤危馬一鳴而輒斥晚尤顛沛龜六鑄而不成羽翮摧傷風波震蕩薄祿作無窮之祟虛名結不解之讎鄙生自謂非狂甚矣見知之寡韓愈何恃敢傲若爲取怒之深乘下澤之車忽過

半生掛神武之冠今無多日偶然未死得此少伸制出西垣地連右輔顧視必恭之梓阡陌相望封培勿翦之棠鄉閭太息此蓋伏遇樞使丞相學優聖域道覺民先卓爾爲衆正之宗毅然開孤進之路自太公已久望子仰關宗廟之靈有夷吾可無復憂盡釋薦紳之慮方廣求於雋傑乃首記其姓名生物功深奚啻吹律召東風之妙回天力大未覺挾山超北海之難而某少頗激昂老猶矍鑠志士弗忘在溝壑固當堅馬革裹尸之心薄福難與成功名第恐有援臂不侯之相

謝黃參政啓

病餘揣分蘄續食於叢祠望外疏恩俾牧民於近郡感深雪涕慙劇騂顏伏念某早歲多艱晚途益困岷嶓巉絕身行禹貢之書雲夢蒼茫口誦楚騷之句未葬支離之骨辱招羇旅之魂八千之路雖還五十之年已過視荒荒而益廢髮種種以甚哀斷港絕潢徒

有朝宗之願朽株枯木何施造化之功雖存溝壑之餘生已是簪紳之棄物驚宿愆之盡洗知孤迹之少安如綍如綸命出西垣之潤色有民有社地連右輔之封圻剏復嚴瀨遺祠桐山故隱企高風之如在顧俗狀以自慙此蓋伏遇參政相公黼黻皇猷權衡國是衆仰規模之大天知議論之公謂設廉耻以遇羣臣士斯自好且蹈仁義則爲君子人亦何常務與惟新不求其備某謹當銘膺感德擢髮思愆弱羽遶枝姑低回於晚景靈丹點礫儻邂逅於初心

謝施參政啓

起由散地畀以専城命出詞垣仰戴綍綸之寵名居節鎮俯慙章綬之華傴僂拜恩譆諄敘感伏念某薄才綿力多病早衰竊慕長者之餘風每思砥礪未聞君子之大道徒益顛危零丁稷下之遊寂寞漳濱之卧尚無漂母哀王孫而進食況有故人憐范叔而贈袍牛欲釁鐘誰其弗忍婦非束緼何以自還敢期累

年不振之蹤忽有一日殊常之遇光生分表喜溢情涯惟茲山水之邦自昔詩書之俗脩門在望曾無日近之嗟先世嘗臨獲慰露濡之感此蓋伏遇參政相公至仁善下盛德兼容一引坐一解顏士託終身之重三吐哺三握髮楚無片善之遺賢能借勢以騫騰孤遠望風而傾屬自悲蓬梗獨遠門闌向使不爲萬里之行固亦久在諸生之末誦文章於方冊竊喜得師聞道義於薦紳亦嘗願學旣積精誠之至果歸甄冶之公旅進無階數空馳於清夢餘年有幾懼終負於初心

謝臺諫啓

貧念代耕之祿懇乞奉祠恩開使過之門復令治郡方窮閻之待盡非公議而疇依慙極騂顏感深雪涕伏念某邅回薄命頗頷餘生肄業荒唐小學僅通於蒼雅屬辭卑弱奇文徒慕於莊騷髮種種以將童心搖搖而欲折食粥動逾於累月陳絺或至於隆冬不

能引分以掛冠廉隅已喪更復貪榮於懷綬愧懼可知況此名城今爲近輔九霄嘉氣日未邇於長安千載遺祠星嘗從於帝座孰爲之地使有此行茲蓋伏遇某官偉量海涵英姿山立 正言云義急噓枯仁先念舊 衆惡之而必察俯憐久困於風波今老矣而無能尚使少紓於溝壑爲國廣旁求之路示人無終棄之才曾是妄庸曲蒙全護除書已下徒叨湔洗之恩羸疾益侵無復激昂之日

謝葛給事啓

杜門訟六十年之非久安散地起家忝二千石之重忽奉明恩驚釁垢之漸除扶衰殘而下拜 舍人云起自窮閻叨臨近郡爲農爲圃三年之究不治如絲如綸一字之褒過寵 伏念某學由病廢仕以罪歸冥心鵷鷺之行投迹雞豚之社海三山之縹渺釣鼇已媿於初心楚七澤之蒼茫殪兕亦成於昨夢但欲負耒慕許行之學豈復叩角歌甯戚之詩偶逢公朝使過之時躐昇近郡承

流之寄所蒙過矣自揆茫然天際鬱葱望九重之雲氣道周藪芾掃四世之棠陰得遂此行孰爲之地此蓋伏遇侍講給事道本文王之正學師孟氏之醇騰茂實而蜚英聲久隆上聽息邪說而距詖行遂擅儒宗方與萬物而皆春不忍一夫之獨泣某偶階末契遂借餘光 舍人云議論四方之望文章百世之師餘談激水之斗升窮鱗悉逝麗藻生雲於膚寸甘澤無窮方與萬物而皆春不忍一夫之獨泣而某適有懷章之幸首叨泚筆之榮 雖飯豆羹藜不敢望功名於老大然書紳銘座尚思復玷缺之艱難

畣交代陳判院啓

病求玉局但懷優游卒歲之心恩畀桐廬獲繼超軼絕塵之迹方自嫌於通問乃遽辱於移書公真快哉我則陋矣伏念某少而落魄老益迂疎顛頞關河萬里客岷嶓之境馳驅節傳三年使閩楚之郊迨此退歸頹然遲莫投牘已安於蟹舍起家忽奉於魚符此蓋伏遇某官秉節以貫四時瑞世而翔千仞經行早

推於庠序謀猷晚著於朝廷謠誦上聞豈獨最列城之課規模甚遠又足爲來者之師某偶幸懷章遂將接武雖取棄竹馬望英躅以增慙然獲舊青氈在衰門而甚寵發春伊始坐歎多閑願遵輔養之宜即慶禁嚴之拜

嚴州到任謝王丞相啓

懇求祠祿乃叨便郡之除甫及戍期亟奉燕朝之對身既復歸於鈞播衆知未棄於明時伏念某淺智褊能薄才綿力棲遲屏迹但欲射猛虎以終殘年辛苦著書不足藏名山而俟後世偶爲貧而求仕旋觸罪以免歸雁食無儲鶉衣不補凡百君子悠悠非特達之知平生故人往往處嫌疑之際欲言誰聽投老奚歸豈期廟堂任使之公挈出溝壑漂流之地此蓋伏遇某官孟韓道統伊呂王功黼黻聖猷謂言之不文則行之不遠甄陶士類每捨其所短而取其所長慨念孤生已侵莫境儻使抱所聞而不試則將齎遺恨

於無窮何止屢陳於斧扆之前蓋亦昌言於搢紳之上故雖久斥亦復漸收而某已知悔童子之雕蟲未免守古人之糟粕決無可用寧不自知續鍾釜之祿以待掛冠嘗面祈於大造効尺寸之勞而垂汗簡悵永負於初心

謝梁右相啓

玉局二年已竊代耕之祿桐廬千里復叨起廢之恩望晬表之顒昂撫編氓之繁夥退惟忝冒徒積兢慙伏念某四壁寒家一簞賤士刻舟求劍固匪通材懲羹吹虀已消壯志比由蟹舍起領魚符永言久斥之餘亦有少伸之望然而察簿領稽違之細擿吏胥隱伏之微一皆非其素知又不可以遽習淵明之寄事外已迫頹齡安國之擢徒中曷勝煩使此蓋伏遇某官才全經緯氣塞堪輿博取衆材屢抗延英之論宏開公道靡須光範之書施及妄庸未忘夙昔溫飽一門之衣食洗湔累歲之罪愆使爲全人以畢餘日某

敢不好是正直擇乎中庸戒舞智以賊民寧取椎魯少文之誚務盡心於折獄庶無寃枉失職之嗟苟不辱知其敢言報

謝周樞使啓

入望清光出臨近郡天威不違只尺旣諧就日之心父命惟所東西況被牧民之寄感恩至矣揣分茫然伏念某下愚難移大惑莫解不能高飛遠舉求避横目之民乃復直情徑行自掇噬臍之悔永言窮薄數蹈邅回毀靡待於德高災非由於福過斷雲零落敢懷出岫之心病鶴摧殘忽忝乘軒之寵此蓋伏遇某官道窮宎奧氣塞堪輿南山之石巖巖帝賚宿望緋袍之意戀戀士感誠言哀細德之嶮微開鴻鈞之坱圠念茲積譴雖擢髮而有餘察彼衆讒亦吹毛之已甚未加顯棄聊復少收雖不在於英材樂育之中實創見於薄俗相挻之際而某扶衰自笑迫老宜歸無復入關西日舉釣竿之手惟希度世東封謁玉輅之

塵瀆倒具陳慙惶無措

謝臺諫啓

挂洪景之衣冠宜還故里懷買臣之印綬尚冒明恩觸熱卽途扶衰領郡伏念某身常短褐家本衡門一官惟妻子之謀萬里極關河之遠景翳翳以將入餘日幾何芳菲菲其彌章素心空在比者竊冰銜於玉局築雲屋於鏡湖惟俟引年遂將沒齒散地方靳於因任除書忽畀於專城宮闕中天有就日望雲之幸鄉閭接壤逾過家上冢之榮此蓋伏遇某官望重朝綱學通國體收真才於水落石出之後坐銷浮僞之風察定理於舟行岸移之時盡黜讒誣之巧稍收久廢用示至公某謹當勉効微勤堅持素守吏犯法而法在先務去姦政近民則民歸敢忘用恕或麤逃於大譴庶少答於深知

謝監司啓

挂洪景之衣冠宜還故里懷買臣之印綬尚冒明恩

觸熱郎途扶衰領郡伏念某身常短褐家本衡門一官惟妻子之謀萬里極關河之遠景翳翳以將入餘日幾何芳菲菲其彌章素心空在比者竊冰銜於玉局築雲屋於鏡湖惟俟引年遂將沒齒散地方蘄於因任除書忽畀於專城宮闕中天有就日望雲之幸鄉閭接壤逾過家上冢之榮此蓋伏遇某官學貫經郛望隆國器繡衣持斧姑小試於使軺豹尾屬車郎超登於禁路尚容衰頷之迹暫託澄清之餘某謹當勉劾微勤堅持素守吏犯法而法在先務去奸政近民則民歸敢忘用恕或麤逃於大譴庶少荅於深知

畣方寺丞啓

年運而往悵久隔於英遊道阻且長忽恭承於榮問情文甚寵衰晚增光伏念某笠澤漁家紹興朝士擲參歷井久困客遊賁海摘山屢乘使傳旣罪愆之未洗復衰疾之相乘骨相宜窮頭顱可揣穿延和之細仗恍若隔生分新定之左符更叨起廢此蓋伏遇某

官義存推轂德重匿瑕哀其鰥顇之百羅借以揄揚之一諾遂叨共理之寄亦及歸耕之餘而某緣病廢書迫貧隨牒能古文何用於今世徒慙長者之見知居是邦不非其大夫殊匪小人之所望佇奉丁寧之誨用寬瘝曠之虞

賀王提刑啓

恭審繡衣玉節肅王畿風憲之嚴寶畫奎文新內閣圖書之直方攬澄清之轡已騰謠誦之聲恭惟某官學道愛人至誠格物德秉民彝之粹才推國器之英中外踐揚自際風雲之會始終操履靡移金石之堅將階言語侍從之除洊被禮樂光華之遣欽恤副九重之指平反奉一笑之春始訖外庸即躋近列討乘軺之未幾旋頒詔以趣歸某意廣才疏心勞政拙伏櫪志在千里悵莫景之已侵巢林不過一枝幸卑棲之有託

與汪郎中啓

去蜀歸吳已侵尋於晚境乞祠得郡尚記錄於明時夙戒行艫已臨弊邑方竊依仁之幸敢稽告至之恭伏念某笠澤農家紹興朝士捫參歷井久困客遊煮海摘山屢乘使傳既罪愆之未洗復衰疢之相乘骨相宜窮頭顱可揣穿延和之細仗恍若隔生分新定之左符更叨起廢恭惟某官義存推轂德重匿瑕哀其頗頷之百罹借以揄揚之一諾遂容共理之寄亦及歸耕之餘而某扶憊以來罔功是懼快景星之先覩雖尚阻於瞻承分隣燭之餘光遂密依於覆護其爲慰幸曷究敷陳

與沈知府啓

乘傳江皐偶同一道分符畿內復幸鄰邦公將假道於虞僕其得御於李胡交臂而失此亟削牘而布之恭惟某官厚德鎮浮英姿邁往富貴固有命矣未嘗枉尺以自謀將相豈無種哉方且摶風而直上雖仰急流之勇退寧容袖手而旁觀果奉明綸起臨近甸

豐年高廩想謠誦之已聞燕寢清香知文書之益簡
願精調於列鼎即歸覲於凝旒贍詠之私敷宣曷既

賀留樞密啓

恭審行玉關之萬里方喜遄歸陳泰階之六符亟聞
殊睠地禁處承明之邃任崇參宥密之嚴成命誕揚
師言允穆切以藝祖鑒五代之弊不偏重於中書裕
陵新六官之名亦旁開於西府豈獨並隆於文武固
將兼注於安危至以明詔特預於訏謨尤爲本朝久
虛之盛舉中原多故首用种忠憲之偉人聖政方新
則有虞雍公之近事或名光於竹帛或位極於廟堂
恭惟某官躬閎深魁碩之資負剛大直方之氣早推
雅望寖歷近班以至公服小人故雖疏而不怨以大
節事明主故既去而見思世方譾譾以自營公固落
落而難合迨此寵光之自至益知巇險之徒勞淵乎
一心應彼萬事七擒七縱已成服遠之功三起三留
果有處中之命方且端委冠鈞衡之位挽河洗夷虜

之塵復列聖在天之讎摅遺民泣血之憤某幸身未死見國中興材館旁招雖莫陪於下士浯溪深刻尚自力於斯文

賀蔣中丞啓

伏審顯膺帝制進總臺評公道大開在廷爲之相賀正人益進吾國殆其庶幾仰惟廟社之休非復門闌之慶某聞人情不遠立朝誰樂於抨彈仕者自謀干世本求於遇合皆使從容而徐進自非怨嫉之所歸一居三院七人之官遂任四海九州之責至於諫大夫之助成主德中執法之振肅朝綱知不可以不言言不可以不盡雷霆在上獨立自如鼎鑊當前直趨不避始也負當世之名而人不我捨今也居得言之地則責將誰歸卓乎偉人更此重任恭惟某官英姿邁往奧學造微論必盡忠得堪輿剛大之氣仕常思退有耕釣高逸之風位逾達而謙有加權益隆而量莫測姑小煩於繩肅卽進與於弼諧豈惟斯民被化

於春風和氣之中亦使多士吐氣於青天白日之下今其始矣幸孰甚焉某嘗辱王翰卜隣之榮妄懷貢禹彈冠之喜崇言啟議已覩魁磊光信史之傳過計私憂妄有一二爲執事之獻儻少寬於斧鑕尚嗣布於腹心

渭南文集卷第十一

珍倣宋版印

渭南文集目錄

卷第十二

渭南文集卷第十二

賀賈大諫啓

恭審顯膺一札之敂首冠七人之選主賢臣直國勢巋然言聽諫行天下幸甚某聞昔在本朝之官制參稽前代之舊章南臺不置大夫中憲任紀綱之重寄北省久虛常侍諫坡率遺補以盡規選求旣艱畀託尤重故政在中書而常開言路事由獨斷而不廢爭臣仰觀十一聖家法之傳茲爲三百年治功之本繼昔之盛非公而誰恭惟某官學造精微器函閎遠許國弗渝於夷險憂時如抱於渴飢造膝告猷浩浩江河之決傾心愛士拳拳涇渭之分慨然死生禍福不入於中常若天地鬼神實臨其上以今日陳善閉邪之效成異時贊元經體之功同出此心夫孰能禦某侵尋莫景蹭蹬孤生迹本甚疎妄欲依歸於公道分當永棄特蒙拔拭於窮途何以仰荅門闌特達之知

惟有稍陳郡縣利病之實儻少寬於斧鑕尚嗣布於腹心

賀謝殿院啓

恭審顯膺帝制進貳臺端手縮褏以逡巡久已抱獨立無朋之操髮衝冠而憤切自茲皆盡言不諱之時在庭聳觀有識相慶伏以御史分職本以論事任耳目之司忠臣設心蓋欲去邪爲宗社之福抗雷霆而獨立凜山嶽之不搖非以近名固將竭節天子爲之改容而垂聽大臣不敢持必而自私國有紀綱治自形於四海九州之遠士篤名義效或見於數世百年之餘今茲孰配於古人識者固歸於門下恭惟某官道德醇備議論正堅灰寒木槁而譽益高鯤擊鵬摶而才乃見默究朝廷之利病盡得源流徐觀天下之是非若指白黑放斥者有愧心而無怨更革者雖害己而謂然太平之功指日可待某侵尋莫景蹭蹬孤生迹本甚疎妄欲依歸於公道分當永棄特蒙拔拭

於窮途何以仰酬一見特達之知惟有稍陳千里利病之實儻少寬於斧鑕尚嗣布於腹心

賀周丞相啓

恭審夢卜襲祥揚王庭而渙號典冊備物熙帝載以宅師國其庶幾民以寧壹實惟宗社無疆之祐非復門闌旅賀之常竊以時玩久安輒生天下之患國無遠略必有意外之虞方今風俗未淳名節弗勵仁聖焦勞於上而士夫無宿道嚮方之實法度修明於內而郡縣無赴功趨事之風邊防寖弛於通和民力坐窮於列戍每靜觀於大勢懼難待於非常至若靖康喪亂而遺平城之憂紹興權宜而蒙渭橋之恥高廟有盜環之逋寇乾陵有斧柏之逆儔江淮一隅夫豈仗衞久留之地梁益萬里未聞腹心不貳之臣文恬武嬉戈朽鉞鈍謂宜博采衆謀之同異然後上咨廟論之崇嚴非素望之偉然誰出身而任此恭惟某官降神維嶽生德自天居安資深學洞六經之韞探賾

索隱識窮萬務之微蓋嘗獨立以當雷霆何止貴名之揭日月運籌帷幄每當上心端委廟堂遂持國柄玉燭肇時和之慶雲龍協聖作之辰清未央長樂之宮將肅六飛之御築碣石榆林之塞永奠四夷之封於古有光自今以始某側聞盛舉實抃歡悰恤百口之飢寒豈無竊覬拔四方之英俊願付至公庶未死之餘生覩太平之盛際

賀施知院啓

恭審誕布明綸進專籌幄用真儒而無敵翊扶宗社之基得大老以來歸開慰華夷之望恭惟某官英姿邁往精識造微居安資深韜六藝淵源之學任重道遠炳兩朝開濟之心明辯足以折遐衝果敢足以斷幾事自初拔用迄此延登大節全名松柏挺歲寒之操同心一德風雲協聖作之期堪輿清夷星緯明潤致太平其自此將魁柄之焉歸囊暫入於脩門竊有聞於行路謂明公之得政以人物爲最先自隆師尹

南山之瞻復見平津東閤之盛揚庭薦拔造膝開陳凡人所難以身獨任今雖總本兵之地願益尸善類之盟公能以士而報國家士亦以身而歸門下某侵尋莫境顛頓偏州志氣已衰無復獻狗盜雞鳴之技文辭自力尚能助稗官野史之傳過此以還未知所措

賀丘運使啓

恭審上印帥藩乘軺幾甸得人若是則吾國其庶幾乎先聲隱然非俗吏之所能也公論爲之慰愜大用此其權輿伏以寬猛異施古今莫一子產號衆人之母用於鄭而弗救陵夷申商爲法家者流弊至秦而卒以顛覆歷考簡編之跡莫先儒術之功惟蹈君子之時中斯得古人之大體方其尊瞻視正顏色教化固已有成雖使空囹圄畫衣冠法令其誰敢犯恭惟某官英姿邁往敏學造微夷途早踐於高華隆委偏當於繁劇所臨輒治雖千變萬化而不窮自守弗阿

終特立獨行之如此上將引而自近公其有以告猷
某早陪談燕之餘誤辱賞知之異敢圖莫境獲備屬
城閭里士聊每攬涕下催科之筆事功靡著更忍懟
修候問之牋尚加惠於始終俾觕全於進退歸依之
切敷繹奚殫

賀蔣尚書出知婺州啟

恭審解中執法以暫均勞佚拜大宗伯而入侍禁嚴
雖若不得其言固亦未為弗用乃抗投閑之請力蘄
就養之榮詔諭靡從藩條初布上倚承宣之績士高
廉退之風恭惟某官直哉惟清淵乎似道懇欵許國
肝膽凜其輪囷慷慨疾邪山嶽為之震動進率由於
獨斷節早見於盡言未移桑蔭之淹入總柏臺之峻
國方增九鼎之重身已如一葉之輕魯人獲麟以為
不祥雖愛憎之叵測塞翁失馬未必非福抑倚伏之
何常某幸託里門獲趨賓席身世等蒯菅之棄孰閔
餘生姓名託甄冶之公尚須異日

除直華文閣謝丞相啓

秩視大蓬已竊垂車之寵恩加邃閣更叨出綍之榮初聞道路之傳猶謂姓名之誤迨茲被命重以懷慙伏念某承學迂疎稟資蕞陋幼生京洛尚爲全盛之編氓長綴班聯曾是中興之朝士福未容於盈眥祟已駭於燒城西征至岐鳳之間南戍掠甌閩之境晚僅升於省闥旋即返於鄉闗鶴歸遼天狐死丘首蓬戶十移於歲律幔亭四閱於祠官久遂屏居非始挂冠之日盡捐半俸真爲納祿之人豈期垂盡之光陰忽玷殊常之恵澤復緣詔札併竊身章里巷聳觀共仰恩光之下燭兒孫扶拜不知衰涕之横流茲蓋伏遇某官降命應期奮庸熙載神無方易無體心獨運於道樞尺有短寸有長士悉歸於鈞播雖迫崦嵫之景亦歸坱圠之公而某意氣空存筋骸已憊草具明堂辟雍之禮雖遭甚盛之時塗竄清廟生民之詩其在方來之雋

修史謝丞相啓

七十告老誓待盡於山林尺一　召還恍復瞻於觀闕內祠祿厚信史事嚴容孤迹於其間知鴻鈞之有自恭以高皇之盛德大業雖號中興而實同開創之難孝廟之內修外攘躬享太平而不忘恢復之志治躋古昔威震裔夷俄屬鼎成之悲肆修麟止之緒固已網羅軼事潤色皇猷備述巍巍蕩蕩之功曲盡業業兢兢之指豈緊遲莫能與討論伏念某天予散材家承孤學生逢盛日蒙六聖之涵濡身綴清班被四朝之識拔常恐倏先於朝露遂將莫報於秋毫豈期及耄之餘齡猥得効勤於大典茲蓋伏遇某官材全經緯氣塞堪輿平生陳謨決策之言煥乎可誦十載知人安民之績底於有成殊鄰款塞而奉琛多士鄉風而釋屩內而臺閣極稽古禮文之選外而郡縣有宜民愷悌之風肇闢大公至正之途不棄偏能一曲之士故如某輩亦在數中謹當益廣見聞更勤采掇老

竊伏㶚脩途已非其所堪小草出山薄効尚期於自見

賀謝丞相除少保啓

恭審命出淵衷廷揚顯冊人主之論一相方寄腹心少保茲爲三公益隆體貌傳聞所逮驩頌惟均恭以某官謨明弼諧任重道遠協天心於崐崙旁魄之際動必有成隆主眷於蜵蜎蠖濩之中言無不用自登近輔允迪大猷疇咨雖首於羣公謙畏不殊於一日每稽首而遜稷契終選衆而舉伊皐三年有成四海用乂農扈告豐登之候戎韜臻偃息之期熙運方興周召並爲於師保衆心所繫平勃均任於安危是宜大號之繼敷昭示元臣之同體羣生咸遂協氣橫流謹乃憲而屢省則成孰測化鈞之妙本無事而庸人實擾始知靜治之功某獲綴清班欣逢盛事無好無惡而遵王路共欣聖政之大成不愆不忘而由舊章更冀廟謨之無倦敢効涓塵之助輒干碪斧之誅言

瀆寶深兢惶罔措

賀張參政修史啓

恭審誕布明綸總提鉅典固已動鵷鷺行之喜色而況在牛馬走之後塵不能自已於寸誠是敢冒陳於尺牘恭惟某官自天生德降命應期蘭温厚爾雅之文經緯萬象藴超軼絶塵之識鎮撫四夷位居台鼎而有山澤清臞之容禮絶搢紳而無王公驕泰之意心虛靜而觀復道冲用而不盈周公太公方隆夾輔之望堯典舜典更専點竄之功實以袞衣黄閣之尊下兼蘭臺石室之事在天三后巍乎下臨作宋一經信矣無憾某偶蒙簡拔獲預討論已侵投老之殘年何補不刊之信史仰傅巖之霖雨幸預在廷歸杜曲之桑麻尚勞泚筆想典刑於諸老已媿空疎竭精力於是書敢忘策勵

除寶謨閣待制謝丞相啓

冊府秩清偶至鼇峯之頂禁塗地密遂穿豹尾之中

雖造化之至公實恩憐之曲被欲敘丹衷之感莫知雪涕之橫伏念某雖起耕疇纔傳家學書藏屋壁尚擯斥而不容跡遯園廬豈榮華之敢望虛名作祟聚謗成雷幸於先狗馬塞溝壑之前遂其賜骸骨歸卒伍之請任子以世其祿寓直以華其行固已負耒學耕飾巾待盡身還民服口誦農書從故里漁樵之遊拜高年羊酒之賜忽從廄置遞奉詔除所愧忝大門之官敢愧奪匹夫之志惟俟奏篇之御即伸告老之誠簡牘未終絲綸已降半生淹泊沉舟真閱於千颿一旦遭逢開印適當於三日已扶衰而拜命旋曳蹇以造庭茲蓋伏遇某官德懋忱恂化均坱圠作成士類兼小大而不遺勸相皇家泯異同於無迹澤東漸而西被功上際而下蟠才或取於寸長罪不捐於一眚故雖么麽亦被生成某敢不頂踵知恩冰霜勵節少不自力坐沉廢者半生老當告休悵報酬之無地

謝費樞密啓

猥被恩綸躐持從橐處內閣諏咨之地繼大門揚歷之榮揣分奚堪置慚靡所伏念某百罹薄命九折窮途迹久困於多言年已侵於大耋都門屢入壯遊恍似於前身冊府再來衆吏多非其舊識扶衰殘而就列刮瞖膜以紬書非徒莫揜於旁觀每亦不勝其自媿惟竢奏篇之御即伸請老之誠敢謂遭逢曲蒙識拔茲蓋伏遇某官道尊皇極學統聖傳雖吐哺握髮之勞曾靡遺於一士然引坐解顏之遇顧豈在於他人每屈崇嚴不移疇昔爰自東壁圖書之府俾躋西清鵷鷺之班躐伏櫪以悲鳴曩誰念者犬䑛丹而仙去今乃似之某燈火尚親簞瓢未厭修世官而不墜益體上恩繼家學於寖衰或傳來裔庶幾瞑目無媿初心

致仕謝丞相啓

優詔許歸已荷乾坤之造異恩及幼更霑雨露之私非公台力假於敷陳則草野何從而甄錄感銘刻骨

涕泗交頤伏念某少乏通材晚嬰羸疢史闈八月常懷惕日之懟祠祿三時洊上引年之請初但虞於煩瀆旋曲被於矜從而況從中明降於德音任子特逾於常制桑榆已迫俾華垂白之年豚犬何能遽有拾青之幸里閭歎息門戶敷榮茲蓋伏遇某官降命應期奮庸熙載告猷於內時已措於太平視鯁在前禮每加於諸老亹亹誠明之學巍巍忠厚之風坐格華裔之寧有光簡冊之載故推餘澤俯及衰門重念穉兒雖非異稟善和之書幸在敢虛棄於光陰太常之第可收尚仰酬於長育

畣權提刑啓

伏審抗章請外攬轡入東謂宜因對而復留故欲馳書而未敢遽先垂問莫喻愧心恭惟某官英識造微宏材經遠學術得前言往行之要議論有羣公先正之風踐揚早歷於清華雖能自見寄任靡辭於叢委刃每有餘茲乃勇退急流旁觀袖手明刑以弼五教

誦詩而使四方雖暫試於外庸顧豈符於僉矚還節旄於少府行被詔追司筆橐於甘泉孰居公右某退依耕隴密邇臺綱躬豈弟以宜民既蒙賜矣用春秋而决獄行且見之頌詠惟深敷陳罔既

畣胡吉州啓

伏以累疏乞歸既拜賜骸之命華牋賁喜更煩泚筆之勞異書憐老學之勤厚幣篤嘉賓之禮顧惟衰悴曷稱眷私伏惟某官絕識超然英聲籍甚簡編插架早推師友之淵源紳佩在廷旋慶君臣之際遇茲暫煩於共理即歸告於嘉猷而某已返農疇愈睽門戟噓枯甚寵徒藏櫝以爲榮詠德雖深愧占辭之莫既

渭南文集目錄

卷第十三

渭南文集卷第十三

代二府與夏國主書　癸未正月二十一日二府請至都堂撰

隆興元年正月二十二日特進尚書左僕射同中書門下平章事兼樞密使信國公陳康伯等謹致書夏國主殿下昔我祖宗與夏世修盟好豈惟當無事時共享安平之福亦惟緩急同休戚恤烖患相與爲無窮之託中更變故壤地阻絕雖玉帛之聘弗克往來然朝廷未嘗忘祖宗之志也乃者皇天悔禍輿圖寖歸會今天子紹登寶位慨然西顧宣諭大臣曰夏二百年與國也豈其不念舊好而忘齊盟哉某等恭以國主英武聰哲聞於天下是敢輒布腹心於執事願留神圖之惠以報音當告於上議所以申固歡好者同心協慮義均一家永爲善鄰傳之萬世豈不美歟有少幣儀具如別幅伏惟炤察不宣某等謹白

貼黃　前件事宜臣等雖已面陳緣利害至大陛下反覆省覽故敢輒具此奏

上執政書　辛巳四月

某官閣下文人之在天下用之徒以爲治世之觀大平之飾不用則亦已耳非如兵刑錢穀之吏不可一日無也然爲國者每每收取不忍棄去豈固爲是不急哉蓋天下之事惟此爲最難非誠好之捐三二十年之勤耗心疲力彫瘁齒髮飲食寢夢悲歡得喪一在於是者殆未易可以言工信工矣然且高不足以爲功名下不足以得財利塵編蠹簡束而藏之幸世有知此道者歎息稱工嗚呼可謂鈍哉以天下之至勤苦爲天下之至鈍待千萬中一二人之知此賢公卿以人物爲己任者所以不忍棄也某小人生無他長不幸束髮有文字之愚自上世遺文先秦古書書讀夜思開山破荒以求聖賢致意處雖才識淺闇不能如古人迎見逆決然譬於農夫之辨菽麥蓋亦專

且久矣原委如是派別如是機杼如是邊幅如是自六經左氏離騷以來歷歷分明皆可指數不附不絕不誣不紊正有出於奇舊或以爲新橫騖別驅層出間見每考觀文詞之變見其雅正則纓冠肅衽如對王公大人得其怪奇則脫帽大叫如魚龍之陳前梟盧之方勝也間輒自笑曰以此娛憂舒悲忘其貧病則可耳持以語人幾何其不笑且罵哉誠不自意諸公聞之或以爲可書生所遭如此雖窮死足以無憾矣然師慕下風而未得一望履舄此心歉然不敢遑寧恭惟明公道德風節師表一世當功名富貴之會而不矜踐山林鐘鼎之異而不變非大有得於胸中其何以能此夫文章小技耳然與至道同一關捩惟天下有道者乃能盡文章之妙此某所以忘其賤且愚而願有聞於左右也

上虞丞相書

某聞才而見任功而見錄天下以爲當君子曰是管

仲相齊衛鞅相秦之法耳有人於此才不足任功不足錄直以窮故哀之天下且以爲過君子則曰是三代之俗周公孔子之政也何也彼有才吾賴其才因以高位處之彼有功吾藉其功因以厚祿報之上持祿與位以御其下下挾才與功以望其上非市道乎故齊秦用之雖足濟一時之急而俗以大壞君子羞稱焉若夫三代之俗周公孔子之政則不然無才也無功也是直無所用也無所用之人雖窮而死者百千輩何損於人之國哉自薄者視之尚奚恤君子顧深哀之視其窮若自我推以與之之不敢安也矜憐撫摩衣之食之曰彼有才有功者何適而不遇吾所急者其惟無所用而窮者乎此心父母也推父母之心以及於天下無所用之人非聖賢孰能哉謂之三代之俗周公孔子之政則宜故王霸之分常在於用心之薄厚而昧者不知也恭惟大丞相道學精深力量廣大庶幾以周公孔子之政而復三代之俗者渾

渾巍巍不可窺測平時挾功特才錙銖較計者皆自失退聽若某之愚不才無功留落十年乖隔萬里而終未敢自默特曰身之窮大丞相所宜哀耳某行年四十有八家世山陰以貧悴逐祿於夔其行也故時交友醵緡錢以遣之硤中俸薄某食指以百數距受代不數月行李蕭然固不能歸歸又無所得食一日祿不繼則無策矣兒年三十女二十婚嫁尚未敢言也某而不爲窮則是天下無窮人伏惟少賜動心捐一官以祿之使粗可活甚則使可具裝以歸又望外則使可畢一二婚嫁不賴其才不藉其功直以其窮可哀而已此氣象自秦以來世以功利相高汲不見者累二千年今始見於門下所願持之不搖行之不疑則豈獨某之幸哉

上辛給事書

某官閤下君子之有文也如日月之明金石之聲江海之濤瀾虎豹之炳蔚必有是實乃有是文夫心之

所養發而爲言言之所發比而成文人之邪正至觀其文則盡矣決矣不可復隱矣爝火不能爲日月之明瓦釜不能爲金石之聲潢汙不能爲江海之濤瀾犬羊不能爲虎豹之炳蔚而或謂庸人能以浮文眩世烏有此理也哉使誠有之則所可眩者亦庸人耳某聞前輩以文知人非必鉅篇大筆苦心致力之詞也殘章斷藁憤譏戲笑所以娛憂而舒悲者皆足知之甚至於郵傳之題詠親戚之書牘軍旅官府倉卒之間符檄書判類皆可以洞見其人之心術才能與夫平生窮達壽夭前知逆決毫芒不失如對棊秤而指白黑如觀人面而見其目衡鼻縱不待思慮搜索而後得也何其妙哉故善觀晁錯者不必待東市之誅然後知其刻深之殺身善觀平津侯者不必待淮南之謀然後知其阿諛之易與方發策決科時其平生事業已可望而知之矣賢者之所養動天地開金石其胸中之妙充實洋溢而後發見於外氣全力餘

中正閎博是豈可容一毫之僞於其間哉某束髮好文才短識近不足以望作者之籓籬然知文之不容僞也故務重其身而養其氣貧賤流落何所不有而自信愈篤自守愈堅每以其全自養以其餘見之於文文愈自喜愈不合於世夫欲以此求合於世某則愚矣而世遂謂某終無所合某亦不敢謂其言爲智也恭惟閣下以皐陶之謨周公之誥淸廟生民之詩啓迪人主而師表學者雖鄉殊壤絕百世之下猶將想望而師尊焉某近在屬部而不能承下風望餘光則是自絕於賢人君子之域矣雖然非敢以文之工拙爲言也某心之爲邪爲正庶幾閣下一讀其文而盡得之唐人有曰士之致遠先器識而後文藝是不得爲知文者天下豈有器識卑陋而文詞超然者哉狂率冒犯死有餘罪

畣邢司戶書

五月二十六日笠澤陸某頓首再拜復書司戶迪功

足下某辱賜書及聖人之道與古作者之文章又以世之稱師弟子而徒事科舉求利祿者爲羞卓乎偉哉非某所敢仰望萬一也某少之日學文而不工及其老妄意於道亦未敢謂得也身且弗給而何以及人及庸衆人且弗能其況有以助足下乎惶恐惶恐雖然足下顧我厚某其敢有所弗盡吾曹有衣食祭祀婚嫁之累則出而求祿恐未爲非旣不免求祿則從事於科舉恐亦未爲可憾科舉之文固亦尊王而賤霸推明六藝而誦說古今雖小出入要其歸亦何負於道哉若言之而弗踐區區於口耳而不自得於心則非獨科舉之文爲無益也近時頗有不利場屋者退而組織古語剽裂奇字大書深刻以駭世俗考其實更出科舉下遠甚讀之使人面熱足下謂此等果可言文章乎尚不可欺僕輩安能欺足下哉故自科舉取士以來如唐韓氏柳氏吾宋歐氏王氏蘇氏以文章擅天下者莫非科舉之士也此無他徒以在

場屋時苦心耗力凡陳言淺說之可病者已知厭棄如都市之玉工珉玉雜治積日既久望而識之矣一旦取荊山之璞以爲黃琮蒼璧萬乘之寶珉其可復欺邪凡今不利場屋而名古之文者往往多未嘗識珉者也又安知玉哉乃如足下識之可謂精矣當棄珉剖玉而已至於聖人之道足下往昔朝夕所講習者豈外於是言之而必踐焉心之而不徒口耳焉無餘道矣某文既不工聞道又甚淺則今所以進於左右者其果近乎一讀置之無重吾過不宣

答劉主簿書

某才質愚下又皃童之歲遭罹多故奔走避兵得近文字最晚年幾二十始發憤欲爲古學然方是時無師友淵源之益凡古人用心處無所質問大率以意度或中或否或始疑其非終乃大信或初甚好之已而徐覺不可者多矣然亦竟不知所謂是且非者卒何如也方竊媿歎不自意如足下學術文章足以雄

長一世者乃不鄙其愚而欲與之交惠然見臨賜之
以言以爲可與言古學者文詞偉麗讀之惕然夫道
遇乞人責之千金足下固過矣然遂謂足下爲非則
不可往者前輩之學積小以成大以所有易所無以
能問於不能故其久也汪洋浩博該極百家而不可
涯涘如足下所稱諸公蓋皆如是也至中原喪亂諸
名勝渡江去前輩尚未甚遠故此風猶不墜不幸三
二十年來士自爲畦畛甚狹己所未知者輒訕薄之
以爲不足學排抑沮折惟恐不力詆窮經者則曰傳
註已盡矣詆博學者則曰不知無害爲君子嗚呼陋
哉夫世既未有仁智之足如孔孟而師焉則亦各出
所長相與講習從其可者去其不可者自六經百氏
歷代史記與夫文詞議論禮樂耕戰鍾律星曆官名
地志姓族物類之學今四方之士亦不可謂無人雖
不能兼該衆長要爲各有所得往往皆捐數十年之
功耗心疲力彫顡齒髮而爲之豈可易哉如足下之

所已得者某願就學焉其未者頗願與足下從諸君子歷探其所有足下亦宜盡發所渟蓄以與朋友共之某所聞誠最淺薄亦願再拜以進惟足下與諸君子之所決擇使前輩風俗由吾輩復少振而狹陋之病不遂沉痼豈細事哉屬雨日苦眩未得面陳而先以書布謝惶恐惶恐

與尉論捕盜書

某昨莫聞以逐盜遽出雖小事亦有難處置者此十許人皆負重辟相與竄伏山林中昏夜伺便小劫比官知之則已分散跳匿無次舍旗鼓可以物色求無偏裨部伍可以策畫破無糧可燒無巢穴可窮驟集忽散如鬼物然又實小盜官兵計其不能爲甚害所以久不獲也今未言能萬一馴至大盜但無辜之民時時遭劫亦不可云細事方其劫時執縛恐迫討民之冤與遭大盜亦有何異今日偶見一退卒說此事頗若可采不敢效庸人以非職事故默默不以告卒

言此十許人雖出沒合散不常似難遽獲然晝必食夜必息得金帛必賣劫掠往來至近亦須行四五里豈有都無一人見之之理蓋自頃民言見賊官輒意其與賊通捕繫笞掠久之無所得始釋去是官自塞耳目爲賊計則多爲捕賊計則踈矣一二年來民間懲創此事雖與賊交臂而過歸家噤默不敢以語比鄰而況於告官乎故官兵動息賊皆先知而賊雖近在十步內官兵終不得知某思其言實中事情亦嘗竊度之環三縣弓手土兵爲人幾何逐捕十許賊連歲弗獲不可不思其故也四境無事秋稼如雲誰肯爲賊囊槖者縱有亦不應人人皆然吾輩儒者當有大略願足下曠然無疑於胸中不當效武夫俗吏但知守故常也夫戰而獻馘自三代以來用之不可謂非古然近世至賊殺平人以爲功靖康建炎間不勝其弊始更制凱還勿獻馘使將校列上功最而已由是妄殺之禍十去八九然則三代聖人之遺法尚可

攺以便事而況近歲妄庸者所爲乎自今有言見盜者當一切慰藉遣去卽度其不妄或麤有補則又稍旌別之雖目前未得力但使人人敢言見賊賊縱跡益露勢益窮竄遠不過數月獲矣足下試熟策之秋暑野次自愛

荅陸伯政上舍書

九月六日某再拜復書伯政學士宗友兄閤下卽日初寒伏惟尊候萬福春中蒙見顧衰疾無聊不得款承絕塵邁往之論至今悒悒忽賢郎上舍攜所貺書及新詩來已深開慰又得雜著詩文一編置百事讀之所以開益殆非一端古聲不作久矣所謂詩者遂成小技詩者果可謂之小技乎學不通天人行不能無愧於俯仰果可以言詩乎僕紹興末在朝路偶與同舍二三君至太一宮聞中有高士齋皆名山高逸之士欣然訪之則皆扃戶出矣裴回老松流水之間久之一丫髻童負琴引鶴而來風致甚高吾輩相與

言曰不得見高士得見此童亦足矣及揖而問之則曰今日董御藥生日高士皆相率往獻香矣吾輩遂一笑而去今世之以詩自許者大抵多太一高士之流也不見笑於人幾希矣而望其有陶淵明杜子美之餘風果可得乎雜文數篇多甲寅以來所著言論風旨皆非同乎俗合乎世者與平甫書用意尤至則石守道李泰伯氣格相上下而師友淵源未可以望吾伯政也然所以告平甫者尚恐有所含蓄不欲盡發此非面莫究昨日兒子自城中來知方伯蓍已卒天乎有是哉討老兄亦同此哀也賢子表表超絕當爲名士不止取科第而已奉爲宗家贊喜無已黃精奇妙感激千萬囪囪不旣所欲言者亦坐老憊耳漸寒珍重珍重

侖王樵秀才書

十一月二日山陰陸某再拜復書先輩足下貢舉之法擇進士入官者爲考試官官以考試名當日夜專

心致志以去取士不可兼蒞他事則又爲設一官謂之監試監試麤官不復擇蓋夫人而可爲也甚至法吏流外平日不與清流齒者亦得爲之故又設法曰監試毋輒與考挍則所以待監試可知矣某鄉佐洪州適科舉歲當以七月到官遂泊舟星子灣幾月聞已鎖院不敢進非獨畏監試事煩實亦羞爲之今年在夔府府以四月試試前嘗白府帥願得移疾已見許矣會部使者難之某駑弱畏以避事得罪遂黽勉入院某與諸試官皆不相識惴惴恐其以侵官犯律令見詬自命題至揭榜未嘗敢一語及之不但不與也間偶見程文一二可愛者往往遭塗抹疵詆令人氣湧如山然歸臥室中財能向壁歎息蓋再三熟計雖復强聒彼護短者決不可回但取詬耳若可回雖詬固不避也如足下之文又不止可愛誠可敬且畏者而一旦以疑黜此豈獨足下不能無言雖試官與拔解諸人亦嘖嘖稱屈某至是直欲以麤官不與考

試自恕其可乎將因紹介再拜請罪於門墻而未敢也不圖足下容之察之更辱賜書講修朋友之好而以前者不能無言爲悔方是時使足下遂能無言固大善然士以功名自許非得一官則功名不可致雖決當黜尚悒悒不能已況以疑黜乎某往在朝見達官貴人免去不憂沮者葢寡彼已貴雖免貴固在其所失孰與足下多然猶如此今乃責足下以不少動心亦非人情矣前輩有錢希白少時試開封得第二希白豪邁自謂當第一乃詣闕上書詆主司當時不以爲大過希白卒爲名臣夫科舉得失爲重高下細事耳希白不能忍其細而責足下默默於其重者可不可邪是皆已往事不足復言區區仰歎足下才氣思有以奉廣故詳及之某吳人凡吳之陸皆同譜所謂四十九枝譜是也如龍圖公雖差遠顧尚可紀則於足下亦有瓜葛蒙敦篤尤感且莫詣見先此爲謝

渭南文集卷第十三

珍倣宋版印

渭南文集目錄

卷第十四

渭南文集卷第十四

容齋燕集詩序

廉宣仲葺其燕居之室曰容齋既成置酒落之舉觴屬客曰吾聞東郭順子之爲人人貌而天淸而容物吾雖不能而竊慕焉諸君以爲何如或曰方公盛壯時以郡文學高第入爲博士公卿盡傾名流彥士執贄求見者肩摩而袂屬車騎雍容行者趨避議論英發聞者傾聽傲色不至於目嫚言不接於耳方是時容物固無甚難也及轉徙江湖白首下吏舍於郵者爭席遇於途者相誰何則公之容固難矣至於羅口語絓吏議少年之喜謗前輩者鬨然成市公猶容之則豈不甚難哉敢問所以能此者何也宣仲笑曰是亦有道焉可容者吾以其情容之不可容者吾以其人容之故吾遇客而驩然遇酒而醺然遇怒駡姍侮如風葉之過吾前候蟲之鳴吾旁也子欲聞其説乎

方子之飲酒也俳諧者箕倨角觝者裸裎子何以不怒豈不以其爲此者非嫚耶此吾所謂以其情容之也世有服讒蒐慝習於爲惡勇於爲不義者誠若可疾矣吾則徐思之曰彼君子邪固不至此彼小人邪此固小人之常而吾以動心則去彼亦無幾何耳此又吾所謂以其人容之也二者可容何所不容而子獨何怪於是坐客媿且歎曰吾儕誠小人哉某在衆人中尤號褊率蓋屢歎也酒酣客皆賦詩而屬某爲敘既不得辭則因以識其媿將覽觀之以自儆焉

京口唱和序

隆興二年閏十一月壬申許昌韓無咎以新番陽守來省太夫人於潤方是時予爲通判郡事與無咎別蓋逾年矣相與道舊故問朋遊覽觀江山舉酒相屬甚樂明年改元乾道正月辛亥無咎以考功郎徵念別有日乃益相與遊遊之日未嘗不更相和答道羣居之樂致離闊之思念人事之無常悼吾生之不留

又丁寧相戒以窮達死生毋相忘之意其詞多宛轉深切讀之動人嗚呼風俗日壞朋友道缺士之相與如吾二人者亦鮮矣凡與無咎相從者六十日而歌詩合三十篇然此特其略也或至於酒酣耳熱落筆如風雨好事者從旁掣去他日或流傳樂府或見於僧窗驛壁恍然不復省識者蓋又不可計也潤當淮江之衝予老益厭事思自放於山巔水涯與世相忘而無咎又方用於朝其勢未能遽合則今日之樂豈不甚可貴哉予文雖不足與無咎並傳要不當以此廢而不錄也二月庚辰笠澤陸某務觀序

送關漕詩序

李固杜喬臧洪之死士以同死爲榮范文正之貶士以不同貶爲恥今著作之免歸也御史以風聞言之天子以無心聽之與前事固大異而坐客賦詩或危之何也風俗異也某旣列名衆詩之次又承命作序二罪當併按矣乾道六年十二月七日笠澤陸某序

雲安集序

濟南治歷城漢故縣也帶濼水而表歷山其山川雜見於春秋孟子史記諸書舜之遺迹蓋至於今可考士生其間多通儒名卿秀傑之士而以筆墨馳騖相高往往多清麗雄放警絕之詞與山川稱若今夔府連帥王公是已公自少時寓祕閣直晚由尚書郎長三院御史出牧於夔實督硤中十五郡資忠厚故政令簡心樂易故民夷親乃因暇日登臨矚望徘徊太息弔丞相之遺祠想拾遺之高風醉墨淋漓放肆縱橫實爲一代傑作顧夔雖號大府而荒絕瘴癘戶口寡少曾不敵中州一下郡如某輩又以憂患留落九死之餘才盡志衰欲强追逐公後而不可得向使公當承平時爲幷爲雍爲鎮爲定盡得四方賢士大夫以爲賓客相與覽其河關之勝以騁筆力則公衆作森列豈特此而已哉雖然是猶未也必極公之文弦歌而薦郊廟典冊而施朝廷然後曰宜今乃猶嘯詠

於荒山野水之濱追前世放逐羈旅之士而與之友雖小夫下吏或幸得之於虖是可歎歟公以乾道七年八月移牧永嘉行有日奉節令右從政郎普慈安𥳑袁公在郡文章若干篇爲雲安集且屬通判州事左承議郎山陰陸某爲序十月二十六日序

送范西叔序

乾道壬辰二月予道益昌始識范東叔後月餘遂與東叔兄西叔爲僚於宣威幕府又三月西叔以樞密使薦趣召詣行在所二君皆中書侍郎滎公孫也昔滎公對制策於治平爭詔獄於熙寧論河事邊事刑名赦令於元祐雖用舍或小異而要皆不合故用不極其材以沒沒又列黨籍其門戶爲世排詆諱惡者幾四十年又四十年而西叔兄弟始復奮發爲蜀知名士世之論盛衰者謂人衆勝天天定亦勝人予獨鄙此說夫盛衰皆天也人何與焉天將禍人之國則小人得志而君子廢其將福之也則君子見用而小

人絀國有禍福而君子無屈伸彼區區者乃誠謂天與人以衆寡疾徐爲勝負豈不可悲也哉九月丁丑西叔始東下同舍相與臨漾水置酒賦詩而屬予爲序夫吾曹之望於西叔所以繼榮公者豈獨爵位隆赫文辭行中朝而已哉雖然予與西叔皆黨籍家也既以勵西叔亦以自勵且勵吾東叔云

東樓集序

余少讀地志至蜀漢巴僰輒悵然有遊歷山川攬觀風俗之志私竊自怪以爲異時或至其地以償素心未可知也歲庚寅始泝硤至巴中聞竹枝之歌後再歲北遊山南憑高望鄠萬年諸山思一醉曲江渼陂之間其勢無繇往往悲歌流涕又一歲客成都唐安又東至於漢嘉然後知昔者之感蓋非適然也到漢嘉四十日以檄得還成都因索在笥得古律三十首欲出則不敢欲棄則不忍迺適敘藏之乾道九年六月二十一日山陰陸某務觀序

范待制詩集序

石湖居士范公待制敷文閣來帥成都兼制置成都潼川利夔四道成都地大人衆事已十倍他鎭而四道大抵皆帶蠻夷且北控秦隴所以臨制捍防一失其宜皆足致變故於呼吸顧盼之間以是幕府率窮日夜力理文書應期會而故時巨公大人亦或不得少休及公之至也定規模信命令弛利惠農選將治兵未數月聲震四境歲復大登幕府益無事公時從其屬及四方之賓客飲酒賦詩公素以詩名一代故落紙墨未及燥士女萬人已更傳誦被之樂府弦歌或題寫素屛團扇更相贈遺蓋自蜀置帥守以來未有也或曰公之自桂林入蜀也舟車鞍馬之間有詩百餘篇號西征小集尤雋偉蜀人未有見者盍請於公以傳屢請而公不可彌年乃僅得之於是相與刻之而屬某爲序淳熙三年上巳日朝奉郎成都府路安撫司參議官兼四川制置使司參議官山陰陸某

持老語錄序

持禪師明州鄞人世爲士一旦棄髮鬚學佛得法於白牛卿初住餘姚法性數年忽謝去越牧欲以雍熙邀致疑不就試一問之師欣然曰願卽得檄牧大喜師懷負包笠卽日徒步入院秉節如金石說法如雷霆雖從之遊者不過四五十輩而名震吳越盡交一世名卿賢大夫予先君會稽公知之最深予時甫數歲侍先君旁無旬月不見師至今想其抵掌笑語瞭然在目前夷粹真率真山林間人也後又徙居雪竇護聖二山年德益高如徑山杲公輩皆以丈人行尊事之其滅也談笑如平時蓋以真率爲佛事者邪得法弟子子詢行光如寂廣勲或出世說法或遁迹衆中皆不幸早逝去而法揚用璋獨在揚於是亦住護聖巋然爲叢林耆宿璋老且病猶自力刻師語錄且合辭屬予爲序師可謂有子矣予以先君故不敢辭

淳熙六年五月二十五日山陰陸某序

師伯渾文集序

乾道癸巳予自成都適犍爲識隱士師伯渾於眉山一見知其天下偉人予既行伯渾餞予於青衣江上酒酣浩歌聲搖江山水鳥皆驚起伯渾飲至斗許予素不善飲亦不覺大醉夜且半舟始發去至平羌酒解得大軸於舟中則伯渾醉書紙窮墨燥如春龍奮蟄奇鬼搏人何其壯也後四年伯渾得疾不起子懷祖集伯渾文章移書走八千里乞余爲序嗚呼伯渾自少時名震秦蜀東被吳楚一時高流皆尊慕之願與交方宣撫使臨邊圖復中原制置使弁護梁益兵民皆巨公大人聞伯渾名將聞於朝而卒爲忌者所沮夫伯渾既決不肯仕卽無沮者不過有司歲時奉粟帛牛酒勞問極則如孔旼徐復輩賜號書其事於史而已於伯渾何失得而忌已如此鄉使伯渾出而事君爲卿爲公則忌者當益衆排擊沮撓當不

遺力徙比景輸左技殆未可知安得如在眉山躬耕婦織放意山水優游以終天年邪則伯渾不遇未見可憾或曰伯渾之才氣空海內無與比其文章英發鉅麗歌之清廟刻之彝器然後爲稱今一不得施顧退而爲山巔水涯娛憂紓悲之言豈不可憾哉予曰是則有命識者爲時惜不爲伯渾歎也淳熙某月某日山陰陸某序

晁伯咎詩集序

傳密居士東里晁公伯咎詩四百六十有一篇其孫教授君百談集爲四卷以授予請序卷首伯咎少以文學稱自其諸父景迂具茨先生皆數譽之諸公貴人亦往往聞其名顧黨家不敢取靖康之元黨禁解伯咎召爲開封掾且顯用矣阻兵不能造朝比乘輿過江中原方兵連不解士大夫多以甲兵錢穀進故家名流乃見謂不切事機伯咎落江湖者數年久之雖起乘傳嶺海復坐微文斥卒棄不用以死而伯咎

傲睨憂患不少動心方扁舟往來吳松嘯歌飲酒益放於詩其名章秀句傳之士大夫皆以爲有承平臺閣之風蓋晁氏自文元公以大手筆用於祥符天禧間方吾宋極盛時封泰山禮百神歌頌德業治金伐石極文章翰墨之用汪洋渟滀五世百餘年文獻相望以及建炎紹興公獨殿其後又少時所交皆中州名勝講習磨礱之益深矣是豈窶書生聞見局陋者敢望其涯哉伯咎學問贍博胸中恢疏勇於爲義視死生禍福無如也至他文亦皆豪奇不獨其詩可貴尚力求而盡傳之伯咎諱公邁仕至某官淳熙七年十一月十七日山陰陸某序

長短句序

雅正之樂微乃有鄭衛之音鄭衛雖變然琴瑟笙磬猶在也及變而爲燕之筑秦之缶胡部之琵琶箜篌則又鄭衛之變矣風雅頌之後爲騷爲賦爲曲爲引爲行爲謠爲歌千餘年後乃有倚聲製辭起於唐之

季世則其變愈薄可勝歎哉予少時汩於世俗頗有所爲晚而悔之然漁歌菱唱猶不能止今絶筆已數年念舊作終不可揜因書其首以識吾過淳熙己酉炊熟日放翁自序

徐大用樂府序

古樂府有東武吟鮑明遠輩所作皆名千載蓋其山川氣俗有以感發人意故騷人墨客得以馳騁上下與荆州邯鄲巴東三峽之類森然竝傳至於今不泯也吾友徐大用家本東武呼吸食飲於邦淇之津蓋有以相其軼思者故自少時文辭雄於東州比南歸以政事議論顯聞薦紳顧不肯輕出其文以沽世取富貴三十年猶屈治中別駕澹然莫測涯涘獨於悲懽離合郊亭水驛鞍馬舟楫間時出樂府辭贍蔚頓挫識者貴焉或取其數百篇將傳於世大用復不可曰必放翁以爲可傳則幾矣不然姑止予聞而歎曰温飛卿作南鄉九闋高勝不減夢得竹枝訖今無深

賞音者予其敢自謂知君哉獨感東武山川既墮胡塵中而大用之才久伏不耀故爲之一言紹熙五年三月庚寅笠澤陸某務觀序

呂居仁集序

天下大川莫如河江其源皆來自蠻夷荒忽遼絕之域累數萬里而後至中國以注於海今禹之遺書所謂岷積石者特記禹治水之迹耳非其源果止於是也故爾雅謂河出崐崘虛而傳記又謂河上通天漢某至蜀窮江源則自蜀岷山以西皆岷山也地斷壞絕不復可窮河江之源豈易知哉古之學者蓋亦若是惟其上探虙羲唐虞以來有源有委不以遠絕不以難止故能卓然布之天下後世而無媿凡古之言者皆莫不然自漢以下雖不能如三代盛時亦庶幾焉宋興諸儒相望有出漢唐之上者迨建炎紹興間承喪亂之餘學術文辭猶不愧前輩如故紫微舍人東萊呂公者又其傑出者也公自少時既承家學心

體而身履之幾三十年仕愈躓學愈進因以其暇盡交天下名士其講習探討磨礱浸灌不極其源不止故其詩文汪洋閎肆兼備衆體間出新意愈奇而愈渾厚震耀耳目而不失高古一時學士宗焉晚節稍用於時在西掖嘗兼直内庭草趙丞相鼎制力排和戎之議忤秦丞相檜秦公自草日曆載公制辭以爲罪而天下益推公之正公平生所爲詩既已孤行於世嗣孫祖平又盡裒他文凡若干首爲若干卷而屬某爲序某自童子時讀公詩文願學焉稍長未能遠遊而公捐館舍晚見曾文清公文清謂某君之詩淵源殆自呂紫微恨不一識面某於是尤以爲恨則今得託名公集之首豈非幸歟慶元二年九月既望中大夫提舉建寧府武夷山沖佑觀山陰陸某謹序

佛照禪師語録序

拙庵禪師以佛法際遇孝宗皇帝問畣之語既刻金石傳天下久矣晚菴居阿育王山中其徒相與盡裒

五會所說法凡數萬言爲五卷遣侍者正球走山陰澤中請某作序某曰拙庵之道棟梁大法無語可也拙菴之語雷霆百世無錄可也又何以序爲哉然五會之外別有一會數萬言之外別有一句是可錄是不可錄諸人試下語若也道得老農贊歎有分慶元三年九月壬子陸某謹序

趙祕閣文集序

漢孝武帝好文淮南王安以高帝孫爲諸侯王而學問文辭在漢庭諸儒甲乙中其所著大小山至與雅頌離騷竝魏陳思王唐太白長吉則又以帝子及諸王孫落筆妙古今冠冕百世河出崐崙虛首四瀆經天下以入于海彼源委固自不同無足異也宋興宗室深居宮中不與外庭接故雖博學軼材不得著見然以詩文飛白書詔藏祕府者亦不乏人熙寧元豐間始與羣臣竝進於朝積數十年而德麟伯山屬文英妙寖見推於諸公間矣漢王五世孫祕閣公諱不

拙字若拙少以進士奮主司及流輩皆伏其工初苦
貧無以養乃教授諸生以自給其勤苦殆有非寠人
子所堪者既得第猶不廢也晚入蜀爲州遂持使者
節學益不厭文益妙予行南充閬中小益至成都歷
山郵津亭及浮屠老子之廬見穹碑巨板多公遺文
每觀之至忘食已而故尚書孫公仲益端明汪公聖
錫侍御王公龜齡文益出於世往往見公名字於其
間許與甚至然後知天下自有公論也公之子善發
善零皆取世世科善發字正己尤以文學稱其爲漢州
判官也囊公之文萬里請予於山陰澤中曰願有以
冠篇右顧公平生知己久已凋落予材下徒以後死
不得讓媿可量哉慶元六年三月丁巳中大夫直華
文閣致仕賜紫金魚袋山陰陸某序

方德亨詩集序

詩豈易言哉才得之天而氣者我之所自養有才矣
氣不足以御之淫於富貴移於貧賤得不償失榮不

蓋媿詩由此出而欲追古人之逸駕詎可得哉予自少聞莆陽有士曰方德亨名豐之才甚高而養氣不撓呂舍人居仁何著作掊之皆屈行輩與之遊德亨晩愈不遭而氣愈全觀其詩可知其所養也既沒若干年待制朱公元晦以書及德亨之詩示予於山陰曰子爲我作德亨集序往時有方昀者與德亨同族爲予言德亨遇疾卒於臨安逆旅垂困猶能起坐正衣冠手自作書與其族人官臨安者使買棺棺至乃歿色辭不異平日非養氣之全能如是乎請以是爲序慶元六年四月丁酉山陰陸某序

會稽志序

昔在夏禹會諸侯於會稽歷三千歲而我高宗皇帝御龍舟橫濤江應天順動復禹之跡駐蹕彌年定中興之業羣盜削平強虜退遁於是用唐幸梁州故事陞州爲府冠以紀元大駕既西幸而府遂爲股肱近藩稱東諸侯之首地望蓋視長安之陝洛汴都之陳

許所命牧守皆領浙東安撫使其自丞相執政來與
去而拜丞相執政者不可遽數而又昭慈聖烈皇后
及永祐以來四陵攢殿相望於鬱葱佳氣中朝謁之
使艫銜轂擊中原未清今天下鉅鎮惟金陵與會稽
耳荆揚梁益潭廣皆莫敢望也則山川圖諜宜其廣
載備書顧未暇及者緜數十年大卿沈公作賓待制
趙公不迹繼爲守皆慨然以爲己任乃與通判軍事
施君宿安撫司幹辦公事李君兼韓君茂卿及郡士
馮景中邵持正陸子虡王度朱鼐等上參禹貢下考
太史公及歷代史金匱石室之藏旁及爾雅本草道
釋之書稗官野史所傳神林鬼區幽怪恍惚之說秦
漢晉唐以降金石刻歌詩賦詠殘章斷簡靡有遺者
若父老以口相傳不見於文字者亦間見層出積勞
累月乃成是雖本之圖經圖經出於先朝非藩郡所
可附益乃用長安河南成都相臺之比名會稽志會
稽爲郡雖遷徙靡常而郡本以山得名又禹所巡也

故卒以名之而屬某爲之序嘉泰元年二月庚子中大夫直華文閣致仕陸某謹序

渭南文集卷第十四

渭南文集目錄

卷第十五

珍倣宋版印

渭南文集卷第十五

施司諫註東坡詩序

古詩唐虞賡歌夏述禹戒作歌商周之詩皆以列於經故有訓釋漢以後詩見於蕭統文選者及高帝項羽韋孟楊惲梁鴻趙壹之流歌詩見於史者亦皆有註唐詩人最盛名家者以百數惟杜詩註者數家然槩不爲識者所取近世有蜀人任淵嘗註宋子京黃魯直陳無已三家詩頗稱詳贍若東坡先生之詩則援據閎博指趣深遠淵獨不敢爲之說某頃與范公至能會於蜀因相與論東坡詩慨然謂予足下當作一書發明東坡之意以遺學者某謝不能他日又言之因舉二三事以質之曰五畝漸成終老計九重新掃舊巢痕遙知叔孫子已致魯諸生當若爲解至能曰東坡竄黃州自度不復收用故曰新掃舊巢痕建中初復召元祐諸人故曰已致魯諸生恐不過如此

耳某曰此某之所以不敢承命也昔祖宗以三館養士儲將相材及官制行罷三館而東坡蓋嘗直史館然自謫爲散官削去史館之職久矣至是史館亦廢故云新掃舊巢痕其用字之嚴如此而鳳巢西隔九重門則又李義山詩也建中初韓曾二相得政盡收用元祐人其不召者亦補大藩惟東坡兄弟猶領宮祠此句蓋寓所謂不能致者二人意深語緩尤未易窺測至如車中有布乎指當時用事者則猶近而易見白首沉下吏綠衣有公言乃以侍妾朝雲嘗歎黃師是仕不進故此句之意戲言其上僭則非得於故老殆不可知必皆能知此然後無憾至能亦太息曰如此誠難矣後二十五六年某告老居山陰澤中吳興施宿武子出其先人司諫公所註數十大編屬某作序司諫公以絕識博學名天下且用工深歷歲久又助之以顧君景蕃之該洽則於東坡之意蓋幾可以無憾矣某雖不能如至能所託而得序斯文豈非

幸哉嘉泰二年正月五日山陰老民陸某序

達觀堂詩序

朝請郎致仕吳公景先少嘗從洛川先生朱公希真問道朱公爲名所居堂曰達觀手書以遺之且賦詩一章屬之曰子爲人深靜簡遠不富貴必壽考故吾以此事相期景先出仕五十年不求速化不治生產位僅至二千石晚爲東諸侯客遂引年以歸距八十不遠望其容貌不腴不瘠視聽步趨如五六十人非得朱公密傳親付殆不能爾朱公之逝甚異世以爲與尹先覺譙天授蘇養直俱解化僊去則吾景先亦其流亞歟自朱公賦詩後士大夫繼作凡若干篇屬予爲序嘉泰二年十一月癸丑放翁陸某務觀序

梅聖俞別集序

宛陵先生遺詩及文若干首實某官李兼孟達所編緝也先生當吾宋太平最盛時官京洛同時多偉人巨公而歐陽公之文蔡君謨之書與先生之詩三者

鼎立各自名家文如尹師魯書如蘇子美詩如石曼卿輩豈不足垂世哉要非三家之比此萬世公論也先生天資卓偉其於詩非待學而工然學亦無出其右者方落筆時置字如大禹之鑄鼎練句如后夔之作樂成篇如周公之致太平使後之能者欲學而不得欲贊而不能況可得而譏評去取哉歐陽公平生常自以爲不能望先生推爲詩老王荆公自謂虎圖詩不及先生包鼎畫虎之作又賦哭先生詩推仰尤至晚集古句獨多取焉蘇翰林多不可古人惟次韻和陶淵明及先生二家詩而已雖然使本無此三公先生何歉有此三公亦何以加秋毫於先生予所以論載之者要以見前輩識精論公與後世妄人異耳會李君來請予序故書以予之嘉泰三年正月己卯山陰陸某序

楊夢錫集句杜詩序

文章要法在得古作者之意意既深遠非用力精到

則不能造也前輩於左氏傳太史公書韓文杜詩皆熟讀暗誦雖支枕據鞍間與對卷無異久之乃能超然自得今後生用力有限掩卷而起已十亡三四而望有得於古人亦難矣楚人楊夢錫才高而深於詩尤積勤杜詩平日涵養不離胸中故其句法森然可喜因以暇戲集杜句夢錫之意非爲集句設也本以成其詩耳不然火龍黼黻手豈補綴百家衣者邪予故爲表出之以告未深知夢錫者嘉泰三年正月丁亥笠澤陸某序

陸伯政山堂類稿序

古之學者始於家塾鄉校而貢於天子之辟雍始於抱關擊柝而至於公卿始於賦物銘器師旅會盟之辭而至於陳謨作誥其所遇雖不同然於明聖人之道闡性命精微之理則一也周衰道術裂於百氏士各以所見著書授徒於是稽之堯舜禹文王周公孔子之遺書始有大不合者今六經散軼不全而諸子

之書則往往具在又其辭怪偉辯麗足以動蕩世之耳目乃欲學者之文辭一合於道而不悖戾於經可謂難矣吾宗伯政諱煥之唐丞相文公希聲之九世孫文公上距丞相元方五世世中間子孫遇五季之亂獨不失譜至今世次皆可序述伯政家世爲儒力學篤行至老不少衰所爲文皆本六經無一毫汨於釋老雖其徒有從之求文者伯政尊所聞猶毅然不爲之貶至如楊公時近世名儒獨以立論少入釋老伯政正色斥之不遺餘力使死而有知吾伯政有以見周公孔子矣其孤集遺文爲二十卷來請余爲序伯政之文可稱述者衆余獨言其學術文辭之正以序之尚不失斯人之本意又進其子孫云嘉泰四年二月丁巳笠澤陸某謹序

普燈錄序

粵自曠大劫來至神應迹開示天人未有不以文字語言相授者今七佛偈是其一也至於中夏則三十

萬年之前包犧氏作已畫八卦造書契矣釋迦之與
固亦無異今一大藏教可謂富矣乃獨於最後舉華
示其上足弟子迦葉迦葉欣然一笑不立文字不形
言語謂之正法眼藏師舉華而傳弟子一笑而受旣
書之木葉旁行之間矣亦未見其與古聖異也豈謂
之文而非文謂之言而非言邪昔有景德傳燈三十
卷者蓋非文之文非言之言也此門一開繼者相望
其尤傑立者續燈廣燈二書也然皆草創簡略自爲
區別雖聖君賢臣之事有不能具載者獨旁見間出
於諸祖章中識者以爲恨吳僧正受始著普燈凡十
有七年成三十卷前日之恨毫髮無遺矣而尤爲光
明崇顯者我祖宗之明詔睿藻哀集周悉一一皆有
據依足以傳示萬世寶爲大訓其有功於釋門最大
方且上之御府副在名山而又以其副示某俾得紀
述梗槩於後某自隆興距嘉泰五備史官今雖告老
待盡山澤猶於祖宗遺事思以塵露之微仰足山海

不自知其力之不逮也嘉泰四年三月乙酉太中大夫充寶謨閣待制致仕山陰縣開國子食邑五伯戶賜紫金魚袋陸某謹序

澹齋居士詩序

詩首國風無非變者雖周公之豳亦變也蓋人之情悲憤積於中而無言始發爲詩不然無詩矣蘇武李陵陶潛謝靈運杜甫李白激於不能自已故其詩爲百代法國朝林逋魏野以布衣死梅堯臣石延年棄不用蘇舜欽黃庭堅以廢黜死近時江西名家者例以黨籍禁錮乃有才名蓋詩之興本如是紹興間秦丞相檜用事動以語言罪士大夫士氣抑而不伸大抵竊寓於詩亦多不免若澹齋居士陳公德召者故與秦公有學校舊自揣必不合因不復與相聞退以文章自娛詩尤中律呂不怨不怒而憤世疾邪之氣凜然不少回撓其不坐此得禍亦僅脫爾及秦氏廢始稍起爲吏部郎爲國子司業祕書少監遽沒於官

後四十餘年有子知津爲高安守最其詩得三卷屬某爲序某少識公於山陰方公召還嘗以詩贈別及公爲郎時故相湯岐公一日語公曰陸務觀別君詩方傳世非公之賢何以發其語如此時紹興己卯歲也因高安之請重以感欷某於是年八十有一矣開禧元年九月太中大夫寶謨閣待制致仕山陰縣開國子食邑五百戸賜紫金魚袋陸某序

傅給事外制集序

國家自崇寧來大臣專權政事號令不合天下心卒以致亂然積治已久文風不衰故人材彬彬進士高第及以文辭進於朝者亦多稱得人祖宗之澤猶在黨籍諸家爲時論所貶者其文又自爲一體精深雅健追還唐元和之盛及高皇帝中興雖披荆棘立朝廷中朝人物悉會於行在雖中原未平而詔令有承平風識者知社稷方永太平未艾也故給事中傅公以是時典西省文書得名尤盛公天資忠義絶人自

東夷寇逆滔天建炎中大駕南渡虜吞噬不遺力幾犯屬車之塵公眇然書生位未通顯獨涕泗感激請提孤軍横遏虜衝乘輿論功埒諸大將及駐蹕會稽公遂爲浙東帥始隱然有大臣望雖擯斥不容而士論愈歸及在東省御史力詆去之然猶知公爲一代大儒蓋公論不可揜如此公遺文百餘卷嗣孫穉貧甚手自鈔錄以傳後世未能竟乃先緝外制數百篇屬某爲序公之文固天下所願見而取法某未成童時公過先少師每獲出拜侍立被公教誨詎今七十餘年幸猶後死得論序公文亦幸矣某聞文以氣爲主出處無媿氣乃不撓韓柳之不敵世所知也公自政和訖紹興閱世變多矣白首一節不少屈於權貴不附時論以苟登用每言虜言畔臣必憤然扼腕裂眥有不與俱生之意士大夫稍有退縮者輒正色責之若讎一時士氣爲之振起今觀其制告之詞可槩見也公諱嵩卿字子駿於虖賢哉開禧元年九月

某日太中大夫充寶謨閣待制致仕山陰縣開國子食邑五百戶賜紫金魚袋陸某謹序

聞鼙錄序

元豐初置武學先太師以三館兼判學事今學制規模多出於公而策問亦具載家集中後百餘年某從子朴作聞鼙錄若干篇論孫吳遺意欲上之朝且乞序於某某懦且老非能知武事者朴許國自奮之志亦某所愧也乃從其請開禧元年十一月丁卯陸某序

周益公文集序

天之降才固已不同而文人之才尤異將使之發冊作命陳謨奏議則必畀之以閎富淹貫溫厚爾雅之才而處之以帷幄密勿之地故其位與才常相稱然後其文足以紀非常之事明難喻之指藻飾治具風動天下書黃麻之詔鏤白玉之牒藏之金匱石室可謂盛矣若夫將使之闡道德之原發天地之祕放而

及於鳥獸蟲魚草木之情則畀之才亦必雄渾卓犖窮幽極微又畀以遠遊窮處排擯斥踈使之磨礲䶩齬瀕於寒餓以大發其藏故其所賦之才與所居之地亦若造物有意於其間者雖不用於時而自足以傳後世此二者造物豈真有意哉亦理之自然古今一揆也大丞相太師益公自少壯時以進士博學宏詞疊二科起家不數年歷太學三館予實定交於是時時固多豪雋不羣之士然落筆立論傾動一座無敢嬰其鋒者惟公一人中雖暫斥而玉煙劍氣三秀之芝非窮山腐壤所能湮沒復出於時極文章禮樂之用絕世獨立遂登相輔雖去視草之地而大詔令典冊孝宗皇帝猶特以屬公於虖聖主之心亦如造物非私公以富貴蓋大官重任不極不久則無以盡公之才也公既薨踰年公之子綸以公遺文號省齋文稿者屬予爲之序公在位久崇論竑議豐功偉績見於朝廷傳之夷狄者何可勝數予獨論其文者蓋

有碑史有傳非集序所當及也開禧元年十二月甲子太中大夫寶謨閣待制致仕山陰縣開國子食邑五百戸賜紫金魚袋陸某謹序

宣城李虞部詩序

宣之爲郡自晉唐至本朝地望常重來爲守者不知幾人而風流吟詠謝宣城實爲之冠生其鄉者幾人而歌詩復古梅宛陵獨擅其宗此兩公蓋與敬亭之山俱不磨矣故宣之士多工於文而五七字爲尤工唐有李推官以詩名當代其家傳遺詩得數百篇以詩考之蓋與皮陸同時歟自推官後世世得能詩聲當元豐間有虞部公作詩益工推官清新警邁極鍛鍊之妙而虞部則規模思致宏放簡遠自宛陵出如劉子駿文學不盡與父同議者亦不能優劣之也予得其兩世遺編於虞部之曾孫臨海太守兼字孟達孟達固詩人蓋淵源一祖而能不媿者推官虞部之家世諱字與其學術行治蓋各見於其墓刻家牒予

獨志其詩云開禧三年六月丙午太中大夫寶謨閣待制致仕渭南縣開國伯食邑八百戸賜紫金魚袋陸某謹序

曾裘父詩集序

古之說詩曰言志夫得志而形於言如臯陶周公召公吉甫固所謂志也若遭變遇讒流離困悴自道其不得志是亦志也然感激悲傷憂時閔己託情寓物使人讀之至於太息流涕固難矣至於安時處順超然事外不矜不挫不誣不懟發爲文辭沖澹簡遠讀之者遺聲利冥得喪如見東郭順子悠然意消豈不又難哉如吾臨川曾裘父之詩其殆庶幾於是乎予紹興己卯庚辰間始識裘父於行在所自是數見其詩所養愈深而詩亦加工比予來官臨川則裘父已沒欲求其遺書而予蒙恩召歸至今以爲恨友人趙去華彥穮寄裘父艇齋小集來曰願序以數十語然裘父得意可傳之作蓋不止此遺珠棄璧識者興歎

去華爲郡博士尚能博訪之稍增編帙討無甚難者敢以爲請裘父諱季貍及與建炎過江諸賢游尤見賞於東湖徐公嘉定元年二月丁酉山陰陸某序

送巖電道人入蜀序

王衍一生䣭豢富貴乃以口不言錢自高巖電本張氏子施藥說相不受人一錢乃自稱姓錢以滑稽玩世古今相反有如此者忽來告放翁言將西入蜀乃書以遺之他日到青城大峨霧中鵠鳴諸名山見孫思邈朱桃椎張四郎尒朱先生姚小太尉譙天授尹先覺輩有問放翁安否者可出此卷相與一笑

邢芻甫字序

衞詩美武公之德一章曰瞻彼淇澳綠竹猗猗終之曰有匪君子終不可諼兮淇大川也見淇而思武公可也王芻萹竹草之微者亦見而思焉則思之至矣此所謂終不可諼兮者歟吾友邢子名淇請字於予予復之曰士之仕者能使一國一邑之人安其政而

無怨疾嘲譏亦已難矣況見其鄉閭而咨嗟追慕豈不甚難哉今衞人於武公見其地而思之見其草木而思之見其草之微者如王芻萹竹而思之況遇其子孫又將何如哉人不我忘於我何加然使人不怨疾嘲譏又咨嗟追慕久而不忘必有以得之矣故爲士者於此不可不知勉也請字子曰芻甫芻甫勉之仕而使一國一邑之人不忘相處而使鄉閭黨友不忘相與記其行事以爲法傳其言論風指誦習而勉於善豈不美哉嘉定元年四月己未山陰陸某序

曾溫伯字序

堯舜去今遠矣其言傳於今者蓋寡惟直而溫與寬而栗之言再見焉方是時教化之所覃人才之所慕全德如夔皐陶所言是豈戒其不足哉至商周之間始有得聖人之清聖人之和者清近直和近溫則既分而爲二矣若漢汲長孺事君無隱天下爲之直然去古之全德又益以遠贛川曾君黯方其入家塾也

大父大卿公用蘇子由張芸叟字其子孫例字之曰温伯蓋以古全德訓之有其義而亡其説温伯請於予曰願有以補之以終大父之意予慨然歎曰自大卿至温伯三世傳嫡德亦克肖其有以承此訓矣序其敢辭嘉定元年五月辛酉山陰陸某序

天童無用禪師語錄序

虙羲一畫發天地之祕迦葉一笑盡先佛之傳淨名一默曾點一唯丁一牛刀扁一車輪臨濟一喝德山一棒妙喜一竹篦子皆同此關捩但恨欠人承當天童無用禪師蓋卓爾能承當者未見妙喜大事已畢豈有住山示衆之語可畏編簡哉放翁謂若不投之水火無有是處惟韓退之所云火其書其語差似痛快又恐退之亦止是説得耳五百年後此話大行方知無用與放翁却是同參嘉定元年秋九月丙辰序

陳長翁文集序

漢之文章猶有六經餘味及建武中興禮樂法度粲

然如西京時惟文章頓衰自班孟堅已不能望太史公之淳深崔蔡晚出遂墮卑弱識者累欷而已我宋更靖康禍變之後高皇帝受命中興雖艱難顛沛文章獨不少衰得志者司詔令垂金石流落不偶者娛憂紓憤發爲詩騷視中原盛時皆略可無媿可謂盛矣久而寖微或以纖巧摘裂爲文或以卑陋俚俗爲詩後生或爲之變而不自知方是時能居今行古卓然傑立於頹波之外如吾長翁者豈易得哉其子師文來乞予爲長翁集序乃寓吾歎以慰其子且以慰長翁於地下云長翁高郵陳氏諱造字唐卿嘉定二年三月丁巳渭南伯陸某務觀序

渭南文集卷第十五

渭南文集目錄

卷第十六

珍倣宋版印

渭南文集卷第十六

成都府江瀆廟碑 淳熙四年五月一日

自古水土之功莫先乎禹紀其事莫備乎禹貢之篇禹貢之所載莫詳乎江漢曰嶓冢導漾東流爲漢又曰岷山導江某嘗登嶓冢之山有泉涓涓出兩山間是爲漢水之源事與經合及西遊岷山欲窮江源而不可得蓋自蜀境之西大山廣谷谽谺起伏西南走蠻夷中皆岷山也則江所從來尤荒遠難知而漢過三澨至大别之麓亦卒附江以達於海故江爲四瀆之首三代典祀秩視諸侯而楚大國亦以爲望有事必禱祠焉可謂盛哉成都自唐有江瀆廟其南臨江唐末節度使高駢大城成都廟與江始隔歷五代之亂淫昏割裂神弗受職廟亦弗治宋興乾德三年平蜀越八年當開寶六年有詔自京師繪圖遣工侈大廟制傑閣廣殿脩廊邃宇聞於天下慶曆七年故太

師忠烈潞公以樞密直學士來作牧則又築大堂並
廟東南以爲徹祭飲福之所而廟益宏麗矣厥後雖
屢繕治有司不力寖以大壞上漏旁穿風雨入屋支
傾苴罅苟偷歲月淳熙二年六月今尹敷文閣待制
范公之始至也躬執牲幣祗肅祀事既退讀開寶中
修廟碑惕然改容曰此太祖皇帝之詔敢弗虔南出
登堂見忠烈公之識則又嘆曰潞國予自出也敢弗
嗣始有葺廟意矣會歲旱公潔齋以禱曰三日而雨
且大洽祠宇以報如期高下洽足歲以大穰公饒私
餘蠻夷順服乃自三年某月庀工訖四年五月廟成
總其費木以章計者八千一百二十有八竹以箇計
者四萬九千四百七十瓴甓釘以枚計者十八萬七
千七百二十有四丹青黝堊以斤計者一萬八十有
七梓匠役徒以口計者二萬三千八百爲屋二百有
九間牆六千八百七十尺廟之制度復還開寶慶曆
之盛而有加焉於是府之屬吏來請其刻文麗牲之

石且繫以詩詩曰
井絡之躔下應岷山蟠踞華夷江出其間奔蹴三峽
放於荆揚我考禹跡九州茫茫千礎之宫肇自開寶
吏靡嚴恭庭有荐草范公來止事神是力廟未克成
當食太息江流東傾於海朝宗廟成公歸與江俱東
壯哉湯湯環我蜀城萬古不竭亦配公名

行在寧壽觀碑

紹興二十年十月詔賜行在三茆堂名曰寧壽觀因
東都三茆寧壽院之舊也初章聖皇帝建會靈觀實
爲崇奉之始至是高宗皇帝方躋天下於仁壽之域
尤垂意焉迺迺命道士蔡君大象知觀事蒙君守亮副
之許其徒世守又命中貴人劉君敖典領置吏胥給
清衞兵略用大中祥符故事後十年敖遂請棄官專
奉寧壽香火詔如所請賜名能真改左右街都道錄
仍領觀事實又用至道中內侍洪正一故事上心眷
顧每示優假如此然迨今歲月寖久未有紀之金石

以後上賜者紹熙五年六月知觀事冲素大師邵君
道俊始礲石來請某為文傳示後世某實紹興朝士
屢得對行殿同時廷臣零落殆盡某適後死獲以草
野之文登載盛事顧不幸歟伏觀寧壽觀實居七寶
山之麓表裏湖江拱輔宮闕前帶馳道後枕崇阜盡
得都邑之勝廣殿中峙脩廊外翼雲章寶室籤帙富
麗浩浩乎道山蓬萊之藏也鐘經二樓翬飛霄漢飄
飄乎化人中天之居也金符象簡羽流畢集進趨有
容肅恭齋法濟濟乎茹靈芝飲沆瀣之衆也導以霓
旌節以玉磬侍者翼從以登講席琅琅乎徹九天震
十方之音也祐陵之御畫德壽重華之宸翰煥乎河
雒之圖書也鴻鍾大鼎華蓋寶劍褚遂良吳道子之
遺跡卓乎祕府之怪珍也榮光異氣夜燭天半所以
扶衛社稷安鎮夷夏者於是乎在非他宮館壇宇可
得而比恭惟我高宗皇帝實與三茆君自渾沌溟涬
開闢之初赤明龍漢浩劫之前俱以願力應世濟民

雖時有古今迹有顯晦其受命上帝以福天下則合若符券及夫風御上賓威神在天與三十六帝翱翔太虛三茆君亦與焉時臨熙壇顧享明薦用敷佑於我聖子神孫降福發祥時萬時億於虖休哉某既述觀之所繇興且繫之以銘曰

炎祚中否開真人以大誓願濟下民左右虛皇友三真坐令化國風俗淳乃營斯宮示宿因丹碧岌業天與隣神君龍虎呵重闉鯨鐘横撞震無垠錦旛寶蓋高嶙峋天華龍燭晝夜陳歷載九九符堯仁超然脫屣侍帝晨遺澤滲漉萬寓均歲豐兵偃無吟呻咨爾衆士嚴冠巾以道之真治子身服膺聖訓常如新冲霄往從龍車塵

嚴州烏龍廣濟廟碑

山川之祀自虞書以來見於載籍與天地宗廟並或謂山川興雲雨澤枯槁宜在秩祀非必有神主之以予考之殆不然維嶽降神生甫及申山川之神降而

爲人與人死而爲山川之神一也豈幸而見於經則可信後世則舉不可信邪柳宗元死爲羅池之神其傳甚怪而韓文公實之張路斯自人爲龍廟於潁上其傳尤怪而蘇文忠公實之蓋二神者所傳雖不可知而水旱之禱卓乎偉哉不可泯沒則二公亦不得而揜也予適蜀見李冰張惡子廟於離堆梓潼之山皆血食千載非獨世未有疑者蓋其靈響㬎著亦有不容置疑者矣嚴州烏龍山廣濟廟之神曰忠顯仁安靈應昭惠王舊碑以爲唐貞觀中人姓邵氏所記甚詳雖幽顯殊隔不可盡質然神靈動人如羅池變化不測如潁上歷數百年未嘗少替而朝廷之所褒顯吏民之所奉事亦猶一日此烏可以幸得哉至於紹興辛巳東海之師羣胡見巨人皆長丈餘戈戟麾旄出沒煙雲間則相告曰烏龍神兵至矣或降或遁去無敢枝梧者是又與東晉八公山及慶歷嘉嶺神之事相埒然彼皆在近境而此獨見於山海阻絶數

千里之外豈不尤異也哉不得韓蘇之文以後大其傳而邦人進士沈奐顧以屬筆於某辭卑事偉有足恨者迺作送迎神詩一章使併刻之實慶元五年十月甲子也其辭曰

王之生兮值唐初基龍翔於天兮英雄是資獨沉草萊兮默不得施巉然萬仞兮胸中之奇使得小試兮冒白刃而搴朱旗丈夫戰死兮固亦其宜死於不遭兮精神曷歸王亦何懟兮人則爲悲烏龍之山兮跨空巍巍築傑屋兮奉祠禋桂兮羞芝彈箜篌兮吹參差王捨斯民兮逝何之錫以祉兮燕及惸嫠歲屢豐兮長無凶饑擁羽蓋兮駕玉螭時節來饗兮民之依國有征誅兮克相王師長戈大纛兮肅肅陰威掃平河雒兮前功弗隳名顯爵兮永世有辭

德勳廟碑

自古王者經綸草昧戡定亂略必有熊羆之士不貳心之臣內任心膂之寄外宣股肱之力而廟謨國論

密賴以決實兼將相之任者在我高宗皇帝時有若
太師循忠烈王張公實維其人粵自高宗歷試於外
開大元帥府總天下兵首以山西豪傑入侍帷幄龍
飛順動避狄南渡公則有扶天夾日之功蕭墻釁起
羣公喑拱公則倡勤王復辟之大策氛祲內侵戎馬
豕突公則奮卻敵禦侮之奇略巨盜乘間羣兇和附
公則建剪除安輯之成績由是不數年間國勢安強
夷虜奪氣請和而一二重將未還宿衞論者咸以爲
非長久計公則率先請罷宣撫使事奉朝請章再上
引義懇款於是議始定士大夫咸謂其得大臣體而
高宗亦每謂之腹心舊將又曰從來待卿如家人又
曰是人與他功臣相去萬萬蓋高宗蹈履艱危身濟
大業沉機獨智燭微察遠以爲方海內橫流巡幸四
方暴衣露蓋周衞單寡非如中都高拱蝴蝶㠔之
居江流阻艱海道阽危非如平時安行清蹕馳道之
中不有如公者協心同德均禍福共安危譬之一家

父兄有急子弟不召而自至譬之一身頭目有患手足不令而自力則天下之計將以誰諉袁盎謂絳侯功臣非社稷臣則社稷臣與功臣果異建炎以來功臣則有矣至可名社稷臣者非公而誰故國家所以褒表崇異常出等夷之上非私恩也及配享高宗廟庭其次偶居其後或者疑焉是不然唐名將前曰英衞後曰李郭衞公汾陽之勳德巍如泰山終不以姓名次序爲歉欽宗皇帝下詔褒顯故老而范文正實次司馬文正之下司馬公之賢不過與范公等范公輔政先數十年聲詩所載以配夔卨而顧乃居次世豈以此爲有抑揚之意哉公之曾孫鎡三世傳嫡長始築廟於居第之東廟成以高宗御書德勳二大字爲廟之名自忠烈以下爲三室忠烈之配曰秦國夫人魏氏漢國夫人章氏第二室曰少傅公諱子㫊配曰漢國夫人蕭氏第三室曰少師公諱宗元配曰楚國夫人劉氏維忠烈王勳業之詳與夫世諱字系官

爵葬有碑謚有誥史有傳此不復載顧廟祭宜有歌詩刻於麗牲之碑乃作詩曰

宋傳九聖高宗是承化龍渡江天開中興維忠烈王翼從帝旁捐身棄孥獨當豺狼煙塵未息變生肘腋首倡義師氣沮金石大業復隆退不矜功雪涕引罪身衞行宮國有大難我則出捍功成愈謙將士畏歎既空盜藪鏖虜淮右柘皐之捷梁楚無寇河雒將平虜畏乞盟亟上虎符就第王城茂勳明德爛然史冊燕及家國匪王孰克築廟作主三室同宇歲時奉享豐豆碩俎國有世臣家有元孫咨爾後人祗栗廟門

泰州報恩光孝禪寺最吉祥殿碑

天下無不可舉之事亦無不可成之功始以果終以不倦此事之所以舉而功之所以成也海陵通川之間自建炎後爲盜區戰場中雖息兵然猶鬼嘯狐嘷於藜莠瓦礫中自官寺民廬皆略具爾未幾復有紹興辛巳虜禍前日之略具者又踐蹂燔燒滌地而盡

乾道淳熙以來中外無事函養滋息且以國力與葺
之迨今四十年而城郭邑屋尙未能復承平之舊至
於浮圖之廬又非郡縣所急或盛或衰皆在仕者所
不問則其舉事若尤難者嗚呼是特不遇浮圖之傑
耳信有之未見其果難也泰州報恩光孝禪寺是已
寺始爲天寧萬壽寺今名蓋用紹興詔書改賜亦火
於辛巳之變有祖彥師者復葺之未成而化中間屢
易主者至紹熙中今長老德範師應轉運陳公損之
之請而至寺雖麤建而大役多未之舉有巨鐘千石
方寺壞於兵時樓焚鐘墮扁而不壞範始至奮曰鐘
不壞寺將興之符也吾舉事將自鐘始乃建樓百尺
以棲鐘鐘始鑄歲在乙卯至是三乙卯矣而樓成人
咸異之遂議佛殿殿之役最大度費錢數千萬見者
縮頸曰使可爲豈至今日邪範曰不然吾當與有緣
者力成之不敢以難故止已而有居士劉洪首施錢
五百萬施者不勸而集積爲四千萬有奇乃伐木於

黃岡藪流而下方役之輿以闢征爲懼常平使者王
公寧聞之曰斯殿以資永祐陵在天之福孰敢議者
吾當任其事於是所至皆爲弛禁殿以崇成爲重屋
八楹東西百三十六尺南北九十六尺高百一十尺
佛菩薩阿羅漢三十有一軀會王公去而後使者韓
公梴取華嚴經語書殿之顏曰最吉祥殿範又爲閣
六楹以奉今天子昔在潛邸賜前住持覺深碧雲二
大字閣之廣袤雄麗亦略與殿稱餘若方丈寢堂廚
庫水陸堂兩廡累數十年不能成者皆不淹歲而備
最其費爲緡錢二十萬在它人若寢食不遑暇範獨
終日從容倡道以進其徒一謦欬一顧視皆具第一
義學者往往得入而其師別峯之法遂盛行於江淮
間矣凡一寺內外莫不粲然復興與是殿實爲之冠慶
元六年夏四月範使其書記蜀僧祖輿與來求予作碑
予既盡述其始末且爲之銘銘曰
海陵奧區名寰中長淮大江爲提封於皇徽祖御飛

龍臣民薦福遐邇同是邦巍然千柱宮中有廣殿奉大雄瓌材蔽江西徂東波神呵護如雲從璇題藻井翔虛空丹碧髹堊無遺工劫火不能壞鴻鐘雷震鯨吼聲隆隆層閣閟奉龍鸞蹤榮光夜起騰長虹徽祖聖德齊天崇澤覃草木函昆蟲咨爾梵衆極嚴恭熙運共慶千載逢餘福漸被兼華戎長佑農扈消兵烽

洞霄宮碑

造化之初昆侖旁薄一氣既分天積氣於上地積塊於下明爲日月幽爲鬼神聚爲山嶽海瀆散爲萬物萬物之最靈爲人人之最靈爲聖哲爲僊真而道爲天地萬物之宗幽明鉅細之統此虙羲黃帝老子所以握乾坤司變化也其書爲易六十四卦道德五千言陰符西昇度人生神之經列禦寇莊周關喜之書其學者必謝去世俗練精積神棲於名山喬岳略與浮圖氏同而篤於父子之親君臣之義與堯舜周公孔子遺書無異浮屠氏蓋有弗及也臨安府洞霄宮

舊名天柱觀在大滌洞天之下蓋學黃老者之所廬
其來久矣至我宋遂與嵩山崇福宮獨爲天下宮觀
之首以寵輔相大臣之去位者亦有以提舉洞霄召
拜左相者則其地望之重殆與昭應景靈醴泉萬壽
太一神霄寶籙爲比它莫敢望在真宗皇帝時始制
詔改宮名賜金寶牌又賜仁和縣田十有五頃奉齋
醮悉除其租賦至政和間宮以歷歲久穿壞漫漶徽
宗皇帝降度牒三百命兩浙轉運司復興葺之歲度
童子一人爲道士建炎中又廢於兵火高宗皇帝中
興大業聞之當宁太息乃紹興二十五年以皇太后
之命建昊天殿鐘樓經閣表以崇閎繚以脩廡費出
慈寧宮梓匠工役具於修內步軍司中使臨護犒賜
踵至既不以命有司而山麓之民亦晏然不知有役
一旦告成金碧之麗光照林谷鐘磬之作聲摩雲霄
見者疑其天降地涌而神運鬼輸也可謂盛矣及上
脫屣萬幾頤神物表遂以乾道二年自德壽宮行幸

山中駐蹕累日勅太官進蔬膳親御翰墨書度人經以賜自有天地卽有此山殊尤之迹未有若此者慶元六年九月葆光大師宮都監潘三華與知宮事高守中同知宮事水丘居仁以告山陰陸某曰願有紀以爲無窮之傳某以疾未能屬稿後三年同知宮事王思明與其徒李知柔杭濤江入東繼以請乃敘載其本末如此且爲之銘曰

在宋祥符帝錫之書乃作昭應比隆羲圖元豐景靈列聖攸居元祐上清以祝帝儲棟宇煌煌煥於天衢徽祖神霄誕彌九區迨我高皇東巡於吳睠言天柱鎭茲行都警蹕來臨神明翊扶乃御幄殿穆清齋居天日下照雨露普濡迨今遺民注望屬車三聖嗣興光紹聖謨千礎之宮騫騰太虛寶磬鴻鐘震於江湖肆作頌詩用紀絕殊

渭南文集卷第十六

珍倣宋版印

渭南文集目錄

卷第十七

珍倣宋版印

渭南文集卷第十七

雲門壽聖院記

雲門寺自晉唐以來名天下父老言昔盛時繚山並谿樓墖重複依巖跨壑金碧飛踊居之者忘老寓之者忘歸遊觀者累日乃徧往往迷不得出雖寺中人或旬月不相覿也入寺稍西石壁峯爲看經院又西爲藥師院又西繚而北爲上方已而少衰於是看經別爲寺曰顯聖藥師別爲寺曰雍熙最後上方亦別曰壽聖而古雲門寺更曰淳化一山凡四寺壽聖最小不得與三寺班然山尤勝絕遊山者自淳化歷顯聖雍熙酌煉丹泉闚筆倉追想葛稚川王子敬之遺風行聽灘聲而坐蔭木影徘徊好泉亭上山水之樂饜飫極矣而亭之旁始得支徑逶迤如綫脩竹老木怪藤醜石交覆而角立破崖絕澗奔泉迅流喊呀而噴薄方暑凜然以寒正晝仰視不見日景如此行百

餘步始至壽聖蔪然孤絶老僧四五人引水種蔬見客不知拱揖客無所主而去僧亦竟不知辭謝好奇者或更以此喜之今年予來南而四五人者相與送予至新谿且曰吾寺舊無記願得君之文磨刻崖石予異其朴埜而能知此也遂與爲記然憶爲兒時往來山中今三十年屋益古竹樹益蒼老而物色益幽奇予亦有白髮久矣顧未知予之文辭亦能少加老否寺得額以治平某年某月後九十餘年紹興丁丑歲十一月十七日吳郡陸某記

寧德縣重修城隍廟記

禮不必皆出於古求之義而稱揆之心而安者皆可舉也斯人之生食稻而祭先嗇衣帛而祭先蠶飲而祭先酒畜而祭先牧猶以爲未則凡日用起居所賴者皆祭祭門祭竈祭中霤之類是也城者以保民禁姧通節內外其有功於人最大顧以非古黜其祭豈人心所安哉故自唐以來郡縣皆祭城隍至今世尤

謹守令謁見其儀在他神祠上社稷雖尊特以令式從事至祈禳報賽獨城隍而已則其禮顧不重歟寧德爲邑帶山負海雙巖白鶴之嶺其高摩天其嶮立壁負者股栗乘者心掉飛鸞騧井之水濤瀾洶湧蛟鰐出沒登舟者涕泣與父母妻子别已濟者同舟更相賀又有氣霧之毒鼃黽蛇蠱守宮之蠱鄣亭逆旅往往大署墻壁以道出寧德爲戒然邑之吏民獨不得避則惟神之歸是以城隍祠比他邑尤盛祠故在西山之麓紹興元年知縣事趙君誂之始遷於此二十八年五月權縣事陳君攄復增築之高明壯大稱邑人尊祀之意既成屬某爲記某曰幽顯之際遠矣惟以其類可感故古之祭者必思其所嗜好夫神之所以爲神惟正直所好亦惟正直君儻無愧於此則擷澗谿之毛挹行潦之水足以格神不然豐豆碩俎是諂以求福也得無與神之意異邪既以勵君亦以自勵又因以勵邑人八月一日右迪功郎主簿陸某

灊亭記

灊山道人廣勤廬於會稽之下伐木作亭苫之以茆名之曰灊亭而求記於陸子吾聞鄉居邑處父兄子弟相扶持以生相安樂以老且死者民之常也士大夫去而立朝散之四方功名富貴足以老而忘返矣猶或以不得車騎冠蓋雍容於途以夸其鄰里而光耀其族姻爲憾惟浮屠師一切反此其出遊惟恐不遠其遊之日惟恐不久至相與語其平生則計道里遠近歲月久暫以相高嗚呼亦異矣勤公之心獨不然言曰吾出遊三十年無一日不思灊而適不得歸未嘗以遠遊夸其朋儕其在灊亭語則灊也食則灊也煙雲變滅風雨晦冥吾視之若灊之山樵牧往來老稚嘯歌吾視之若灊之人疏一泉移一石蓺一草木率以灊觀之恍然不知身之客也夫人之情無不懷其故者浮屠師亦人也而忘其鄉邑父兄子弟無

乃非人之情乎自堯舜周孔其聖智千萬於常人矣然猶不以異於人情爲高浮屠師獨安取此哉則吾勤公可謂篤於自信而不移於習俗者矣故與爲記

紹興三十年十二月十二日記

煙艇記

陸子寓居得屋二楹甚隘而深若小舟然名之曰煙艇客曰異哉屋之非舟猶舟之非屋也以爲似歟舟固有高明奧麗踰於宮室者矣遂謂之屋可不可邪陸子曰不然新豐非楚也虎賁非中郎也誰則不知意所誠好而不得焉麤得其似則名之矣因名以課實子則過矣而予何罪予少而多病自計不能效尺寸之用於斯世蓋嘗慨然有江湖之思而飢寒妻子之累劫而留之則寄其趣於煙波洲島蒼茫杳靄之間未嘗一日忘也使加數年男勝鉏犁女任紡績衣食麤足然後得一葉之舟伐荻釣魚而賣芰芡入松陵上嚴瀨歷石門沃洲而還泊於玉笥之下醉則散

髮扣舷爲吳歌顧不樂哉雖然萬鍾之祿與一葉之舟窮達異矣而皆外物吾知彼之不可求而不能不眷眷於此也其果可求歟意者使吾胸中浩然廓然納煙雲日月之偉觀攬雷霆風雨之奇變雖坐容膝之室而常若順流放櫂瞬息千里者則安知此室果非煙艇也哉紹興三十一年八月一日記

復齋記

仲高於某爲從祖兄某蓋少仲高十有二歲方某爲童子時仲高文章論議已稱成材冠峩帶博車騎雍容一時名公卿皆慕與之交諸老先生不敢少之皆謂仲高仕進且一日千里自從官御史識者惟恐不得如仲高者爲之及其丞大宗正出使一道在他人亦足稱矣仕在仲高則謂之蹉跌不偶可也顧曾不煖席遂遭口語南遷萬里凡七閱寒暑不得內徙與仲高親厚者每相與燕遊輒南望歎息出涕因罷酒去如是數矣然客自海上來言仲高初不以遷謫瘴

癘動其心方與學佛者遊落其浮華以反本根非復昔日仲高矣聞者皆悵然自以爲不足測斯人之淺深也隆興元年夏某自都還里中始與兄遇視其貌淵乎似道聽其言簡而盡所謂落浮華反本根者乃親見之嘗對榻語至丙夜謂某曰吾名吾燕居之室曰復齋子爲我記某自念少貧賤仕而加甚凡世所謂利欲聲色足以敗志汩心者一不踐其境兀然枯槁似可學道者然從事於此數年卒無毛髮之得若仲高馳騁於得喪之場出入於憂樂之域而自得者乃如此非深於性命之理其孰能之某蓋將就學焉敢極道本末以爲復齋記

青州羅漢堂記

隆興改元秋九月某訪故人弈公於青山之下與弈公别蓋十有餘年矣聞某至曳杖出迎松間黔瘠腊如殘雪覆頂相與握手訪問朋舊且悲且喜既至其居脩廊邃屋曲折皆有意已而入法堂之東室忽見

澗壑巖竇飛泉迅流菩薩阿羅漢翔遊其中使人如身在峩眉天台應接不暇弈公從旁笑曰此吾使工人幻爲之者也始王君某築是庵於墓左以資其先人之福而請吾居焉王君閉門讀書未嘗少貶於世顧於吾獨委曲周盡吾亦感其意爲之留而弗去者十年凡此土木金碧以爲像設供養之具者積費千金王君無絲毫計惜而吾之心志亦竭於是矣子爲我記嗚呼某不天少罹閔凶今且老矣而益貧困每遊四方見人之有親而得致養者與不幸喪親而葬祭之具可以無憾者輒悲痛流涕愴然不知生之爲樂也聞王君之事既動予心又況弈公勤勤之意乎記其可辭明年七月一日甫里陸某記

鎮江府城隍忠祐廟記

漢將軍紀侯以死脫高皇帝於滎陽之圍而史失其行事司馬遷班固作列傳弗載也維宋十一葉天子駐蹕吳會改元乾道正月甲子右中奉大夫直敷文

閣知鎮江府方滋言府當淮江之衝屛衞王室號稱大邦自故時祠紀侯爲城隍神莫知其所以始然實有靈德以芘其邦之人禱祈禬禳昭荅如響紹興隆興之間虜比入塞金鼓之聲震於江壖吏民不知所爲則惟神之歸雖虜畏天子威德折北不支退舍請盟府以無事至於流徙蔽野兵民參錯而居處弗驚疾癘以息則神實陰相之吏其敢貪神之功以爲己力乎謹上尚書願有以襃顯之以慰父兄子弟之心越三月癸丑有詔賜廟額曰忠祐詔下而方公爲兩浙轉運副使右朝散大夫直徽猷閣呂公擢來知府事後上之賜五月癸亥大合樂盛服齊莊躬致上命神人協心霧雨澄霽靈風肅然來享來臨於是呂公以屬某曰願有紀焉某惟紀侯忠奮於一時而暴名於萬世功施於漢室而見襃於聖宋身隕於滎陽而血食於是邦士惟力於爲善而已豈有有其善而不享其報者乎吏之仕乎是邦者必將有事於廟有事

於廟者必將有考於碑其尚知所勉焉毋爲神羞六
月癸未記

黃龍山崇恩禪院三門記

自浮屠氏之說盛於天下其學者尤喜治宮室窮極
侈靡儒者或病焉然其成也無政令期會惟太平久
公私饒餘師與弟子四出丐乞積累歲月而後能舉
其壞也無衛守誰何一日寇至則立爲草莽丘墟故
天下亂則先壞治則後成予於是蓋獨有感焉黃龍
山方南公時學者之盛名天下而其居亦稱焉中更
夷狄盜賊大亂之後學者散去施者弗至昔之閎壯
鉅麗者嘗委地矣自庚申訖丁亥二十餘年之間乃
能粲然復興樓墖殿閣空翔地踴鐘魚之聲聞十餘
里法席之盛殆庶幾南公時是非兵革之禍不作遠
方之氓蕃息阜安得以其公賦私養之餘及於學佛
者則此山且爲虎狼魑魅之所宅矣而安能若是哉
禪師升公於其寺門之成也屬予爲記予謂升公方

以身任道起其法於將墜門蓋未足言獨書予所感使凡至山中者皆知前日之禍亂嘗如此而國家之覆燾函育斯民若是其深吏勤其官民力其業相與思報上之施焉升公豈不得所願哉乾道三年正月十四日左通直郎陸某記

王侍御生祠記

乾道七年二月知夔州濟南王公新作貢院成越三月夔歸萬施梁山大寧六郡之士不謀同辭曰夔雖號都督府而僻在巴硤無贏財羨工公之爲是役也寸寸銖銖心計而手度之彌月乃成形容爲癯髮爲盡白其德於士豈有旣耶盍思所以報者乃相與築祠於院之東堂畫像惟肖又相與屬予記之予曰公之施厚矣祠未足報也士則曰吾等將日夜勉於學父兄詔子弟於家長老先生訓諸生於鄉期有以應有司之求如是足乎予曰未也郡國貢士於天子天子命近臣與館閣文學之士選其尤者而親策之於

廷策既上天子爲親第其名謂之進士進士將相儲也自是而起於朝其任政事毋伏嘉言毋醜衆正其任言責毋比大吏毋置宵人其任百執事守節秉誼宿道鄉方毋懷諼毋服讒使天下稱之史臣書之曰是夔州所貢士也士以是報公公以是報天子迺可無媿而予於記亦無愧辭矣若何皆曰唯敢不力乾道七年三月十五日左奉議郎通判軍州主管學事兼管內勸農事陸某記

東屯高齋記

少陵先生晚遊夔州愛其山川不忍去三徙居皆名高齋質於其詩曰次水門者白帝城之高齋也曰依藥餌者瀼西之高齋也曰見一川者東屯之高齋也故其詩又曰高齋非一處予至夔數月弔先生之遺迹則白帝城已廢爲丘墟百有餘年自城郭府寺父老無知其處者況所謂高齋乎瀼西蓋今夔府治所畫爲阡陌裂爲坊市高齋尤不可識獨東屯有李氏

者居已數世上距少陵財三易主大曆中故券猶在而高岳負山帶谿氣象良是李氏業進士名襄因郡博士雍君大椿屬予記之予太息曰少陵天下士也早遇明皇肅宗官爵雖不尊顯而見知實深蓋嘗慨然以稷卨自許及落魄巴蜀感漢昭烈諸葛丞相之事屢見於詩頓挫悲壯反覆動人其規模志意豈小哉然去國寖久諸公故人熟睨其窮無肯出力比至夔客於柏中丞嚴明府之間如九尺丈夫俛首居小屋下思一吐氣而不可得予讀其詩至小臣議論絕老病客殊方之句未嘗不流涕也嗟夫辭之悲乃至是乎荆卿之歌阮嗣宗之哭不加於此矣少陵非區區於仕進者不勝愛君憂國之心思少出所學佐天子與正觀開元之治而身愈老命愈大謬坎壈且死則其悲至此亦無足怪也今李君初不踐通塞榮辱之機讀書絃歌忽焉志老無少陵之憂而有其高少陵家東屯不浹歲而君數世居之使死者復生予未

知少陵自謂與君孰失得也若予者仕不能無媿於義退又無地可耕是直有慕於李君爾故樂與爲記

乾道七年四月十日山陰陸某記

樂郊記

李晉壽一日圖其園廬持示余曰此吾荊州所居名樂郊者也荊州故多賢公卿名園甲第相望自中原亂始以吳會上流常宿重兵而衣冠亦遂散去太平之文物前輩之風流蓋略盡矣獨吾樂郊日加葺文竹奇石蒲萄來禽芍藥蘭茝菱芡菡萏之富爲一州冠其尤異者往往累千里致之子幸爲我記予官硤中始與晉壽相識長身鐵面音吐鴻暢遇事激烈奮發以全軀保妻子爲可鄙其意氣豈不壯哉及爲客置酒出佳侍兒陳書畫琴奕相與娛嬉則雍容都雅風味乃甚可愛雖梁宋間少年貴公子不能過蓋其多材藝知弛張如此然自少時不喜媒聲利有官不仕窮園林陂池之樂者且三十年每自謂泉石膏肓

及來夔州諸公始大知之合薦於朝議者謂晉壽當以少伸於世爲喜而晉壽顧不然獨眷眷於樂郊不忍暫忘嗚呼出處一道也仕而忘歸與處而不能出者俱是一癖未易是泉石非鐘鼎諸公之薦蓋砭晉壽膏肓而使爲世用異時晉壽成功而歸高牙在前千兵在後擅晝繡之榮以賁斯園荆楚多秀民尚有能賦其事者乎乾道七年六月十日笠澤陸某記

對雲堂記

巫故郡自秦以來見於史其後罷郡猶爲壯縣杜少陵扁舟下白帝過焉爲賦歸字韻五字詩詩傳天下由是巫縣名益重宋建中靖國之元黄太史始脫鉤黨自蜀之荆訪少陵遺迹客縣治之東堂留字壁間有坐臥對南陵雲山陰晴變態之語距乾道辛卯逾一甲子無舉出者鄄城李德修來爲令風流儒雅翩翩佳公子因廢址作堂與客落之舉酒屬山陰陸務觀曰子爲予名且記復與之歲月務觀既取太史語

名之且曰僕行年五十閱世故多矣所謂朝夕百變者奚獨雲山哉一日進此道幻瞖消情塵滅真實相見雖巍乎天地浩乎古今變壞不停與浮雲遊塵空華眚暈初無少異也德修方吏退時清坐堂上試以僕言觀之德脩名普務觀名某臘月乙卯之夕大醉中秉燭梅花下記

靜鎮堂記

四川宣撫使故治益昌樞密使清源公之爲使也始徙漢中郎以郡治爲府郡自兵火滌地之後一切草創公至未幾凡營壘廨庫吏士之廬皆築治之使堅壯便安可以支久而府獨仍其故西偏有便坐曰受羣吏謁見與籌邊治軍燕勞將士廳不在焉而其壞尤甚公既留三年官屬數以請始稍加葺易其傾撓徹其蔽障不費不勞挾日而成會上遣使持親詔賜黃金匳寶熏珍劑以彰殊禮公遂摭詔中靜鎮坤維之語名新堂曰靜鎮而命其屬陸某記之某辭謝不

獲命則再拜言曰以才勝物易以靜鎭物難以靜鎭
物惟有道者能之泰山喬嶽之出雲雨明鏡止水之
照毛髮則靜之驗也如使萬物並作吾與之逝衆事
錯出吾爲之變則雖弊精神勞思慮而不足以理小
國寡民況任天下之重乎歲庚寅某自吳適楚過廬
山東林山中道人爲某言公嘗憩此院閉戶面壁終
夏不出老宿皆愧之則公之刳心受道蓋非一日矣
世徒見公馳騁於事功之會而不知公枯槁澹泊蓋
與山棲谷汲者無異徒見公以才略奮發不數歲取
公輔而不知公道學精深尊德義斥功利卓乎非世
俗所能窺測也而上獨深知之故詔語如此傳曰知
臣莫若君詎不信哉雖然某以爲今猶未足見公也
虜曩中原久腥聞於天天且悔禍盡以所覆畀上而
公方弼亮神武紹開中興異時奉鑾駕奠京邑屏符
瑞之奏抑封禪之請卻渭橋之朝謝玉關之質然後
能究公靜鎭之美云乾道八年七月二十五日門生

左承議郎權四川宣撫使司幹辦公事兼檢法官陸某謹記

渭南文集卷第十七

渭南文集目錄

卷第十八

渭南文集卷第十八

藏丹洞記

漢嘉郡治之西偏望雲樓東有石穴天將雨輒出雲氣予疑而發之則石室屹立室之前地中獲瓦缶罐矮貯丹砂雲母奇石或爛然類黃金意其金丹之餘也悉斂而櫝藏輸諸府庫緘識惟謹予嘗讀丹經言古得道至人藏丹留於名山非當僊者輒不見雖見亦輒變化今是丹不藏名山而近在官寺之側予以塵垢衰病之餘又輒見之是與丹經之說大異或謂丹藏於此遠矣方上古未爲城邑時西望三峩東帶大江山川秀傑蓋宜爲僊眞鍊藥騰舉之地至予輒見之者豈神物隱見有時而予適逢其時與丹之伏而不見者常多見者常寡雖嵇叔夜葛穉川不免齎恨以蛻而予顧得見焉茲非幸與乾道九年秋八月辛未山陰陸某記

籌邊樓記

淳熙三年八月既望成都子城之西南新作籌邊樓四川制置使知府事范公舉酒屬其客山陰陸某曰君爲我記按史記及地志唐李衞公節度劍南實始作籌邊樓廢久無能識其處者今此樓望犍爲僰道黔中越巂諸郡山川方域皆略可指意者衞公故趾其果在是乎樓既成公復按衞公之舊圖邊城地勢險要與蠻夷相入者皆可攷信不疑雖然公於邊境豈直待圖而後知哉方公在中朝以洽聞强記擅名一時天子有所顧問近臣皆推公對莫敢先者其使虜而歸也盡能道其國禮儀刑法職官宮室城邑制度自幽薊以出居庸松亭關並定襄五原以抵靈武朔方古今戰守離合得失是非一皆究見本末口講手畫委曲周悉如言其閫內事雖虜耆老大人知之不如是詳也而況區區西南夷距成都或不過數百里一登是樓在目中矣則所謂圖者直按故事而已

請以是爲記公慨然曰君之言過矣予何敢望衞公然竊有幸焉衞公守蜀牛奇章方居中每排沮之維州之功既成而敗今予適遭淸明寬大之朝論事薦吏奏朝入而夕報可使衞公在蜀適得此時其功烈壯偉詎止取一維州而已哉某曰請併書公言以詔後世可乎公曰唯唯九月一日記

銅壺閣記

天下郡國自譙門而入必有通逵達於侯牧治所惟成都獨否自劍南西川門以北皆民廬市區軍壘折而西道北爲府府又無臺門與他郡國異考其始葢自孟氏國除矯霸國之僭後而然至蔣公堂來爲牧乃南直劍南西川門西北距府五十步築大閣曰銅壺事書於史崇寧初以火廢政和中吳公拭因其矩敷文閣直學士范公以制置使治此府始至或以閣復後大之雄傑閎深始與府稱淳熙二年夏六月今壞告公曰失今不營後費益大於是躬自經畫趣令

而緩期廣儲而節用急吏而寬役一旦崇成人徒駭其山立翬飛業然摩天不知此閣已先成於公之胸中矣夫豈獨閣哉天下之事非先定素備欲試爲之事已紛然始狼狽四顧經營勞弊其不爲天下笑者鮮矣方閣之成也公大合樂與賓佐落之客或舉觴壽公曰天子神聖英武蕩清中原公且以廊廟之重出撫成師北舉燕趙西略司并挽天河之水以洗五六十年腥羶之汚登高大會燕勞將士勒銘奏凱傳示無極則今日之事蓋未足道識者以此知公舉大事不難矣其可闕書四年四月己卯朝奉郎主管台州崇道觀陸某記

彭州貢院記

國家三歲一貢士天子先期爲下詔書與郊祀天地埒及試於禮部既中選矣天子親御殿發策詢天下事第其高下又親御殿賜以科名其禮可謂重矣蓋以爲所與共代天理物而守宗廟社稷於無窮者實

在是也然則郡國貢士顧可不重邪彭州舊無貢院每科舉輒寓佛祠祠乃在城外士不以爲便淳熙三年知州事王公敦詩通判州事鄧公樞始采進士穆滂陳仲山楊倫蘇松等議取廢驛故地爲貢院凡郡之士奔走後先肩袂相屬甓堅材良山積雲委自正月壬子至七月癸亥訖事用緡錢萬五千六百有奇役工稱是重門大堂高閎邃深繚以脩廡沈沈翼翼分職庀事各有攸處既成王公徙利州路轉運判官書來屬予爲記鄧公又繼以請明年正月朝奉大夫王公序來知州事則又以請予發書歎曰俗壞久矣上下相戾後先相傾者天下皆是也今彭之士大夫與王公鄧公謀同心協若出一人固已異矣後王公事不出己而不忌其成不揜其能惟懼後之無傳可不謂賢哉使士之貢於朝而仕者揆時之宜從人之欲以舉萬事如王公鄧公視人之善若己有之如後王公則利澤被元元勳業垂竹帛將孰禦焉士尚知

所勉哉四年五月丁未朝散郎主管台州崇道觀陸
某記

撫州廣壽禪院經藏記

淳熙己亥冬十二月予使江西治在撫州其東是爲廣壽禪院每出輒過焉僧守璞方爲輪藏予之始至也巉屹立十餘柱其上未瓦其下未甃其旁未垣經未匭膱其止山立其作雷動神呵龍負可怖可愕丹堊金碧殆無遺功而守璞儼然燕坐爲其徒說出世間法土木梓匠之問不至丈室若未嘗有是役者比明年冬十一月予被命詣行在所璞乃礱石乞予爲記予慨然語之曰子棄家爲浮屠氏祝髮壞衣徒跣行乞無冠冕軒車府寺以爲尊也無官屬胥吏徒隸以爲奉也無鞭笞刀鋸囹圄桎梏與夫金錢粟帛爵秩祿位以爲刑且賞也其舉事宜若甚難今顧能不動聲氣於期歲之間成此奇偉壯麗百年累世之迹予切怪士大夫操尊權席利勢假命令之重耗府庫

之積而翫歲愒日事功弗昭又遺患於後其視予豈不重可愧哉既諾其請又具載語守樸者以勵吾黨二云是月十九日朝請郎提舉江南西路常平茶鹽公事賜緋魚袋陸某記

成都犀浦國寧觀古楠記

予在成都嘗以事至沉犀過國寧觀有古楠四皆千歲木也枝擾雲漢聲挾風雨根入地不知幾百尺而陰之所庇車且百兩正晝日不穿漏夏五六月暑氣不至凜如九秋成都固多壽木然莫與四楠比者予蓋愛而不能去者彌日有石刻立廡下曰是仙人蘧君手植予歎曰神仙至人手之所觸氣之所呵羸疾者起盲瞶者愈榮茂枯朽而金玉瓦石不難況其親所培植哉久而不槁不死固宜欲爲作詩文會多事不果嘗以語道人蘧昌老眞叟以爲恨予既去蜀三年而昌老以書萬里屬予曰國寧之楠幾伐以營繕郡人力全之僅乃得免懼卒不免也君爲我終昔意

予發書且歎且喜夫勿翦憩棠恭敬桑梓愛其人及其木自古已然姑以蜀事言之則唐節度使取孔明祠柏一小枝爲手板書於圖志今見非詆蔣堂守成都有美政止以築銅壺閣伐江瀆廟一木坐謠言罷亦書國史且王建孟知祥父子專有西南窮土木之侈況犀近在國城數十里間而四楠不爲當時所取彼猶有畏而不敢者況今聖主以恭儉化天下有夏禹卑宮室漢文罷露臺之風專閫方面皆重德偉人豈其殘滅千歲遺迹侈大楝宇爲王孟之所難哉意者特出於吏胥梓匠欺罔專恣以自爲功而已使有以吾文告之者讀未終篇禁令下矣然則其可不書淳熙九年六月一日朝奉大夫主管成都府玉局觀

山陰陸某記

書巢記

陸子既老且病猶不置讀書名其室曰書巢客有問曰鵲巢於木巢之遠人者燕巢於梁巢之襲人者鳳

之巢人瑞之梟之巢人覆之雀不能巢或奪燕巢巢之暴者也鳩不能巢伺鵲育雛而去則居其巢巢之拙者也上古有有巢氏是爲未有宮室之巢堯民之病水者上而爲巢是爲避害之巢前世大山窮谷中有學道之士棲木若巢是爲隱居之巢近時飲家者流或登木杪酣醉叫呼則又爲狂士之巢今子幸有屋以居牖戶墻垣猶之比屋也而謂之巢何邪陸子曰子之辭辯矣顧未入吾室吾室之內或栖於櫝或陳於前或枕藉於床俯仰四顧無非書者吾飲食起居疾痛呻吟悲憂憤歎未嘗不與書俱賓客不至妻子不覿而風雨雷雹之變有不知也間有意欲起而亂書圍之如積槁枝或至不得行則輒自笑曰此非吾所謂巢者耶乃引客就觀之客始不能入既入又不能出乃亦大笑曰信乎其似巢也客去陸子歎曰天下之事聞者不如見者知之爲詳見者不如居者知之爲盡吾儕未造夫道之堂奥自藩籬之外而妄

議之可乎因書以自警淳熙九年九月二日甫里陸某務觀記

景迂先生祠堂記

明州船場新作故侍讀晁公祠成監場事襄陽王君鉛因通判州事丹陽蘇君玭移書某爲之記自春徂秋凡十許書請不勸某於公爲彌甥方跟蹡學步時已獲拜公則今於爲記誠不當以薄陋辭謹按公諱說之字以道一字伯以父自號景迂生元豐元祐間已爲知名士崇寧後坐上書邪等斥不得立朝臨民故連爲祠廟筦庫吏其爲船場則大觀政和間也寓舍直桃華渡而官寺有亭曰超然公方爲世僇人士夫遇諸塗噤莫敢語況有拜牀下者簿書稍暇則以讀書爲樂時時見於文章如汪伯更哀辭祭鄒忠公文皆傳天下亦間與爲佛學者延慶明智師遊論著所謂天台教至今其徒以爲重雖然此猶未足言公也公之學深且博矣於易自商瞿下至河南邵先生

於書自伏生下至泰山姜先生於詩雜以齊魯韓三家不梏於毛鄭於春秋孜至賈誼董仲舒不膠於啖趙其所引據多先秦古書藏山埋冢之祕卓乎獨立確乎自信雖引天下而與之爭不能奪卒成一家之說與諸儒竝傳向非擯斥疏置於荒遠寂寞之地如在船場時則雖公之敏此功未易成也於虖士之棄日豈皆馳騖於富貴功名哉弊精神於事爲之末謀衣食於涯分之外忽焉不知老之至者多矣登堂而望公之風采讀記而稽公之學術其亦可自省哉公之文章本二百卷中原喪亂後其家復集之益以南渡至歿時所作纔得六十卷而士大夫猶未盡見也郡人能言公舊事者曰一日部使者來治船事詬責甚峻公從容對曰船待木乃成木非錢不可致今無錢致木則無船適宜使者爲發愧去觀公平生大節一言折庸人之驕蓋不足書而郡人所願書故亦不敢略云淳熙十年九月丁丑朝奉大夫主管成都府

玉局觀山陰陸某記幷書

圓覺閣記

淳熙十年某月某日徑山興慶萬壽禪寺西閣落成會是歲某月某日詔賜住持僧寶印御注圓覺經且命某爲之序於是道俗咸曰賜經與閣成同時宜牓曰圓覺之閣且刻石以後盛事於是又咸曰陸某宜爲記寶印以衆言來諭某於山陰大澤中某蹴然不敢辭恭惟聖天子以聰明睿智之資體堯蹈舜深造道妙悟一心於萬法之中既已博極皇墳帝典羲圖魯史之祕而象胥所傳木葉旁行亦莫不究極以大圓覺爲我世界悼士之陋多岐私智昧乎大同乃以萬機之餘親御訓釋凡十二士之所問調御之所說佛陁波羅之所譯宗密之所注裴休之所言皆氷釋縷解於宸筆之下十日竝照物無遁形百川東歸海無異味如既望月無有缺減如大寶鏡莫不照了東夷南蠻西戎北狄霜露所墜日月所照莫不共此大

圓覺中魯之逢掖楚之黃冠竺乾之染衣祝髮平時相與爲矛盾爲氷炭者亦莫不共在此大圓覺中不偏不欠不迷不謬垂之千萬億世亦莫不然而寶印以山林枯槁之士名徹九重得以大覺禪師懷璉入侍仁宗皇帝故事覲清光承聖問受好賜序鉅典又此閣壯麗首冠一山費至三十萬錢其落成也適當賜經之時山川動色神龍踴躍於虖盛哉方閣之未建也東偏有千僧閣紹興中大慧禪師宗杲法門之傑方住山時衆溢千數故以是名閣然自今觀之雖阿僧祇衆猶爲有限量也豈若圓覺之廣大無邊也哉顧某衰且病學問廢落文思局澁而名山盛事本末閎闊非區區筆力所能演述實以爲愧懼云淳熙十年十一月十四日朝奉大夫主管成都府玉局觀陸某記

能仁寺捨田記

淳熙十三年三月乙巳承節郎河東薛純一詣紹興

府自言生長太平蒙被德澤念亡益縣官不勝慺慺
報國之心願以家所有山陰田千一百畝歲爲米千
三百石有奇入大能仁禪寺祝兩宮聖壽安撫使龍
圖丘公視牒異之問所以然純一曰昔漢卜式上書
願輸家財半助邊且曰天子誅匈奴愚以爲賢者宜
死節有財者而輸之如此可滅也今天子垂拱穆清
北虜讋服歲時奉貢純一弗獲傾貲備軍興一日費
故因像教爲兩宮祈年誠愚戇不識法令罪死不宥
願言之朝卽伏斧鑕不敢悔於是龍圖公嘉其意爲
上尚書戶部純一乃因寺之住持僧子昕來告予請
撰次本末爲記予辭謝不可則語之曰子雖列在勇
爵曩嘗舉進士試禮部繼今能益修其業以自致於
顯榮則所以報國者豈若是而已雖然是已足以勵
風俗助教化使貪冒者廉怠忽者奮享祿賜而忘報
者愧豈不可書也哉田之頃畝賦役及別以錢權其
子本以待凶歲則具書於碑陰俾後有攷焉五月十

三日記

常州開河記

隋疏大渠自今京口毗陵姑蘇嘉興以抵於臨安初以備巡幸而後世因爲漕運大利故得不廢渠貫毗陵城中徐行東注獨南水門受荆溪之水爲惠明河釃爲二股皆會於金斗門慶曆中太守國子博士李公餘慶始疏顧塘河益引惠明水注之漕渠顧塘地勢在漕渠後故俗又謂之後河崇寧初太守給事中朱公彥復增濬之方是時毗陵多先生長者以善俗進後學爲職故儒風蔚然爲東南冠及余公中霍公端友皆策名天下士第一則說者遂歸之後河曰是爲東南文明之地鄒忠公方居鄉士所尊事而化服者忠公避不敢居因以後河實之而爲作記淳熙十四年今太守林公下車逾年既尊禮其諸老先生延見其秀民所以表勵風俗而激勸儒學者日夜不敢少怠弦歌之盛殆軼於承平時矣而或以後河告者

亦不廢也後河自崇寧後不治者積數十年中更兵
亂民積瓦礫及冶家棄滓故地益堅确夏六月林公
乃蒐閑卒捐羡金分命其屬治之不淹旬渠復故道
袤若干深若干脩若干乃以書屬予曰願記其事予
謂渠之興自爲一郡之利不必爲士之舉有司者設
然城南衣冠以杜固鑿而頓滅則後河成廢與士之
舉有司者相爲盛衰亦自有理太王遷岐成王都洛
皆觀川原咨卜筮其由來蓋尚矣則林公兼取焉顧
不可哉士益勉之以毋負公之意公名祖洽字子禮
明州鄞人世以經行顯云渠成之歲十二月二日記

渭南文集卷第十八

渭南文集目錄

卷第十九

珍倣宋版印

渭南文集卷第十九

明州育王山買田記

紹興元年高皇帝行幸會稽詔明州阿育王山廣利禪寺上仁宗皇帝賜僧懷璉詩頌親札念無以鎭名山慰衆志乃書佛頂光明之塔以賜又申以手詔特許買田贍其徒逾五十年未能奉詔佛照禪寺德光以大宗師自靈隱歸老是山慨然曰僧寺毋輒與民質產令也今特許勿用令高皇帝恩厚矣其可弗承且昔居靈隱時壽皇聖帝召入禁闥顧問佛法屢賜金錢其敢爲他費乃盡以所賜及大臣長者居士脩供之物買田歲入穀五千石而遣學者義銛求記於陸某某方備史官其紀高皇帝遺事職也不敢辭惟茲四明表海大邦自嘉祐紹興兩賜宸翰雲漢之章下飾萬物於是山君波神効珍受職黿鼉蛟鱷弭伏退聽惡氣毒霧收斂澄廓萬里之船五方之賈南金

大貝委積市肆不可數知陂防峭壂年穀登稔於虖盛哉今德光又廣上賜蘄兩宮之壽植天下之福無疆惟休時萬時億刻之金石於是爲稱咨爾學者安食其間明己大事傳佛大法報上大恩將必有在不然不耕而食旣飽而嬉厲民以自養豈不甚可愧哉淳熙十六年十一月二十四日朝議大夫尚書禮部郎中兼實錄院檢討官陸某記

建寧府尊勝院佛殿記

建寧城東永安尊勝禪院成於唐僖昭間壞於建炎之末稍葺於紹興之庚申自佛殿始方是時院大壞塗地趣於復立以慰父老心故不暇爲支久計未四十年遽復頽圮適懷素者來爲其長老乃慨然曰殿大役也舍是弗先吾則不武乃廣其故基北南西東各三三尺意氣所感助者四集瓌材珍產山積雲委其最巨者石痕村之杉脩百有三十尺圍十有五尺其餘蓋稱是凡費錢三百萬有奇而竹木甎甓黝堊之

施者工人役夫之樂助者不在是數其成之歲月淳熙戊申冬十一月庚子也越四年紹熙辛亥五月予友人方君伯謨移書爲懷素求文爲記予爲之言曰世多以浮屠人之舉事誚吾士大夫以爲彼無尺寸之柄爲其所甚難而舉輒有成士大夫受天子爵命挾刑賞予奪以臨其吏民何往不可而熟視蠹弊往往憚不敢舉舉亦輒敗何邪予謂不然懷素之來爲是院固非有積累明白之効佛殿方壞而院四壁立頹垣之間召工人持矩度謀增大其舊計費數百萬今日食已始或謀明日之食懷素坐裂瓦折桷腐柱未有一錢儲也使在士大夫語未脫口已得狂名有心者疑有言者謗逐而去之久矣浮屠人則不然方且出力爲之先後爲之輔翼爲之禦侮歷十有四年如一日此其所以巋然有所成就非獨其才異於人也以十四年言之不知相之拜者幾人免者幾人將之用者幾人黜者幾人禮樂學校人主所與對越天

地作士善俗與夫貨財刑獄足用而弼教藩翰之臣古所謂侯國者大抵倏去忽來吏不勝紀彼懷素固自若也則其有成曷足怪哉且懷素之爲是院不獨致力於佛殿凡所謂堂寢之未備者廊廡之朽敗者皆一新之今老矣無他徙意使不死復十四年或過十四年皆未可知也則是院之葺又可前知邪而士大夫凜凜拘拘擇步而趨居其位不任其事護藏蠹蠹萌傳以相誘顧得保祿位不蹈刑禍爲善自謀其知恥者又不過自引而去爾天下之事竟孰任之於虖是可歎也已懷素三衢人少從道行禪師游能得其學伯謨名士繇莆陽人六月甲申中奉大夫提舉建寧府武夷山冲佑觀陸某記

紹興府脩學記

八卦有畫三墳有書經之原也典教有官養老有庠學之始也歷世雖遠未之或異不幸自周季以來世衰道微俗流而不返士散而無統亂於楊墨賊於申

韓大壞於釋老爛漫橫流不可收拾始有重編衆簡棲以巨輪象龍寓人飾黃金珂璧怪珍之物誘駭愚稚而六經寖微穹閣傑屋上摩霄漢黝堊髹丹窮極工技其費以億萬計而學校弗治自周衰至五代幾二千歲而後我宋誕受天命崇經立學以爲治本十二聖一心罔或怠忽然竊嘗考之方周盛時天子所都既竝建四代之學而又黨有庠遂有序畿內六鄉鄉有黨百五十六遂遂有鄙如黨之數遂序黨庠蓋互見之則是千里之內爲序十有二爲庠三百何其盛也今畿內之郡皆僅有一學較於周不及百之二而又不治則爲之牧守者得無任是責邪會稽拱行在所爲東諸侯之冠宜有以宣聖化倡郡國而學未稱給事中栝蒼王公信來爲是邦政成令行民物和樂臺榭弗崇陂池弗廣而惟學校是先燕遊弗親廚傳弗飾而惟養士是急下車未久奧殿崇閣邃宇脩廊講說之堂絃誦之舍以葺以增不日訖事以其賸

殆未足也則爲之售常平之田以其見聞未廣也則爲之求四方之書食有餘積書罕未見然公猶以爲慊曰上丁之禮服器未復古也又爲之新冕弁衣裳帶紳佩舄之屬自邦侯至諸生各以其所宜服鼎俎尊彝豆籩簠簋之屬自始奠至受胙各以其所宜用無一不如禮式公迺齋心脩容來宿於次質明陟降揖遜進退跽起俯首屏氣如懼弗克禮成士僉曰公以躬行先我我處於鄉弗篤於孝悌忠信出而仕弗勉於廉清正直不獨不可見公仰天俯地其何心見父兄長老其何辭教授陳君自强與諸生以其言來告曰願有紀某老病不獲奉俎豆以從公後喜士之能承公也於是乎書紹熙二年九月癸酉中奉大夫提舉建寧府武夷山冲佑觀陸某記

重修天封寺記

淳熙丙午春予以新定牧入奏行在所館於西湖上日與物外人遊多爲予言淨慈有慧明師者歷抵諸

方如汗血駒所至蹴蹋萬馬皆空方是時知其得法而不知其能文後四年予屏居鏡湖上明來訪予談道之餘縱言及文辭卓然儁偉非凡子所及方是時知其能文而不知其有才明既從予遊察日乃曳杖負笠入天台山爲天封主人是山也巖嶂嶄絶爲天台四萬八千丈之冠林麓幽邃擅智者十二道場之勝然地偏道遠遊者既寡施者益落明居之彌年四方問道之士以天封爲歸植福樂施者踵門遝至雖卻不可於是自佛殿經藏阿羅漢殿鍾經二樓雲堂庫院莫不畢葺敞爲大門繚爲高垣周爲四廡屹爲二閣來者以爲天宮化成非人力所能也又裒其餘作二庫曰資道曰博利以供僧及童子紉浣之用彼庸道人日夜走衢路丐乞聚畜蓋未必能辦此明方爲其徒發明大事因緣錢帛穀粟之問不至丈室而其所立乃超卓絶人如此豈非一世奇士哉予嘗患今世局於觀人妄謂長於此者必短於彼工於細者

必略於大自天封觀之其說豈不淺陋可笑也哉會明以書來求予文記其寺之廢興因告以予說使併刻之庶幾覽者有所儆焉紹熙三年三月三日中奉大夫提舉建寧府武夷山冲佑觀山陰縣開國男食邑三百戶陸某記

嚴州重修南山報恩光孝寺記

浙江自富春泝而上過七里瀨桐君山山益秀水益清烏龍山崛起千仞鱗甲爪鬣蜿蜒盤踞嚴州在其下有山直州之南與烏龍爲賓主烏龍以雄偉南山以秀邃形勢壯而風氣固是爲太宗皇帝高宗皇帝受命賜履之邦登高四望則樓觀雉堞騫騰縈帶在鬱葱佳氣中兩山對峙紫翠重複信天下名城也南山報恩光孝禪寺實爲諸剎之冠質於地志及父老之傳唐末有僧結廬於山之麓名廣靈菴慶曆中始斥大之爲廣靈寺紹聖中易禪林佛印大師希祖實爲第一代始徙寺於山巔今寺是也崇寧中賜名天

寧萬壽紹興中易今名初郡長者江氏爲墖七級與寺俱燬於宣和之盜厥後文則來居而寺復法琦來助而墖建及得智廓仲玘而學者雲集廓不期年示滅凡今之營繕崇成者皆玘也如來大士有殿演法會齋有堂安衆有寮棲鍾有樓寢有室遊有亭浴有泉又以餘力爲門爲廡爲庫爲垣爲磴路爲禦侮力士之像未五六年百役踵興無一弗備郡人童天祐天錫方珍出貲爲最鉅老僧智貴傾其衣囊助施爲尤難若夫以宿世願力來爲外護取郡之積木以終成之者太守殿中侍御史冷公世光也寺之役既成冷公適有歸志遂奉祠以去豈非緣法哉予亦嘗來爲守廓及玘皆予所勸請則於是山不爲無夙昔緣故玘來求予爲記予行天下多矣覽觀山川形勝考千載之遺迹未嘗不慨然也晚至是邦觀烏龍似赤甲白鹽南山似錦屏一水貫其間紆餘澄澈似渭水而南山崇墖廣殿層軒脩廊山光川靄鍾鳴魚吼遊

者動心過者駭目又甚似漢嘉之凌雲蓋兼天下之異境而有之騷人墨客將有徙倚太息援筆而賦之者予未死尚庶幾見之紹熙四年二月庚申記

會稽縣重建社壇記

古者侯國地之別三爵之等五皆有宗廟社稷秦黜封建置郡守縣令於是古之命祀惟社稷尚存陵夷千餘載士不知學古吏不知習禮其祀社稷徒以法令從事幾封壇壝服器牲幣一切苟且取便於事無所考法宋興文物寖盛自朝廷達於下州蕞邑社稷之祀略皆復古不幸中更犬戎之亂兵氛南被吳楚中興七十年郡縣之吏往往惟餉軍弭盜簿書訟獄爲急及吏以期告漫應曰如令至期又或移疾弗至雖朝廷所班令式或未嘗一視況三代之舊典禮乎會稽之爲邑實奉陵寢且在安撫使提點刑獄提舉常平治所有將迎造請之役有符檄期會之煩敕使內家及宗室近屬一歲屢至亭傳道路舟車徒役一

有不治責在會稽者十居七八故令於祀事尤不遑暇縣社在禮神坊曰社曰稷曰風師曰雨師曰雷神凡五壇皆茀不治祀則芟舍以爲次凡祀之費一出於吏雨則寓於吳越王祠之門承議郎四明王君時會之來爲令始至周視壇所喟然歎曰幸爲政於此得有人民社稷事孰大於是者迺即其地爲垣八十丈築屋四楹有門以時其啓閉有庫以儲其器物用宋之櫟豐之枌榆故事蓺松五十又稽合制度稾秸莞席幣篚樽俎豆籩簠簋勺冪莫不如式粢盛酒醴牲牢莫不共給獻有次祝有位齊有禁省饌食爵奠幣飲福望燎望瘞有儀祝事各以其日王君祗敬齊栗與其僚從事禮成而退無違者會稽歲比不登及是雨暘時若歲以大豐民歌於塗農抃於埜皆曰吾令致力於神神實嚮畣吾其可志於是父老子弟相與告予請記其事予曰爲政之道無他知先後緩急之序而已王君設施知所先急如此雖欲不治得乎

雖然是皆朝廷以班郡縣者王君特能舉之爾後來者顧獨不能邪故予詳記始末所以告無窮也慶元二年五月二十日中大夫提舉建寧府武夷山冲佑觀山陰縣開國男食邑三百户陸某記

廣德軍放生池記

古者臣之愛其君何其至也其禱祈之辭曰受天百祿曰子孫千億曰如南山之壽一話言一飲食未嘗忘君然不聞有以羽毛鱗介之族祈其君之福者蓋先王盛時山澤有虞川林有衡漁獵有時數罟有禁洋洋乎浩浩乎物各遂其生養之宜所謂漉陂竭澤者蓋無有也所謂相呴以溼相濡以沫者蓋未見也至於後世德化弗行厲禁弗施廣殺厚味暴殄天物放而不知止舍耒耜而事網罟者曰以益衆於是有以放生名池用祝壽祺者而唐顏真卿之石刻始傳於世宋興十三聖相繼以深仁盛德極高蟠厚鳥獸魚鼈咸若矣而四方郡國猶相與築陂儲水修放生

故事所以廣聖澤之餘有不敢忽者惟廣德軍舊以郡圃後沚爲之地隘水泉淺涸不與事稱承議郎曾侯㮚以慶元二年來領郡事顧而太息會以事至子城西稍南得亘溪者延袤百步泓渟澄澈蒲柳列植藻荇縈帶水光天影盪摩上下爲一郡絕景侯因其故而加治焉築屋於其會名曰溪堂民不勞財不費煥然告成重明節率僚吏放鱗介千計望行在拜手稽首禮成而退父老童穉縱觀與歎以爲廣德爲郡以來逾二百年所未之有侯移書笠澤陸某碑爲記某復之曰侯奉天子詔來爲守於此一賦役非其時一訟獄非其清窮僻下里匹夫匹婦有一愁歎侯之責也能不負此責然後足以對揚天子休命而致歸美報上之意放生之舉蓋賢守善其職之一事爾豈特是而止哉期年政成將屢書之中大夫提舉建寧府武夷山冲佑觀山陰縣開國男食邑三百戶陸某記

鎮江府駐劄御前諸軍副都統廳壁記

鎮江府駐劄御前諸軍副都統武功大夫和州防禦使淄川夏侯君書來諗予於山陰澤中曰吾軍有都統爲一軍大將內以屏衛行在外以控扼梁楚隱然一長城也又置副都統一員以佐其長智勇相資寬猛相濟有事則或居或行更出迭歸無事則同籌共畫於帳中而制敵於千里之外其任可謂重矣而副都統自設官以來今三十有八年歷官十人再至者一人未有壁記後將無所攷質予爲我書而刻其姓名可乎予與夏侯君南北異鄉東西異班出處壯老異致然每見其撫劍抵掌談中原形勢兵法奇正未嘗不太息恨不與之周旋於軍旅間也君亦謂予非齪齪老書生以兄事予甚敬則今日之請尚何辭然今天子神聖文武承十二聖之傳方且拓定河洛規恢燕趙以卒高皇帝之武功則宿師江淮蓋非久計夏侯君亦且與諸將移屯玉關之西天山之北矣予

雖老尚庶幾見之慶元四年正月甲子陸某記

法雲寺觀音殿記

浙東之郡會稽爲大出會稽城西門循漕渠行八里有佛刹曰法雲禪寺寺居錢塘會稽之衝凡東之士大夫仕於朝與調官者試於禮部者莫不由寺而西餞往迎來常相屬也富商大賈捩柂挂席夾以大艑明珠大貝翠羽瑟瑟之寶重載而往者無虛日也又其地在鏡湖下灌溉瀦泄最先一邦富比封君者家相望也故多施者寺易以興然建炎庚戌胡虜之亂亦以近官道首廢於火一瓦不遺主僧曰道亨爲一方所信度弟子三十二人慨然自任以興復之事未成者十七而沒其後有自修者始爲三門法堂經藏等予適得華嚴般若涅槃寶積數百卷以施之草創未畢而修謝去自是寺以不得人又廢木翦竹伐鐘鼓不鳴白衣攘居之屠牛牧豕莫敢孰何初先楚公爲尚書左丞請於朝以證慈及法雲爲功德院歲度

僧一人三年間證慈得其二法雲得其一故太傅與楚公祠堂肖像具存予自蜀歸始言於府請遂白衣而命契彝者主之彝與亨俱東陽人人固已喜而彝又有器局才智居之且二十年創佛殿及像設費甚厚談笑而成重建三門翼以兩廡巍然大剎矣彝沒予以告府牧尚書葉公以其弟子道澤繼之澤少年志節清苦言議英發人皆畏其嚴而服其公於是予以大屋四楹施以爲觀音大士殿雖然尚未易成也澤即日走四方謀之三年遂建殿殿之雄麗冠於一剎予又施以禪月所畫十六大阿羅漢像龕於兩壁觀者起敬施者踵至自火於庚戌及今庚申實七十載殆若有數然卒成之者緊彝與澤父子積勤不懈之力也予嘗謂事物廢興數固不可逃而人謀常參焉予遊四方凡通都大邑以至遐陬夷裔十家之聚必有佛剎往往歷數百千歲雖或盛或衰要皆不廢而當時朝市城郭邑里官寺多已化爲飛埃鞠爲茂

草過者弔古興懷於狐嘷鬼嘯之區而佛剎自若也豈獨因果報應之說足以動人而出其財力亦其徒堅忍強毅不以豐凶難易變其心子又有孫孫又有子必於成而後已彼之不廢固宜予因彝與澤之事而有感焉併載其說士大夫過而稅駕者讀之其亦有感也夫慶元五年秋七月庚午記

會稽縣新建華嚴院記

會稽五雲鄉有山曰黃琢山之麓原野曠水泉洌岡巒抱負嵒嶂森立而地荒不治者不知幾何年或謂古嘗立精舍以待天衣雲門遊僧之至者有石刻具其事其後寺廢石亡獨龜趺猶在父老類能言之慶元三年有信士馬君正卿聞而太息乃與其弟嵩卿以事親收族之餘貲買地築屋擇僧守之凡僧若士民之道出於此者皆得就憩猶以爲未廣也則爲堂殿門廡倉廥庖湢凡僧居之宜有者悉備而殖產使足以贍足其徒猶懼其不能久也告於府牧丞相葛

公以華嚴院額徙置焉可謂盡矣而其意猶未已也曰年運而往或者欺有司而寓其孥則院廢矣家世隆替不可常萬分一有子孫以貧故規院之產侵院之事則僧散矣於是因其同學於佛者朝奉郎致仕曾君迅叔遲來請予文刻之石庶來者知此院經理之艱勤則不忍寓其孥子孫知乃祖乃父志願之堅確則不忍規其產侵其事設若有之而至於有司則賢守善令必有以處此雖至於數百千歲此院猶不廢也予報之曰僧居之廢與儒者或謂非吾所當與是不然韓退之著書至欲火其書廬其居杜牧之記南亭盛贊會昌之毀寺可謂勇矣然二公者卒亦不能守其說彼浮圖突兀三百尺退之固喜其成而老僧挈衲無歸寺竹殘伐牧之亦賦而悲之彼二公非欲納交於釋氏也顧樂成而惡廢亦人之常心耳則君之志叔遲之請與予之記之也皆可以無愧矣慶元五年八月甲子中大夫致仕山陰縣開國男食邑

三百戸陸某撰并書丹

渭南文集卷第十九

渭南文集目錄

卷第二十

渭南文集卷第二十

居室記

陸子治室於所居堂之北其南北二十有八尺東西十有七尺東西北皆爲窗窗皆設簾障視晦明寒燠爲舒卷啓閉之節南爲大門西南爲小門冬則析堂與室爲二而通其小門以爲奥室夏則合爲一而闢大門以受涼風歲莫必易腐瓦補罅隙以避霜露之氣朝晡食飲豐約惟其力少飽則止不必盡器休息取調節氣血不必成寐讀書取暢適性靈不必終卷衣加損視氣候或一日屢變行不過數十步意倦則止雖有所期處亦不復問客至或見或不能見間與人論說古事或共盃酒倦則亟捨而起四方書疏略不復遣有來者或亟報或守累日不能報皆適逢其會無貴賤疎戚之間足跡不至城市者率累年少不治生事舊食奉祠之祿以自給秩滿因不復敢請縮

衣節食而已又二年遂請老法當得分司祿亦置不復言舍後及旁皆有隙地蒔花百餘本當敷榮時或至其下尚羊坐起亦或零落已盡終不一往有疾亦不汲汲近藥石久多自平家世無年自曾大父以降三世皆不越一甲子今獨幸及七十有六耳目手足未廢可謂過其分矣然自計平昔於方外養生之說初無所聞意者日用亦或默與養生者合故悉自書之將質於山林有道之士云慶元六年八月一日山陰陸某務觀記

邵武縣興造記

大平興國五年詔即建州邵武縣置邵武軍而縣爲屬其治在軍之東建炎三年盜起閩縣邵武亦被兵焚官寺民廬略盡紹興十年作譙門十六年作守丞治所於是學宮軍壘囹圄倉廥以次皆復其舊獨縣故地廢爲教場而縣寓尉廨至二十一年知縣事葉邃始復縣治未及成安撫使用兵官王存之請即日

撤除滁地皆盡而縣徙寓武陽驛乾道六年知縣事尤昂始作縣門它猶未暇及慶元四年宣義郎史君定之來爲縣始至而歎曰縣古子男國也因時之治忽政之善否以爲盛衰自建炎己酉訖今歲在戊午凡七十年自高宗皇帝至今天子歷四聖寬賦薄征休養元元歲且屢豐公饒私餘生齒繁滋考之九域圖郡戶八萬七千九百有奇今增五萬四千二百有奇爲戶十四萬二千一百有奇可謂盛矣而邵武一邑獨當戶五萬六千四百有奇爲郡境十之四則吾邑顧不又盛哉而反寓其治於傳舍詔勑法令圖志符檄護藏不嚴棲列無所決訟問囚延見丞佐與賓客之來者其地皆褊迫庳陋仰漏旁穿非所以宣布德澤示民以上下之分也念非所先姑置弗議比爲政期年家無弗伸之寃庭無弗直之訟善無濫刑惡無佚罰太守趙侯不讚知君爲深君所設施郡未嘗以勢撓焉以故君之政成民之俗變有所爲輒共成

之於是始有意於新縣治矣會得吏蠹與用度之餘爲錢百餘萬自五年七月甲午鳩工至十月己巳落成出令有所燕息有次勞賓有館胥吏徒役咸有寧宇貨布器物各司其局事立令行老稚舞歌視承平舊觀有加焉而木章竹箇瓦甓髹丹悉視時低昂交手畀予梓匠朽鏝百工之來者得直皆如私家訖事民不及知吏不得浴以爲姦非君之才有餘顧能若是哉堂之名有九曰晝簾曰無私曰近民曰仁平曰居敬樓曰瞻雲軒曰讀書曰如水亭曰海棠其扁牓多君自書有筆法其命名之意卽其地可知故不詳著君蓋故丞相太師魏公之孫予魏公客也故君與趙侯皆以記縣之興造爲請予受知魏公時甫壯歲爾俯仰四十餘年同時賓客凋喪略盡而予偶獨後死見君以才稱於世且猶能秉筆有所紀述亦可謂幸矣故不復辭慶元六年九月癸酉中大夫直華文閣致仕陸某記并書

諸暨縣主簿廳記

建炎紹興間予爲童子遭中原喪亂渡河沿汴涉淮絕江間關兵間以歸方是時天子櫜衣露蓋櫛風沐兩巡狩四方曾不期月休也大臣崎嶇於山海阻險之地草行露宿不敢告勞亦宜矣況於州牧郡守以降籩篠一廈以治其事者相望又況降而爲縣令丞簿者哉及王室中興內外麤定然郡縣吏寓其治於郵亭民廬僧道士舍者尚比比皆是積累六七十年四聖相授天下日益無事兵寢歲登用度饒餘然後皆得稍復承平之舊至於縣則有迨今苟且因循者主簿在縣官中卑於令丞而冷於尉非甚有才則其舉事爲尤難若諸暨主簿丁君岩者可謂才矣君海陵人也今居吳世有顯人爲吏精察而平恕學工文辭而不忽簿書期會之事嘗兼攝丞久之得添給不取一錢皆用以新主簿之廨諸暨舊無丞元豐間置丞徙主簿以居之而主簿更得廨乃故鹽庴藉溼支

傾殆不可居然閱百二十年爲主簿者凡幾人至君乃更新之不亟不徐不侈不陋不費於公不斂於民竹箇木章瓦甓丹堊不蠹不苦窳不漫漶堂後舊有池自君來比二歲產異蓮駢附邑人讙傳以爲君且通貴之祥相與名其池上之亭曰雙蓮君故不喜怪而邑人之意如此亦足知其得民也君與予之子子虞游乃因子虞請記歲月予不得辭也昔我藝祖肇造區夏當乾德六年二月癸亥嘗詔郡縣吏代歸者皆上其官舍敝壞或與葺之數於有司以爲殿最於虖祖宗明詔具在汗簡而近世乃有相戒以爲非急務且徒速謗者獨安取此哉予嘗備太史牛馬走獲窺金匱石室之藏故敢併記之以曉他在仕者嘉泰元年十月二十七日中大夫直華文閣山陰縣開國男食邑三百戶致仕陸某記

婺州稽古閣記

大觀二年九月乙丑天子旣大興學校舉經行之士

於是詔天下州學經史閣皆賜名稽古婺州稽古閣者本以閣之下爲講堂而閣用大觀詔書易名紹興中學廢於火及再建講堂雖復其故不暇爲閣至嘉泰元年太守丁公逢乃即講堂後得舊直舍地以爲閣而請於今參知政事許公大書其顏公書宏偉有漢法於是閣一日而傳天下丁公既代去曾公㮚來爲郡閣之役尚未既也於是窗戶闌楯瓦甓髹丹粲然皆備又爲兩廡達於講堂高廣壯麗無遺力南山在其上雙谿繚其下煙雲百變朝莫獻狀閣之後有仰高堂舊祠資政宗公澤尚書梅公執禮中書舍人潘公良貴三公皆郡人有忠義大節而祠庳陋且弗葺曾公徹而大之始奕奕與閣稱曾公以邦人之請及州學教授潘君夢得所敘移書史官山陰陸某願記其始末時方修孝宗光宗兩朝實錄業大事叢而奏篇有程久乃能如曾公之請夫堯舜禹臯陶書紀其事雖不同然未嘗不同者稽古也稽古必以書前

乎堯舜之書其易之始畫與典墳乎易之畫幸在至今而三墳五典自楚倚相以後不聞有能盡讀者世所共歎也雖然今讀易不能知伏羲之心讀典謨不能知堯舜禹皐陶之心雖典墳盡在亦何益於稽古故予以爲士能玩易之畫與身親見虙羲等反覆盡心於典謨與身親見堯舜禹皐陶等能親見聖人而不能佐其君與聖人之治理豈有是哉士之放逸惰偷不力於學者固所不論學而不親見聖人猶未學也親見不疑而不用於天下則有命焉進則不負所學退則安吾命而無慍斯可仰稱大觀詔書與賢守復閣之意矣士尚勉之嘉泰二年閏月二十五日中大夫直華文閣提舉佑神觀兼實錄院同修撰兼同修國史陸某謹記

智者寺興造記

婺州金華山智者廣福禪寺浮圖氏所謂梁樓約法師道場國朝開寶九年始爲禪寺自淨悟禪師全肯

傳三十七代二百餘年至慶元之五年而仲玘實來方是時事廢不舉地茀不葺棟橈桄柱腐垣斷甃缺若不可復爲者玘植杖而四顧曰智者之爲寺天造地設者至矣而人事不能充焉故寖壞至於此天其使我與此地歟乃諏諸爲地理學者則其言與玘略合蓋寺在金華山之麓峯嶂屹立林岫間出日月映蔽風雲吞吐而前之形勢無以留之如王公大人南嚮坐帷幄中宜其前有列鼎大牲之養盛禮備樂之奉賓客進趨擯相襜翼將吏武士執檛戟何然後爲稱今乃巍然獨坐而侍衞者皆奔趍而去則其威重無乃少損乎於是始議鑿大池瀦水於門梁其上通大路而增門之址高於故三之二異時所謂奔趍而去者皆肅然就列恪然執事則王公大人之尊於是始全則其施置建立號令賞罰亦何可少訾邪方議之初或謂門有大木數十必盡去乃可與池役而木所從來久以是未決忽一夕大風木盡拔若有鬼神相

其役者其亦異矣玘之來百役皆作修廊傑閣虛堂廣殿至於棲衆養老之室庖湢稟庾之所繚爲垣牆引爲道路莫不美於觀而便於事後雖有能者無以加焉玘有道行爲其徒所宗而才智器局又卓然不凡如此故薦紳多喜道之予又與有夙昔且嘗記其嚴州南山興造之盛故玘今又從予求作智者興造記而予友人寧遠軍節度使提舉佑神觀姜公邦傑復以手書助之請未及屬稿而邦傑歿予尤感焉雖耄不敢詞也今茲之役比爲大故書之特詳嘉泰三年十月二十九日記

常州犇牛閘記

岷山導江行數千里至廣陵丹陽之間是爲南北之衝皆疏河以通餫餉北爲瓜州閘入淮汴以至河洛南爲京口閘歷吳中以達浙江而京口之東有呂城閘猶在丹陽境中又東有犇牛閘則隸常州武進縣以地勢言之自剏爲餫河時是三閘已具矣蓋無之

則水不能節水不節則朝溢莫涸安在其爲餌也蘇翰林嘗過犇牛六月無水有仰視古堰之歎則水之苦涸固久地志概述本末而不能詳也今知軍州事趙侯善防字若川以諸王孫來爲郡未滿歲政事爲畿內最考古以驗今約己以便人裕民以束吏不以難止不以毀疑不以費懼於是郡之人僉以閘爲請侯慨然是其言會知武進縣丘君壽雋來白事所陳利病益明侯既以告於轉運使且亟以其役專畀之丘君於是凡閘前後左右受水之地悉伐石於小河元山爲無窮計舊用木者皆易去之凡用工二萬二千石二千六百錢以緡計者八千米以斛計者五百皆有奇又爲屋以覆閘皆宏傑牢堅自鳩材至訖役閱三時其成之日蓋嘉泰三年八月乙巳也明年正月丁卯侯移書來請記予謂方朝廷在故都時實仰東南財賦而吳中又爲東南根柢語曰蘇常熟天下足故此閘尤爲國用所仰遲速豐耗天下休戚在焉

自天子駐蹕臨安牧貢戎贄四方之賦輸與郵置往來軍旅征戍商賈貿遷者途出於此居天下十七其所繫豈不愈重哉雖然猶未盡見也今天子憂勤恭儉以撫四海德教洋溢如祖宗時齊魯燕晉秦雍之地且盡歸版圖則龍舟仗衛復泝淮汴以還故都百司庶府熊羆貔虎之師翼衛以從戈旗蔽天舳艫相銜然後知此閘之功與趙侯爲國長慮遠圖之意不特爲一時便利而已侯吾甥也請至四五不倦故不以衰耄辭三月丙子太中大夫充寶謨閣待制致仕山陰縣開國子食邑五百戶賜紫金魚袋陸某記

盱眙軍翠屏堂記

國家故都汴時東出通津門舟行歷宋亳宿泗兩隄列植榆柳槐楸所在爲城邑行千有一百里汴流始合淮以入於海南舟必自盱眙絕淮乃能入汴北舟亦自是入楚之洪澤以達大江則盱眙實梁宋吳楚之衝爲天下重地尚矣粵自高皇帝受命中興駐蹕

臨安歲受朝聘始詔盱眙進郡除館治道以爲迎勞宿餞之地而王人持尺一牘懷柔殊鄰者亦皆取道於此於是地望益重城郭益繕治選任牧守重於曩歲及吳興施侯之來爲知軍事也政成俗阜相地南山得異境焉前望龜山下臨長淮高明平曠一目千里草木蔽虧鳧雁翔泳蓋可坐而數也乃築傑屋衡爲四楹縱爲七架前爲陳樂之所後有更衣之地而傍又有麗牲擊鮮與夫吏士更休之區翼室修廊以陪以擁斲削髹丹皆極工緻最二十有六間而堂成既取米禮部芾之詩名之曰翠屏且疏其面勢於簡繪其棟宇於素走騎抵山陰澤中請記於予侯與予故相好也予聞方國家承平時其邊郡遊觀有雅歌之堂萬柳之亭以地勝名天下雖區區脫閒猶能詠歎以爲盛事然嘗至其地者皆謂不可與淮水南山爲比翠屏之盛又非雅歌萬柳可及則亦宜有雄文傑作以表出之而予之文不足稱也雖强承命終以負

媿侯名宿字武子於是爲朝散郎直祕閣開禧元年春正月癸酉記

上天竺復菴記

嘉泰二年上天竺廣慧法師築退居於寺門橋南名之曰復菴後負白雲峯前直獅子乳竇二峯帶以清溪環以美箭嘉木凡屋七十餘間寢有室講有堂中則爲殿以奉西方像設殿前闢大池兩序列館以處四方學者炊爨湢浴皆有其所床敷巾鉢雲布鱗次又以爲傳授講習梵唄之勤宜有遊息之地以休其暇日則又作園亭流泉以與學者共之既成命其弟子了懷走山陰鏡湖上從予求文以記歲月予告之曰進而忘退行而忘居知趨前而昧於顧後者士大夫之通患也故朝廷於士之告歸每優禮之而又命有司察其尤不知止者以勵名節而厚風俗士猶有不能決然退者又況物外道人初不踐是非毀譽之途名山大衆以說法爲職業愈老而愈尊愈久而人

愈歸之雖一坐數十夏何不可者如法師道遇三朝名蓋萬衲自紹熙至嘉泰十餘年間詔書褒錄如日麗天學者歸仰如泉赴壑非有識其後者而法師慨然爲退居之舉傾竭橐裝無所顧惜雖然以予觀之師非獨視天竺之衆不啻弊屣加以歲年功成行著遂爲西方之歸則復菴又一弊屣也死生去來無常予老甚矣安知不先在寶池中俟師之歸語今日作記事相與一笑乎開禧元年三月三日記

東籬記

放翁告歸之三年闢舍東茀地南北七十五尺東西或十有八尺而贏或十有三尺而縮插竹爲籬如其地之數甓五石瓮瀦泉爲池植千葉白芙蕖又雜植木之品若干草之品若干名之曰東籬放翁日婆娑其間掇其香以嗅擷其穎以玩朝而灌莫而鉏凡一甲坼一敷榮童子皆來報惟謹放翁於是考本草以見其性質探離騷以得其族類本之詩爾雅及毛氏

郭氏之傳以觀其比興窮其訓詁又下而博取漢魏晉唐以來一篇一詠無遺者反覆研究古今體制之變華間亦吟諷爲長謠短章楚調唐律詶畣風月煙雨之態度蓋非獨娛身目遣暇日而已昔老子著書末章自小國寡民至甘其食美其服安其居樂其俗鄰國相望雞犬之聲相聞民至老死不相往來其意深矣使老子而得一邑一聚蓋真足以致此於虖吾之東籬又小國寡民之細者歟開禧元年四月乙卯記

嚴州釣臺買田記

嘉泰四年詔以嚴州久不治命朝散郎直祕閣浙西路安撫司參議孫公叔豹爲知州事公至數月州以大治聞獄無淹繫庭無滯訟幙府閑暇符檄簡少榜笞之聲不聞於屏外向之逋賦佚罰皆以時舉倉有餘粟府有餘帛公天資近道不樂燕遊歌舞優戲之奉又不喜以土木無益之事勞其民治事少休則宴

坐別室自夜至旦盥櫛而出終歲如一日獨念初赴郡過七里瀨漢嚴先生釣臺下讀唐與元中崔儒釣臺記以爲上有平田百畝足以力耕下臨清流足以垂釣今投釣之地具在而田則士有乃以屬縣令訪之則田亦具在旁有流泉雖大旱不竭可給灌漑而或者輒有之公乃遣語以當歸田直而取田以爲先生歲時祭享之奉其人難之公數曰光武欲與先生共天下而先生不屑也千有餘歲後吾乃欲必取百畝之田以奉祀事乎且吾教化未孚而遽望人以輟耕遜畔難矣因置不問會有沒官田又從傍買民田足百畝除其泛科斂以畀浮屠之奉祠者又卽祠之右創爲佛院棲鐘於樓匱經於室僧廬客館略皆有所度歲入可以食其徒七人而樵汲之役又在其外則先生之祠可以永世不廢乃礱美石請記於予予曰嚴名城也自大駕巡幸臨安以朝士出守者與夫入對行殿被臨遣而來者大抵多取道於富春入謁

祠下有高山仰止之歎而恨祠屋弊壞榱桂不以時
葺往往咨嗟躊躅久而後去及其下車則日困於簿
書米鹽將迎燕勞之事忽焉忘前日之言寒暑再更
復上車去則又過祠下負初心戴媿面而去者袂相
屬也聞孫公之舉得無少自咎哉予二十年前蓋嘗
來爲此邦亦自咎者之一也故喜道孫公之舉且以
勵來者云開禧元年十二月辛未太中大夫寶謨閣
待制致仕山陰縣開國子食邑五百戶賜紫金魚袋
陸某記

渭南文集卷第二十

渭南文集目錄

卷第二十一

渭南文集卷第二十一

仁和縣重修先聖廟記

聖人之道位天地育萬物可謂大矣然常寓之於宮室祭祀器服度數之間非如後世佛老子廢禮棄樂掃除名分務爲玄默寂滅浩然不可致詰也夫子生於周故其尊以爲師者文王周公也使夫子生於今有不奉孔子顏子孟子以爲先聖先師者乎則今之郎學校以春秋舍奠於先聖先師者非獨甲令也方先朝學校盛時縣有學與郡等後以海內多事縣學往往廢壞而所以奉先聖先師者亦苟而已知臨安府仁和縣事謝君庭玉獨慨然以爲急務重責寢食不敢安捐己之公租錢二十萬以經始會得廢寺當沒官錢以佐其費又取吏舍以益其址自開禧元年十二月至二年正月廟乃告成最其費爲錢五十萬吾夫子被袞服冕巍然當坐旣悉如舊制配享從祀

亦皆就列出入有門陟降有階設燎有庭三獻及受胙瘞幣皆有位儲峙祭器則又有庫是歲二月上丁將有事於廟吏言異時惟丞以下執事令以劇率不行謝君曰豈有是哉於是告於府肅恭齋明以時訖事且來告請記其始末天子中興大業講太平典禮方自學校始學校之設方自兩赤縣始則茲廟又學校之權輿也其可闕書三年正月戊寅太中大夫寶謨閣待制致仕渭南縣開國伯食邑八百戶賜紫金魚袋陸某記

湖州常照院記

昔在高宗受命中興全功至德聖神武文昭仁憲孝皇帝龍興河朔克濟大業祀宋配天三十有六年涵養生齒其數無量遺弓故劍羣臣皆當追慕號泣思所以報在天之靈至千萬世無怠無斁而況山林外臣以道藝供奉仗內嘗被異禮厚賜者乎鎮江府延慶寺僧梵隆以異材贍學高操絕藝自結上知不由

先容得對內殿先是隆師固已結廬於湖州菁山號無住精舍一時名士如葉左丞夢得葛待制勝仲汪內翰藻陳參政與義皆爲賦詩勒銘傳於天下矣至是詔賜菴居於萬松嶺金地山江濤湖光映帶几席壽藤老木岑蔚夭矯隆師方力辭願歸故巢既至悅其地且後上賜幡然願留久之示化上爲悵然不懌賜金歸葬故山及孝宗皇帝嗣位又命創崇照院於無住故址以隆師弟子上首至叶嗣其事賜田以贍其徒又命充丁亥丁未本命道場以祈兩殿之福高宗皇帝御德壽宮賜御書寂而常照照而常寂八字以示名院本指且賜天申金剛無量壽閣扁牓及紫檀刻佛號如來閣牓悉御書也又一再賜萬機暇日所臨晉王羲之帖二十二紙唐陸柬之蘭亭詩一卷及米芾史略帖一卷題團扇二柄又賜白金助建立於是院悉崇成有釋迦文殊普賢十六阿羅漢殿左則觀音大士道場右則法輪藏室食息有堂鐘經有

樓熏浴炊爨儲積各有其所揵椎鼓鐘器亦備足至於遊息臨眺種蓺蔬鑿莫不極思致區處之妙而西巖尤爲勝絶曠快之地叶師以老疾請罷院事屏居西巖今皇帝詔從之且命改院爲禪院專以仰薦高宗神遊世擇其徒有道行者嗣住持事而本澄首被是選實嘉泰四年甲子歲之四月也叶師乃來告曰願有述焉某實紹興朝士歷事四朝三備史官名列策府諸儒之右則與隆師及其子孫雖道俗迹異而被遇則同今叶澄父子晨香夜燈梵唄禪定雖世外枯槁亦有以伸其圖報萬一之意某則不然飽食而安居日復一日飾巾待終而已視叶澄豈不有媿哉故遂秉筆而不敢辭上以紀三朝眷遇山林學道者之盛德下以識某媿云開禧三年二月壬子謹記

法慈懺殿記

東出慶元府五十里曰小溪有僧舍曰法慈院院創於唐咸通中舊號鳳山院歷五季至宋興院常不廢

治平二年始賜今名雖世以院僧主之然其徒多出遊四方學經論問祖師第一義或終其身不歸淳熙十四年老宿及後來者始議作懺殿而如戒等十輩願盡力營之久而不成十人或死或緣不偶獨如戒智玻行慈誓不怠廢必遂其始願行乞勞苦積細微以成高大於是施者牆立助者麕至聞者與歎見者起敬木章竹箇山積雲委伐石於山陶甓於竈丹漆黝堊致於四方以紹熙壬子三月癸酉始土工明年八月庚申始匠事十一月壬木皆告成南北八丈六尺東西五丈八尺而棟之高四丈一尺耽耽奕奕窮極藝巧雖慶元多名山巨刹然懺堂之盛未有加法慈者奉釋迦於中而左則彌勒右則無量壽又以天地鬼神之像陪擁四旁於虖亦盛矣院僧因餘姚普明院僧則華求予爲記則華嘗遊蜀予識之於成都今三十餘年以故舊不忍拒也乃爲之書而刻施者姓名於碑陰云

東陽陳君義莊記

東陽進士陳君德高因吾友人呂君友德來告曰德高不幸早失先人舉進士又輒斥念昔先人進德高輩於學蓋將使之事君使之字民以廣我先人之志今雖自力而不合於有司之繩尺如其遂負所期望付託生何面以奉祭享死何辭以見吾親於地下不獲施於仕進爲時雨爲豐年矣獨不可退而施於宗族乎於是欲爲義莊略用范文正公之矩度而稍增損之以適時變敢求文於執事者且載其凡於碑陰予復之曰美哉吾子之志也人之情於其宗族遠則疏之彌遠則益疏而至於忘之蓋以身爲親疏而不以先人爲親疏也視兄之子已或不若己之子己之子與兄之子自吾父視之有異乎能以父之心爲心則己之子與兄之子且不知其同異矣推而上之大父之孫爲從父兄弟曾大父之曾孫爲從祖兄弟又推而上之至於無服雖天下長者不能無親疎之殺

矣於虖制服不得不若是也若推上世之心愛其子孫欲使之衣食給足婚嫁以時欲使之爲士而不欲使之流爲工商降爲皁隸去爲浮圖老子之徒則一也死而有知豈以遠而忘之哉義莊之設蓋基於是然舉天下言之能爲是者有幾非以爲不美而不爲也力不足也若陳君者自其先人勤勞節約以致饒餘而陳君不敢私有之其地在縢頭昭福寺之傍初期以千畝今及十之七而吾地在縢頭者止此比鄰感其義皆欲期年間貿易以成之又植桑畜牛築陂以豐衣食之源其詳見碑陰又有最當慮者吾子之心則盡矣後人或貪而專利或嗇而吝出或夸而廣費或挾長挾仕挾有力之助而敗約非有司者別白之則莊且壞不支府牧邑長丞掾曹吏及鄉之卿大夫先生處士其必綱維主張之使久而如一日陳氏布衣也其貲産非能絕出一鄉之上而義倡於鄉如此吾徒仕於朝於四方雖未必皆厚祿然聞陳氏之

風而不知媿且慕者豈人情也哉於是併書以遺焉君之先君子蓋諱士澄字彥清云開禧三年七月辛丑記

廬帥田侯生祠記

開禧二年八月詔以開封田侯琳爲淮南西路安撫使兼知廬州州節制淮西軍馬時虜方入塞侯既受命謂廬州爲淮西根本而古城又爲州之襟要堅守廬州則淮西有太山之安修復古城則廬州有金城湯池之固異時議者知守南城而已古城不復繕治一日有警如有太阿之利而不持鐏柄七尺之軀而授人腰領幾何其不敗也古城雖不甓而其實峭堅利以禦寇且西北堅城多止用土雖潼關及赫連氏統萬城亦土爾乃躬臨視之芟夷草棘則城果屹如石壁戈戟皆廢衆始駭服於是增陴浚壕大設樓櫓又有月城亦得地利而卑不可恃則又爲築羊馬城厚六尺高倍之且爲重塹設釣橋而月城亦不可復犯

矣然自興役至訖事不三閱月將士爭奮民不與知

一旦巍然若役鬼神可謂奇偉不世之功矣城甫畢

虜果大入道執鄉民問知侯在是相顧曰殊不知乃

鐵面將軍也蓋虜自王師攻蔡州時已習知侯名未

戰氣先奪矣棄城拒守甚力夜遣偏將自屯所攻其

營殺傷數千人萬戶死者二人侯聞捷曰是且伏兵

東門夜攻吾水柵以幸一勝乃提親兵隨所向禦之

莫不摧破虜知廬州不可近遂解而趨和州侯又亟

遣親信間道督光州戍將斷橋梁燒賊艦絶其饟道

奪俘虜復取安豐軍又遣萬騎由梁縣援和州會和

州亦堅壁虜窮乃盡遯侯又出兵濠州以戰車敗虜

屯兵戰車久不用侯以意為之果取勝策勳眞拜達

州刺史且以車制頒之諸軍侯猶不敢自以為功方

益修水門之備濬河深二丈乃得昔人撤星椿横亘

兩城間始知昔固有此舉遂益植新椿而城之其崇

五丈有奇樓櫓稱焉將吏士民聚而謀曰侯之所立

如此郡人無以報萬一則不可相與築生祠於城中而移書於予請書歲月予以衰疾辭比書復來則侯捐館舍矣請既益堅予亦痛若人之不淑而不獲卒大勳業也故采之僉論以敘其始末昔劉滬城水洛趙立城山陽滬所遇非堅敵立雖死事而不能全其城猶皆廟食載在祀箓況如侯之功光明卓絕如此則祀典之請必有任其事者尚繼書之以垂示後世爲忠義之勸云嘉定元年春二月己巳謹記

吳氏書樓記

天下之事有合於理而可爲者有雖合於理而不可得爲之者士於可爲者不可不力力不足則合朋友鄉閭之力而爲之又不足告於在仕者以卒成之成矣又慮其壞則吾有子子又有孫孫又有子雖數十百世吾之志猶在也豈不賢哉彼不可得爲之者則有命焉有義焉不知命義徒汲汲紛紛奚益故君子不爲也然爲此者寡也或易之爲彼者輒可以得名

於流俗故士之爲此者寡也吾友南城吳君伸與其弟倫初以淳熙之詔建社倉其詳見於侍講朱公元晦所爲記其後又以錢百萬䢋爲大樓儲書數千卷會友朋教子弟其意甚美於是朱公又爲大書書樓二字以揭之樓之下曰讀書堂堂之前又爲小閣閣之下曰和豐堂旁復有二小閣左則象山陸公子靜書其顏曰南牕右則艮齋謝公昌國書其顏曰北牕堂之後樂木軒則又朱公實書之於虖亦可謂盛矣蓋吳君未命之士爾爲社倉以惠其鄉爲書樓以善其家皆其力之所及自是推而上之力可以及一邑則民殷俗熾兵寢刑厝如唐虞三代可積而至也吳一郡一道以至謀謨於朝者皆如吳君自力而不媿君兄弟爲是迨今已十五六年使皆壽考康寧則倉與樓皆當益治鄉之民生業愈給足安樂日趨於壽富而君之子弟孝悌忠信亦皆足以化民善俗是可坐而俟也然年運而往天人之際有不可常者則又

當有以垂訓於無窮予讀唐李衞公文饒平泉山居記有曰鬻平泉者非吾子孫也以平泉一木一石與人者非佳子弟也平泉特燕遊地木石之怪奇者亦奚足道而其言且如此況義倉與書樓乎後之人讀吾記至此將有渙然汗出霰然涕下者雖百世之後常如吳君時有不難者矣嘉定元年五月甲子記

靈祕院營造記

出會稽城西門舟行二十五里曰柯橋靈祕院自紹興中僧海淨大師智性築屋設供以待遊僧名接待院久而寖成始徙廢寺故額名之海淨年九十坐八十三夏而終以其法孫德恭領院事恭少嘗學於四方有器局迨今二十年食不過一簞衣不加一稱而惟衆事是力夕思晝營心揆手畫施者自至魔事不作用能於二十年間或改作或增葺光明偉麗毫髮無憾上承先師遺志下爲子孫基業閎堂傑閣房奥廊序樓鍾之樓櫝經之堂館客之次下至庖廚湢浴

無一不備爲屋僅百間自門而出直視旁覽道路繩直而原野砥平一遠山在前孤峭奇秀常有煙雲暎帶其傍卜地者以爲在法百世不廢且將出名僧今院纔一傳其興如此後烏可量哉院之崇成也恭來請記曰先師之增公實與之銘今院當有記非公誰宜爲哉予報之曰子廬於此凡東之會稽四明與西入臨安者風飄日相屬也彼其得志於仕宦獲利於商賈者寧可計邪有能家世相繼支久不壞如若之爲父子者乎有能容衆聚族變和安樂如若之處兄弟者乎至於度地築室以奢麗相誇斤斧之聲未停丹堊之飾未乾而盛衰之變已遽至矣亦有如若之安居奠處子傳之孫孫又傳之子者乎此無他彼其初與若異也雖曰有天數然人事常參焉人事不盡而諉之數於虖其可哉嘉定元年夏五月庚申記

橋南書院記

吾友西安徐載叔豪雋人也博學善屬文所從皆知

名士方其少壯時視功名富貴猶券內物一第直浼我爾然出遊三十年蹭蹬不偶異時知己零落且盡家貲本不薄載叔常糞壤視之權衡仰俯算籌衡縱一切不能知惟日夜從事於塵編蠹簡中至食不足不問也中年卜居城中號橋南書院地僻而境勝屋庳而人傑清流美竹秀木芳草可玩而樂者不一而足載叔高臥其中裾不曳刺不書客之來者日益衆行者交跡棄者結轍詞殿者籠坊陌雖公侯達官之門不能過也名不可妄得客不可强致載叔蓋有以得此於人矣乃者數移書於予請記所謂橋南書院者嗟乎漢梁伯鸞入吳賃舂於皋伯通廡下至今吳有皋橋蓋以伯鸞所寓得名載叔之賢不減伯鸞而橋南乃其居則後世不薶沒決矣尚何待記然載叔之請不可終拒也乃爲之書嘉定元年夏六月庚寅山陰陸某務觀記

心遠堂記

大卿朱公以開禧元年築第於昭武城東取陶淵明詩語名其堂曰心遠既成與士大夫落之而以書來告曰子爲我記始嘉泰壬戌予蒙恩召爲史官朱公丞祕書日相從甚樂公去爲御史予領監事閑劇異趣會見甚疏然每與同舍焚香煮茶於圖書鐘鼎之間時時言及公未嘗不相與興懷絕歎也明年國史奏御之明日予乞骸骨而歸俄而公亦自寺卿得請外補不復相聞者累歲比書來予方臥病作而言曰朱公眞可人哉士得時遇主施其才於國退居閭里閑暇之日爲多樽俎在前琴奕迭進欣然自得悠然遐想問饋宴樂以修親舊夙昔之好講解誦說以垂後進無窮之訓進退兩得可謂賢矣予獨相望累千里不得持一觴爲公壽且慶斯堂之成顧方以爲歉今乃得以不腆之文自託於後世亦可謂幸矣夫嘉定元年秋七月甲子記

萬卷樓記

學必本於書一卷之書初視之若甚約也後先相參
彼是相稽本末精麤相爲發明其所關涉已不勝其
衆矣一編一簡有脫遺失次者非考之於他書則所
承誤而不知同字而異詁同辭而異義書有隸古音
有楚夏非博極羣書則一卷之書殆不可遽通此學
者所以貴夫博也自先秦兩漢訖於唐五代以來更
歷大亂書之存者旣寡學者於其僅存之中又鹵莽
焉以自便其怠惰因循曰吾懼博之溺心也豈不陋
哉故善學者通一經而足藏書者雖盈萬卷猶有憾
焉而近世淺士乃謂藏書如鬭草徒以多寡相爲勝
負何益於學嗚呼審如是說則秦之焚書乃有功於
學者矣昭武朱公敬之粹於學而篤於行早自三館
爲御史爲寺卿出典名藩尊所聞行所知亦無負於
爲儒矣然每悒然自以爲歉益務藏書以棲於架藏
於櫝爲未足又築樓於第中以示尊閣傳後之意而
移書屬予記之予聞故時藏書如韓魏公萬籍堂歐

陽兗公六一堂司馬温公讀書堂皆實萬卷然未能絕過諸家也其最擅名者曰宋宣獻李邯鄲呂汲公王仲至或承平時已喪或遇亂散軼士大夫所共歎也朱公齒髮尚壯方爲世顯用且澹然無財利聲色之奉儻網羅不倦萬卷豈足道哉予聞是樓南則道人三峯北則石鼓山東南則白渚山煙嵐雲岫洲渚林薄更相暎發朝莫萬態公不以登覽之勝名之而獨以藏書見志記亦詳於此略於彼者蓋朱公本志也嘉定元年秋七月甲子記

渭南文集卷第二十一

珍倣宋版印

渭南文集目錄

卷第二十二

渭南文集卷第二十二

梅子真泉銘

距會稽城東北七里有山曰梅山山之麓有泉曰子真泉遊者或疑焉智者及道人求笠澤漁父爲之銘銘曰

梅公之去漢猶鴟夷子之去越也變姓名棄妻子舟車所通何所不閱彼吳市門人偶傳之而作史者因著其說儻信吳市而疑斯山不幾乎執一而廢百梅公之去如懷安於一方則是以頸血丹莽之斧鉞也山麓之泉甘寒澄澈珠琲玉雪與子徊徘酌泉飲之亦足以盡公之高而歎其決也

司馬溫公布被銘

公孫丞相布被人曰詐司馬丞相亦布被人曰儉布被可能也使人曰儉不曰詐不能也此銘予二十歲時作今傳以爲秦少游非也

金崖硯銘

我遊三硤得硯南浦西窮梁益東掠吳楚揮灑淋漓鬼神風雨百世之下莫予敢侮

延平硯銘

延平雙龍去無迹收斂光氣鍾之石聲如浮磬色蒼璧予文日衰愧匪敵

蠻谿硯銘

斯石也出於漢嘉之蠻谿蓋夷人佩刀之礪也琢於山陰之鏡湖則放翁筆墨之瑞也質如玉文如縠則黟龍尾之羣從而溜韞玉之仲季也

錢侍郎海山硯銘

雲濤三山飾此怪珍誰其寶之天子侍臣煌煌繡衣福我遠民一字落紙活億萬人勿謂器小其重千鈞從公道歸四海皆春

桑澤卿磚硯銘

古名硯以瓦今名硯以甎瓦以利於用甎以全其天

甎乎甎乎寧用之鈍而保其全乎尚無媿之日陳於前　放翁銘桑甥澤卿硯甎紹熙二年六月九日老學庵書

崔伯易畫像贊

崔公名公度字伯易高郵人劉相沆舉賢良方正不赴以任爲三班差使韓魏公薦之詔易文資爲國子監直講亦辭元祐中再召爲郎又皆固辭補外郎諸公力白於朝强起爲國子司業訖不肯復出爲郡以起居郎祕書少監召亦不肯起紹聖中復以爲祕書少監辭如初遂請宮觀尋致仕予喜其白首一節乃求畫像於高郵而爲贊曰

古之君子學以爲己可行則行可止則止仕以行義止以遠恥世衰道微豈復知此嵬嵬始學青紫思拾萬馬竝馳孰能獨立始雖弗急後亦汲汲我思崔公涕泗横集

東坡像贊

我遊鈞天帝之所都是老先生玉色敷腴顧我而歎

閔世垢濁笑謂侍僊昇以靈藥稽首徑歸萬里天風碧山巉然月墮江空

王仲信畫水石贊

士友王仲信爲予作水石一壁仲信下世二十年乃爲之贊恨仲信之不及見也其詞曰

導江三硤神禹之蹟王子寫之洶洶撼壁後三十年塵暗苔蝕澹墨色之欲盡尚觀者之慘慄或曰是學蜀兩孫者非邪放翁曰吾但見其有歐陽信本柳誠懸之筆力也

鍾離真人贊

五季之亂方酣於兵叱嗟風雲卓乎人英功雖不成氣則莫奪煌煌金丹粃糠陶葛

呂真人贊

一粒之粟有國有民二升之釜浩渺嶙峋我遊巴陵始識公面青蛇鏗然求之不見

又

天下家家畫呂公衣冠顏鬢了無同勸君莫被丹青誤那有長繩可繫風

僧師源畫觀音贊

三世如來同一關大士亦作補陁夢佛子無財可修供尺紙寸毫俱妙用寶纓天冠儼四衆長年造極筆愈縱唯師魯公爲作頌十方世界俱震動

宏智禪師真贊

死諸葛走生仲達死姚崇賣生張說看渠臨了一著子諸方倒退三十里

大慧禪師真贊　爲昭覺文老作

平生嫌遮老子說法口巴巴地若是靈利阿師參取畫底妙喜

卍庵禪師真贊　爲處良長老作

灑灑落落五十年一句不說祖師禪妙喜堂中正法眼等閑滅在瞎驢邊

塗毒策禪師真贊

骨相瓌奇風神蕭散貌肅而和語盡而簡畫得者英氣逼人畫不得者頂門上一隻眼

又

塗毒不自讃留待三山老試問鄉上人讃好莫讃好海中忽起刼初風北斗柄折須彌倒

佛照禪師眞贊

名動三朝話行四海撒手歸來雲山不改人言大覺同龕師云老僧掩彩

大洪禪師贊

髮長無心剃衣破無心補大洪山上有賊大洪山下有虎非但白刃殺盡兒孫更能一口吞卻佛祖

中巖圓老像贊

我遊中巖拜師於床巍巍堂堂鳳舉龍驤公住無爲訪我成都雄辯縱横玉色敷腴別未十日梁木告摧我如飛蓬萬里南來孰謂窮山乃瞻儀形墻壁說法況此丹青

奉聖淳山主年八十有四放翁爲作眞贊

兩住名山一老禪目光如電照人天行藏不用占著

草卦氣全來二十年

芋庵宗慧禪師眞贊

煨懶殘芋打塗毒鼓舌本雷霆毫端風雨

廣慧法師贊

東土震旦西方極樂一緉草鞋到處行腳

敷淨人求僧贊

光薙頭淨洗鉢頭頭拈起頭頭活有時與有時奪受

用現前活鱍鱍敷道者一短褐欠箇什麽更要惡水

潑將錯就錯也不妨只在檀那輕手撥　道敷淨人求伽

陀見施主求買度牒爲說此數語嘉泰辛酉四月十日放翁書

錢道人贊

栟櫚冠青芒屩上天下天不騎鶴喚作神仙渠不肯

道是凡人我又錯會稽城中且賣藥

放翁自贊

遺物以貴吾身棄智以全吾真劍外江南飄然幅巾野鶴駕九天之風澗松傲萬木之春或以為跌宕湖海之士或以為枯槁隴畝之民二者之論雖不同而不我知則均也　淳熙庚子務觀自贊時在臨川年五十有六

又

名動高皇語觸秦檜身老空山文傳海外五十年間死盡流輩老子無才山僧不會

又

皮葛其衣巢穴其居烹不糝之藜羹駕秃尾之草驢聞雞而起則和甯戚之牛歌戴星而耕則稽氾勝之農書謂之痺則若腴謂之澤則若癯雖不能草泥金之檢以紀治功其亦可挾兎園之冊以教鄉閭者乎

周彥文令畫工為放翁寫真且來求贊時年八十

又

進無以顯於時退不能隱於酒事刀筆不如小吏把鋤犂不如健婦或問陳子何取而肖其像曰是翁也

腹容王導輩數百胸吞雲夢者八九也　陳伯予命畫工
爲放翁記顏且屬作讚時開禧丁卯翁年八十三

記太子親王尹京故事

隋齊王暕尹河南唐秦公世民尹京兆衞王重俊爲
洛州牧皆親王尹京故事也然尚未甚以爲重後唐
秦王從榮以長子爲河南尹又爲天下兵馬大元帥
故當時遂以尹京爲儲貳之位至晉天福中鄭王重
貴周廣順中晉王榮皆尹開封用秦王故事也國朝
太祖皇帝建隆二年七月以太宗皇帝爲開封尹開
寶末太宗嗣位纔八日卽以齊王廷美爲開封尹　後
封秦王　太平興國七年秦王出爲西京留守自是開
封不置尹止命近臣權知府而已　權知府自李符始　雍
熙二年始以陳王元僖爲開封尹蓋是時太宗元子
楚王元佐被疾廢則陳王亦儲君也淳化三年薨後
二年真宗皇帝自襄王爲開封尹　後封壽王　至道元
年正東宮議者謂尹有品秩非太子所宜兼領乃改

判府事自後唐以來雖以尹京陰爲儲副之位然皆藩王以太子判京府則自至道始也故事開封尹之上有牧雖具員而初未嘗置國朝惟親王乃除尹餘但爲權知府事自太祖至徽宗八朝百七十年未嘗改蔡京爲相始建議置尹尹非獨故事須親王乃除又太宗真宗潛藩所領人臣所宜避天下皆罪京之不學其後宣和末欽宗皇帝自東宮爲開封牧是時已有尹尹之上惟有牧故以命之然牧故事序位在太子少保之下御史大夫六曹尚書之上亦非太子所宜兼蓋有司失考至道判府之制也尹之下故事有少尹位在少府將作少監之下太子少詹事之上後唐秦王時嘗以劉陟爲之而建隆以來率不置惟置判官推官各一員或二員通掌府事竝以常參官充親王爲尹則判官以給諫充今太中大夫以上推官差降焉真宗爲尹時判官二員推官三員蓋特置也或問太宗以來尹京則謂之南衙何也曰開封府治

所本在正陽門南街東然太宗爲尹乃就晉邸視事晉邸又在大內及府治之南故曰南衙亦曰南宮秦王許王因之及真宗爲尹太宗以秦王許王皆不利始命還就府治焉

渭南文集卷第二十二

渭南文集目錄

卷第二十三

嚴州謝雨疏

嚴州謝雪疏

嚴州久雪祈晴疏

渭南文集卷第二十三

姚平仲小傳

姚平仲字希晏世爲西陲大將幼孤從父古養爲子年十八與夏人戰臧底河斬獲甚衆賊莫能枝梧宣撫使童貫召與語平仲負氣不少屈貫不悅抑其賞然關中豪傑皆推之號小太尉睦州盜起徽宗遣貫討賊貫雖惡平仲心服其沉勇復取以行及賊平平仲功冠軍乃見貫曰平仲不願得賞願一見上耳貫愈忌之他將王淵劉光世皆得召見平仲獨不與欽宗在東宮知其名及卽位金人入寇都城受圍平仲適在京師得召對福寧殿厚賜金帛許以殊賞於是平仲請出死士斫營擒虜帥以獻及出連破兩寨而虜已夜徙去平仲功不成遂乘青騾亡命一晝夜馳七百五五十里抵鄧州始得食入武關至長安欲隱華山顧以爲淺奔蜀至青城山上清宮人莫識也留一

日復入大面山行二百七十餘里度采藥者莫能至乃解縱所乘騾得石穴以居朝廷數下詔物色求之弗得也乾道淳熙之間始出至丈人觀道院自言如此時年八十餘紫髯鬱然長數尺面奕奕有光行不擇崖塹荆棘其速若犇馬亦時爲人作草書頗奇偉然祕不言得道之由云

族叔父元壽傳

族叔父元壽名宸一字居安自山陰徙家餘姚性恭謹純厚閉門力學不妄與人交尤好樂律每言樂所以成人才今世所用皆胡部雖鄭衞亦不得聞況韶濩乎因考按古關雎鹿鳴諸詩抑揚皆合音律時時自歌之中正簡古聞者興起欲上書請用之鄉飲酒會疾病不果所居瀕江一室蕭然數十年間几席書冊琴樽之屬皆未嘗易好飲酒然不肯自釀或餽以家所醞亦辭不取曰法不可也其謹如此有子洙登進士第爲鹽官尉迎養官舍期年洙卒元壽護其喪

歸亦能自釋久之以疾卒年七十與元壽同時有鄭從革者名鼎之丹徒人自三舍法行已在鄉校能自刻苦口誦手鈔日常兼數人然試有司輒黜從革亦不以黜故少怠終始如一日事父篤孝建炎中客山陰遇寇從革欲奉父避之父不聽從革乃束帶立床前饕糜粥奉湯液悉如平時寇至則迎門拜泣曰父老不能去惟哀憐之寇爲感動乃署其門使其屬勿犯終亂定父子俱得全年六十餘貧益苦比卒衣衾不能具而一鄉皆推其賢云

陳氏老傳

會稽五雲鄉陳氏老年近八十生三子有孫數人皆業農惟力耕致給足凡兼并之事抵質賈販以取贏者一切不爲耕桑之外惟漁樵畜牧而已子孫但略使識字不許讀書爲士婚姻悉取農家非其類皆拒不與通室廬不妄增一椽器用皆朴質堅壯不加漆飾衣惟布襦帬取適寒暑之宜行之四五十年如一

日子孫亦皆化之無違陳氏所居在刺涪山下地名曰南溪云　陸子曰予嘗悲士之仕者若苟名位而已則爲負國必無貧焉則危身害家憂其父母有所不免耕稼之業一捨而去之復其故甚難予先世本魯墟農家自祥符間去而仕今且二百年窮通顯晦所不論竟無一人得歸故業者室廬桑麻果樹溝池之屬悉已蕪沒族黨散徙四方蓋有不知所之者過魯墟未嘗不太息興懷至於流涕也聞陳氏事因爲述其梗概傳之庶覯者有感焉

紹興府衆會黃籙青詞

上帝福善禍淫雖各繇於類應大道囘骸起死或俯徇於哀祈敢露忱詞仰干聰鑒伏念臣等所居紹興府地連三輔人雜五方任職居官當閭閻之太半鮮衣美食昧稼穡之所從習俗莫還神明積譴方凶饑之薦至加疫癘之相乘疾痛呻吟未及三醫之謁焄蒿淒愴已悲萬鬼之隣念升濟之無方敢號呼而有

請伏望少回洪造一洗衆辜逝者脱泉路之冥冥生者安王民之暭暭天職生覆地職形載敢忘夙夜之歸冬無愆陽夏無伏陰永冀生成之賜

江西祈雨青詞

天惟至仁久寬水旱之譴吏實有罪仰累陰陽之和旣閔雨之歷時敢叩閽而請命伏念臣濫膺上指出使近畿深惟冥頑固陋之資莫副惻怛丁寧之訓徒積勤於夙夜冀無負於幽明然而風采不足以讋服豪强惠愛不足以撫綏鰥寡政媮愒日田疇曠陂澤之修訟積淹時囹圄困桁楊之繫務均力役而或蔽於所見思廣賑恤而或緣以爲姦旣莫致於善祥懼卒罹於饑饉是用諏辰之吉稽首以陳伏望推善貸之慈霈曲成之惠雖有司曠職宜伏雷霆之誅然比屋何辜流爲溝壑之瘠若復未回於洪造遂將絶望於有秋敢殫皇皇哀迫之誠冒貢懇懇吁嗟之禱庶格九霄之澤少紓一道之憂稼穡順成儻僅蒙於中

孰里閭疾苦誓靡壅於上聞

謝雨青詞

旱大甚以是虞不遑啓處天蓋高而可叩思罄精誠方祗祓於齋場已亟霑於膏澤尚懼豐凶之未決敢忘祈報之交修仰企叢霄少回沖馭伏願哀黎民之匱食宥衆吏之瘝官申敕有神更終大惠一穀不升謂嗛豈勝夙夜之憂三日以往爲霖實賴乾坤之造

嚴州祈雨青詞

歲律肇新農功伊始居者慮陰淫陽伏之寇耕者懷旱乾水溢之虞仰惟上穹職是元化俯遂羣黎之育式均六氣之平敢卽熙壇恭陳薄薦所冀歲豐民樂寬九重宵旰之憂賦足刑清逭衆吏簡書之責敢忘惕勵仰對生成

謝雨青詞

天九關之在上精誠可以徹聞雨三日而成霖枯槁爲之盡起恭陳薄薦冒貢丹衷伏念臣領此偏州迨

今累月上無以布宣寛大而逭屯膏之咎下不能撫摩凋瘵而格解澤之施踢踖靡遑吁嗟上訴敢謂叢霄之應曾無浹日之淹月離畢以示期山出雲而効職風霆下擊淵壑交流井汲如初家享一瓢之樂粟儲可繼士寛半菽之憂商旅通行道塗鼓舞彼有遺秉此有滯穗方將均惠於惸嫠冬無愆陽夏無伏陰更冀默消於疾癘敢忘兢惕仰對生成

保安青詞

道垂光而下濟罔不與慈情至敬則無文惟當直訴伏念臣少多罪垢晚乏功能寓形寰迫於九齡定著遂階於四品先世被追榮之典已冠三孤諸兒荷延賞之恩匈霑寸祿首坐滿盈之久自挻災釁之來時涉夏秋疾生經絡有藥必試靡神不祈呻吟之聲晨莫不絶惟歸誠於洪造或少逭於往愆么然微衷亟以自列伏望曲囘聰聽俯佑殘軀俾耄及之餘生獲奠居於故社耕桑安樂父子團欒天實無私敢汲汲

希望外之福人誰不死願熙熙須數盡之期

天申節樞密院開啓道場疏

得道者上爲皇啓帝圖之廣大有德者得其壽當化日之舒長率籲衆情虔伸善祝光堯壽聖太上皇帝伏願三靈介祉九廟儲休無黃屋之心雖退藏於淵默如南山之壽冀茂對於天祺

滿散道場疏

惟天其申命用休誕御無疆之曆有德者必得其壽共輸歸美之誠敢叩梵宮仰申善頌光堯壽聖太上皇帝陛下伏願頤神物外布澤寰中福祿萬年丕介厖鴻之祉本支百世永奉詒燕之謀

天申節功德疏

得吾道而上爲皇算自齊於箕翼有天下而傳之子福方覆於華夷敢因震夙之期申致延鴻之祝恭惟光堯壽聖太上皇帝陛下聰明時憲清淨無爲黃屋非心共仰堯仁之大玉巵爲壽益瞻漢殿之尊光堯

壽聖太上皇帝恭願茂對昌辰丕承景貺以聖傳聖增光奕世之休爲天中天永享萬方之奉

又

得道上爲皇誕受泰元之冊重華協於帝光臨孝治之朝敢殫向日之誠仰祝後天之算尊號陛下恭願又新湯德丕顯文謨日舒以長燕處益探於衆妙道冲而用陰功廣被於羣生

瑞慶節功德疏七

有開必先天地肇開於景運無遠弗屆華夷畢效於貢珍芻備邇聯敢稽壽祝皇帝陛下伏願誕膺戩穀端拱穆清以八千歲而爲春永御舒長之景卜七百年而過曆用符愛戴之誠

又

誕彌厥月丕昭震夙之期長發其祥共致尾鴻之祝皇帝陛下恭願後天難老如日正中紹十二聖之睿謩開三百年之景運金泥玉檢肇修稀闊之儀楛矢

石砮永享貢輸之盛

又

叨榮禁路千齡獲遇於聖明歸老故山一飯敢忘於
君父敬脩梵供仰祝堯年皇帝陛下恭願光照大千
壽踰時萬繼統燕無爲之治御邦躋有道之長上際
下蟠永享化國舒長之日東封西祀嗣修太平稀闊
之儀

又

節紀千秋實踵開元之盛神呼萬歲洊膺嵩嶽之祥
顧雖遯迹於丘園敢怠馳誠於軒陛皇帝陛下伏願
道極高而蟠厚治咸五而登三碣石河源盡復輿圖
之舊泰山梁甫嗣修檢玉之儀

又

惟皇之極欣逢熙洽之辰於萬斯年共効厖鴻之祝
敢趨淨域薦控丹衷皇帝陛下伏願允叶帝心誕膺
神筴化東漸而西被功上際而下蟠降德於衆兆民

坐致唐虞之治上瑞至千百所永符箕翼之祥

又

聖恩念舊猶叨四品之崇景運開先敢後萬年之祝

皇帝陛下恭願當宁撫盈成之業垂衣紹積累之休

朔易南訛緜𨨏櫌於率土東漸西被會玉帛於中朝

又

恩霑遺老幸聯上雍之班身遇明時敢後祝堯之請

皇帝陛下恭願乾端廣大日轂正中髦蠻奉九譯之

琛農扈告三登之候應帝王之運故聰明睿智足以

有臨集天地之祥皆算數譬喻所不能及

祈雨疏

九秋伊始百穀將登念零雨之稍愆率羣情而致禱

仰惟慈蔭曲鑒丹誠三日爲霖俯慰雲霓之望大田

多稼上寬宵旰之憂

謝雨疏

諸佛願心本常存於澤物衆生業果或自召於凶年

民愚無良吏惰不職駭驕陽之作害閔零雨之弗時
內罄寸誠方吁嗟而遍禱起瞻四野已枯槁之一蘇
自惟莫格於太和乃至上勤於慧力敢忘祗報用畣
鴻慈

道宮謝雨疏

上帝至仁本不忘於澤物下民胡罪幾坐致於凶年
由官吏之惰偷致政刑之疵癘驕陽作害零雨弗時
內罄寸誠方吁嗟而仰禱起瞻四野已枯槁之盡蘇
自惟莫格於太和迺至輒干於鴻造敢忘祗報用畣
好生

嚴州祈雨疏

倬彼雲漢尚愆霖雨之期害於粢盛俯劇淵冰之懼
敢輸丹悃仰叩　真覺　慈冀占離畢之祥少逭屯膏之
咎

又

時雨少愆上勞宵旰詔音亟下恭致禱祈敢冀　覺慈

洪恩　誕敷惠澤

又

龜占墨而尚違凜有屯膏之懼龍蟠泥而未舉方緊

解澤之施冀軫　覺鴻　慈曲成樂歲俯慰闔境雲霓之

望上寬淵衷宵旰之憂

嚴州施大斛疏

旱魃爲虐念莫釋於衆憂飯香普熏敢恭陳於淨供

伏願雲從龍而效職月離畢以告祥解澤亟行屯膏

一洗如來施無量食既靡閒於聖凡史臣書大有年

庶上寬於宵旰

嚴州謝雨疏

時雨愆期方軫焦勞之慮　天心佛慈　從欲遽蒙霈澤

之施敢擇良辰敬伸昭報

嚴州謝雪疏

萬邦屢豐幸際中天之熙運平地尺雪鬱爲嗣歲之

嘉祥敢忘　淨供蘋薦　之修陳　少謝　覺慈叢霄　之貺尚

祈
垂佑洪造　益介純禧

嚴州久雪祈晴疏

時雪屢應已占嗣歲之登春氣未和寧免祈寒之怨敢趨　祕梵　宇仰叩　真覺　慈冀日麗於層霄俾民安於比屋上寬旰食俯慰輿情

渭南文集卷第二十三

渭南文集目錄

卷第二十四

渭南文集卷第二十四

法雲寺建觀音藏殿疏

補落伽之道場蓁蕪已久修多羅之妙典函匭僅存先師每志於經營四衆亦思於協助天時默定佛事將成伏望巨公大人居士長者深戒著鞭之後共合浮圖之尖庶得萬瓦鱗差修梁虹舉紺容輝日梵唄陵雲結難值之勝因作無窮之壯觀

開元寺重建三門疏

巍然古刹實居大府之喉衿卓爾高閎復爲一寺之眉目歷數百載極祇園之盛乃七十年猶劫火之殘伏望大發積藏亟成鉅麗粲髹丹於久廢偉扁榜之一新雨霽塵清碧瓦勢凌於霄漢霧開日出金鋪光射於康莊還壯觀於承平垂美名於不朽

安隱寺修鐘樓疏

金鐘大鏞蓋以聲爲佛事雄樓傑閣宛在水之中央

歷歲既深須人乃復敢徧投於信士祈同結於勝緣浮翠流丹儻復還於鉅麗撞昏擊曉實大警於沉冥

重修光孝觀疏

天覆地載之間飲啄皆由於道蓬跂行喙息之類涵濡悉荷於國恩豈獨忠義之心人人具有抑亦生成之賜物物皆同永惟光孝之道場實薦徽皇之飈御神祠佛刹尚營繕之相望琳館珍臺豈修崇之可後某等叨恩冠褐庇職宮庭敢忘夙夜之勤冀復規模之舊既後先朝之遺迹遂新大府之榮觀

圓通寺建僧堂疏

如來香飯取時已遣化人開士鉢單展處又須得所營兹華屋延我勝流念非極棟宇之功何以稱龍象之衆木魚哮吼千僧閣也在下風露柱證明九梁星直須退步

重建大善寺疏

劫火之壞大千雖云有數長者之施億萬要豈無時

儻阿練若獲了大緣則窣堵波亦還舊觀可謂非常之舉惟須不退之心

道像五藏疏

道雖與貌固非耳目口鼻之施天本無心尚何肝膽肺腸之有既云肖像蓋亦同人願共發於信心不須疑著庶亟成於盛事垂示無窮

鷲峯寺重建三門疏

建寺年深築門役鉅雖不下禪牀相接用此何爲然倒騎佛殿出來少它不得伏望念古阿蘭若之勝地結檀波羅密之大緣或備土木甎甓之材或施黝堊髹丹之費初發心處已有諸聖證明一落筆時自然大地震動

重修大慶寺疏

佛出本爲一大緣初無差別越城昔有六尼寺五已丘墟惟大慶之名藍實故唐之遺址茲蒙賢牧命復舊規方廣募於衆財冀亟成於偉觀魔王魔民魔女

盡空蜂蟻之區法鼓法炬法幢一新龍象之衆儻承
金諾敢請氷銜

福州請仁王堅老疏

勇退急流雖具衲子參尋之眼旁觀袖手要非邦人
嚮慕之誠爰擇名藍往迎高士某人芙蓉正派真歇
諸孫默觀已得於本心自重每輕於外物不合則去
蹈儒士之難能知我者希得老氏之所貴付越山於
昨夢聽石嶺之儻來埜鶴溪雲豈有去留之迹齋魚
粥鼓一隨宿昔之緣

福州請九峯圓老疏

鬧籃裏入頭不妨奇特懸崖邊撒手只要承當須遇
作家方了此事某人參臨濟正法眼得補陀大辯才
雖則跛跛挈挈走諸方不認昭昭靈靈作自己伏請
如雲出岫似月印潭放下鉢袋衣囊打起齋魚粥鼓
直到佛祖不知處猶是半途且向父母未生前試道
一句

福州請聖泉頴老疏

少室玄機陽岐正脈最端的處只要言下承當有多少人盡向面前蹉過某人談鋒峻峭心地圓明當初向竹篦子頭偶然築著磕著而今踞寶華王座選甚胡來漢來便須拈起鉗鎚打開窠臼以鐵酸餡普供大衆與木上座同演宗風鐘鼓鏗鍧旛幢炳煥豈惟流輩知不由兔徑之高要使師翁發撞破煙樓之歎

能仁請昕老疏

視世如菴摩勒果雖外物之本輕說法如優曇鉢華要應時而出現久已名行於海內豈容身隱於雲根敬虛金布之園往致空飛之錫某人材高龍象辯震雷霆潛閩嶺者十年遇寒巖而一笑始初歎賞明窗下特地安排最後慇懃鉢帒子親自分付幸念先師之遺語亟爲故人而遠來要傳無盡燈當觀第一義

雍熙請最老疏

山陰道中萬壑水依舊潺湲雲門寺裏一爐香久成

寂寞忽於旁邑得此高人某人立雪飽參隔江大悟通威音以前消息踢毗盧向上機關血指汗顏諸方不供一笑摶風擊水萬里始自今朝豈惟續且庵家傳更喜得可齋道伴

鄉士請妙相講主疏

雜華設教猶日照山大士應緣如雲出岫某人英姿邁往雋辯絕倫早集布金之園久造笑雲之室伏望俯從衆志來繼道場且要於談笑間取上方香積之飯然後以神通力成夜摩覩史之宮

千秋觀修造疏

一曲澄湖千秋古觀瓊樓玉宇正須月斧之修蕋笈瑯函未極雲章之奉至於傑閣翬飛於天半長橋虹臥於波心皆擬繕營用成絕勝況丞相肇新於真館與邦人仰禱於帝齡覆載之間共陶化日髮膚之外皆是聖恩願垂不朽之名更效無疆之祝

光孝請廓老疏

孤峯頂上一口吞三世如來七里瀨邊隻手接十方衲子既是隨緣自在便須信手承當某人號眞作家有大力量拈起拂子且與陸大夫同舉宗風放下鉢囊不妨陳尊宿暫爲隣舍

雍熙請機老疏

諸方到處只解抱不哭孩兒好漢出來須會打無麵餺飥舉起一枝拂子勘破四海禪和某人心地超然談鋒儁甚最初遊歷倒却門前刹竿末後承當分付先師鉢袋十年涵養一日闡揚請木上座作先馳拈鐵酸餡施大衆鯨鐘鼉鼓無非塗毒家風蘿月谿雲盡是放翁供養

雍熙請錫老疏

瞿唐峽灩澦堆萬里不生寸草若耶谿雲門寺三人卽是叢林要看雲居錫上座點檢諸方須與宣城陸大人激揚此事某人得來孤峻用處縱橫巍巍堂堂灑灑落落半月嵒戴起簣子好泉亭脫下草鞵水宿

山行平日只成露布刀耕火種從今別是生涯

求僧疏

撳禪床拗柱杖雖屬具眼厮兒搭袈裟展鉢盂却要護身符子伏望尊官長者達士通人共燃續慧命燈不惜判虛空筆起難遭想結最勝緣向僧堂前喝參幸離俗諦以比丘身得度敢負厚恩

又

佛有八萬四千法門出家最勝僧受二百五十大戒利物無邊方今雲門諸山莫如淨智一境必度優婆塞俾成比丘僧巍巍堂堂聿觀龍象之衆雍雍肅肅不媿旃檀之林儻許結緣願垂湔筆

紫霄宮女童徐居慶求披戴疏

雲山棲隱雖從金門羽客之遊冠珮焚修尚欠白水真人之力敢輸微懇仰叩高閎伏望推博施之心植衆妙之本仙槎乞得支機石既遇有緣天風飄下步虛聲是爲報德

成都大聖慈寺念經院僧法慧爲行者雷印定求度牒疏

拈華會上正法眼雖是自明刻草殿前護身符少伊不得故鄉踰八千里路空手要七十萬錢欲辦大緣莫嫌俗氣從此鉢盂兩度溼受賜不貲忽然平地一聲雷酬恩有在

雍熙請倫老疏

修竹茂林久作蘭亭之客青鞵布韈忽尋秦望之盟此有宿因寧容力避某人渡河香象跋浪長鯨初得法於室中耳聾三日晚抽身於林下壁觀九年道價雖高世緣未契方公言之共歎亦勝地之將興百草頭祖師本來知見一毫端寶剎今日神通但辦肯心必無難事

梁氏子求僧疏

名家有千里駒本意折一枝桂忽厭魯章甫擬著僧伽黎可謂人英堪承佛種長者若能成就放翁爲作

證明

孫餘慶求披戴疏

孤雲埜鶴山林自屬閑身布襪青鞵巾褐本來外物伏念心久游於塵外迹尚寄於人間傅翕雖然頭戴道冠王恭終要身披鶴氅直須白水真人力共了青谿道士緣

陶山菴行者求化度牒疏

昔於如來所發心蓋非一世今以比丘身得度夫豈小緣況貞白先生昇僊之區實文昌左轄植福之地遍投信施庶獲圓成七條九條二十五條儻無魔障一佛二佛百千億佛當共證明

傳妙穌求僧疏

四十劫前記作佛已定出家百尺竿頭坐底人正須進步茲述慺慺之請敬趨赫赫之門伏望王公大臣長者居士揮雲煙於紙上運財寶於庫中出現優鉢曇花成就僧伽黎相十方諸佛同聲讚可謂勝緣一

日鉢盂兩度開敢忘大施

葉可忻求僧疏

七寶布施作福止屬有爲一人發心歸源方名大事非賴賢豪之助曷弘清淨之緣所冀見聞各懷喜捨續佛壽命成茲芻不壞之身爲國焚修効芥石無疆之祝

鎭江謁諸廟文

某以隆興改元夏五月癸巳自西府掾出佐京口明年春二月己卯至郡洪惟上恩不可量數敢不夙夜祗惕圖稱所蒙區區之心神其監之

祭富池神文

某去國八年浮家萬里徒慕古人之大節每遭天下之至窮登攬江山裴徊祠宇九原孰起孤涕無從雖薄奠之不豐冀英魂之來舉

福建謁諸廟文

某聞聰明正直神之所以爲神也靖共爾位好是正

直吏之所以事神也一戻於此神且殛之其何福之敢望某蒙恩出使一道告至之始祗慄於祠下

福州城隍昭利東嶽廟祈雨文代

閩之風俗祭祀報祈比他郡國最謹以故祠廟之盛甲於四方斧斤丹堊靡有遺巧重門傑閣煥然相望則神之所以福其人者亦宜與他郡國異而自夏訖秋驕陽爲害水泉淺涸草木焦卷多稼彌野將茂而槁夫幽顯之際雖遠然豈有享其奉而不恤其害者惟神聰明宜動心焉

福州謝雨文代

吏受命天子牧養百姓神受命上帝保衛一方其責則均然而祠宇貌像孰與府寺之雄犧牲醪幣孰與廩餼之厚巫覡尸祝孰與官屬之盛吏隋政紕無以格豐年之祥不自責而望神宜拒而弗享矣區區之禱曾未信宿雲興東山之麓雨被千里之內雷發而不怒風行而不疾祁祁霡霂如哺如乳起視四野莫

不雩足愁歎之聲變爲懽謠嗚呼吏之愧於神多矣
酒冽牲肥樂歌送迎匪報也以識吏之愧也

福州準赦禱諸廟文代

乙未詔書慈寧殿服藥敷大宥於四方分命郡國禱
山川神示之在典祀者惟神受職欽承上意

福州歐冶池龍鱓谿河口五龍廟祈雨祝文代

繚垣閟宇瀦水灌木窈然而幽陰者龍之神也升天
御雲濟世澤物霈然而成功者龍之仁者也聰明正
直有禱必應者又其所以食於民也歷時不雨粢盛
將害則龍亦何心視民之窮如越人之視秦也變化
呼吸轉災爲豐在龍之力其易如指之屈伸也犧牲
醪幣吏之所以報龍者其敢怠而弗䖍也

福州閩王閩忠懿王祈雨祝文代

維神之生禦災捍患有功德於此邦之人沒而祀之
非獨父老子弟不忘神之功德意者神亦眷眷於此
邦沒而不已也歷時不雨稼穡將害吏雖不言神其

忍安視弗捄邪雖然敢不以告

嚴州謁諸廟文

新定爲郡地陿民貧而同祿馮夷數見譴告市邑蕭然至今未復某蒙恩來守是邦宜知所報如或黷貨以厲民淫刑以飾怒事燕遊以廢政納請謁以撓法是宜卽罪於有神死不敢悔使其能麤踐今茲之言則神亦宜哀矜之調節雨暘驅逐癘疫使與吏民仰戴明神之休牲酒鼓歌以時來報豈不幽顯各得其職哉

謁大成殿文

某聞之夫子曰言不忠信行不篤敬雖州里行乎哉某家世山陰被命來守不三舍而至殆與古之仕於其國者無以異然一於忠敬有所不力則吏與民且合其智詐澆浮以欺其守豈不殆哉視事之始款謁先聖先師非獨以令甲也敢告夙夜祗懼之意

謁社稷神文

某蒙上恩來守新定邦雖小有社稷焉其敢不恪以獲戾於神敬以到郡之三日周視壇壝

嚴州秋祭祝文

秋有祀國之典也筮日之良爰舉祀事牲酒樂歌靡敢不飭惟爾有神來格來歆惠我吏民神亦永饗典祀

嚴州祈雨祝文

新定爲郡介於谿山之間雨暘少愆輒能病稼戊申水溢方禱於神曾未再旬復以旱告吏政無以格陰陽之和而惟神之瀆羣趨廟庭僕僕亟拜神固不以吏罪而棄斯民吏獨無愧於神乎尚力厥事以葢茲媿神其監臨之

又

甲辰詔旨以閔雨命郡守致禱惟神受職欽承上命

又

某被命來守幸及終更不敢以去郡有期怠荒厥事

屏逐暴吏慰安疲民稽於幽明儻逭咎責而嘉穀方秀時雨未渥維神正直宜監於茲敢列忱辭恭俟嘉澤

嚴州馬目山祈雨祝文

維神有祠茲山尚矣唐刺史韓泰以禱雨獲應載新廟貌今又四百餘年而未列命祀無以慰父老祝史之心今茲旱勢已極某雖愚蒙恩假守得以專達於朝敢與爾神期以三日甘澤霑足槁苗復興當列奏乞封以侈神之威靈顧以守郡不獲親行謹遣迪功郎建德縣主簿汪仲儀卽事祠下而某帥郡僚望拜於軍門傴以俟命

又

考於圖志得神之威靈而致禱焉旣累日矣誠弗能格雖間得小雨地不及濡塵不及斂而赫日復出矣然父老之言以爲比夕雲物多起神之祠傍意者神哀憫斯民終有以活之也敢復以請悽悽之誠神尚

鑒之

嚴州祈晴祝文

雨勢未止溪流暴溢民廬官寺倉庫獄戸皆有意外之憂惟神聰明亟俾開霽約束漲水以時返壑某與吏民其敢忘報

嚴州謝雪祝文

四時冬爲元英閭里毋虞於癘疫平地尺爲大雪麥禾預卜於豐穰敢忘薄薦之陳少答明神之賜尚祈孚佑永保安寧

嚴州久雪祈晴祝文

雪雖嘉瑞過則爲災春氣未和民屢告病郡政乖刺惟神之歸尚祈與哀以卒大賜牲酒之報其敢弗虔

嚴州廣濟廟祈雨祝文

不雨且再旬矣井泉涸竭蔬菽告病閭巷講救焚之備郡庭決爭汲之訟秋陽益熾疾癘將作吏雖愚猶知恐懼豈神之聰明而忘之乎出雲興雨以一洗之

神之德於斯民豈有旣哉

嚴州謝雨祝文

比承詔旨致禱靈祠果遂感通沛然甘澤敢涓吉日祗報靈休

嚴州戊申謝蠶麥祝文

乃者蠶老而未繭麥秋而未穫天作霪雨將害於成惟神降康陰沴消弭牲登於俎酒湛於觴維以薦誠匪敢言報

渭南文集卷第二十四

渭南文集目錄

卷第二十五

珍倣宋版印

渭南文集卷第二十五

夔州勸農文

仰惟天子臨遣牧守每以務農勸課之指丁寧訓敕雖遐陬僻邑如在畿甸惟懼一穀之不登一夫之失職也硤中之郡夔爲大其於奉明詔以倡屬郡尉齊民者尤不敢不勉繼自今不縱捁克不長嚚訟不傷爾力不奪爾時爾父兄子弟其亦恭承天地惠澤毋爲惰遊毋怠東作毋失收斂毋熳蓋藏勤以殖產儉以足用有司與民交致其愛使公私之蓄日以富饒無貽朝廷宵旰之憂豈不韙哉

丁未嚴州勸農文

蓋聞農爲四民之本食居八政之先豐歉無常當有儲蓄吾民生逢聖世百穀順成仰事俯育各遂其性太守幸得以禮遜相與從事於此故延見高年勞問勸課致誠意以感衆心非特應法令爲文具而已今

茲土膏方動東作維時汝其語子若孫無事末作無好終訟深畊廣耜力耕疾耘安豐年而憂歉歲太守亦當寬期會簡追胥戒與作節燕遊與吾民共享無事之樂而爲後日之備豈不美哉

戊申嚴州勸農文

蓋聞爲政之術務農爲先使衣食之麤充則刑辟之自省當職自蒙朝命來剖郡符雖誠心未格於豐穰然拙政每存於撫字觴酒豆肉曷嘗妄蠹於邦財銖黍寸絲不敢輒營於私利所冀追胥弗擾墾闢以時春耕夏耘仰事俯育服勞南畝各終藨蔉之功無犯有司共樂舒長之日今者土膏既動穡事將興敢延見於耆年用布宣於聖澤清心省事固守令之當爲曠土游民亦父兄之可恥歸相告戒恪務遵承上以寬當宁之深憂下以成提封之美俗

書通鑑後

司馬丞相曰天地所生財貨百物止有此數不在民

則在官其說辯矣理則不如是也自古財貨不在民
又不在官者何可勝數或在權臣或在貴戚近習或
在強藩大將或在兼幷或在老釋方是時也上則府
庫殫乏下則民力窮悴自非治世何代無之若能盡
去數者之弊守之以悠久持之以節儉何止不加賦
而上用足哉雖捐賦以予民吾知無不足之患矣彼
桑弘羊輩何足以知之然遂以爲無此理則亦非也

又

周世宗旣服江南諭使修守備通鑑以爲近於大邦
畏其力小邦懷其德是比之文王也方是時世宗將
有事於燕晉其謀以爲若南方有變雖不能爲大害
然北伐之師勢亦不得不還故先思有以安江南之
心又疲其力於大役使不得動比北伐成功江南折
簡可致矣此世宗本謀也遽謂之近於文王豈不過
哉然世宗之謀則誠奇謀也蓋先取淮南去腹心之
患不棄勝取吳蜀楚粵而舉勝兵以取幽州使幽州

遂平四方何足定哉甫得三關而以疾歸則天也其後中國先取蜀南粵江南吳越太原最後取幽州則兵已獘於四方而幽州之功卒不成故雖得諸國而中國之勢終弱然後知世宗之本謀爲善也

書賈充傳後

言一也情則三也其惟論兵乎自古惟用兵最多異論以其有是三者也禍機亂萌伏於隱微人知兵之利不知其害有識者焉逆見而力止之王猛之於秦是也投機之會轉盼已移而常人闇於事機私憂過計馮道之於周是也猛固賢矣道雖闇猶有憂國之心焉至於賈充當晉武時力沮伐吳之舉至請斬張華則何說哉自漢之季百數十年閒庸人習見南北分裂謂爲故常赤壁之役以魏武之雄乘破竹之勢而大敗塗地終身不敢南鄉充之心蓋竊料吳未可下因爲先事之言以徼後日之福而不料天下之遂一也要之戰危事也以舜爲君禹出師不能一舉而

定三苗以唐太宗自將李勣在行不能遂平區區之高麗故爲充之說者常有利焉此人臣之陰爲身計者所以多出於此也馮道不足言矣王猛賈充之論所謂差毫釐而謬千里者可不察哉

書郭崇韜傳後

後唐莊宗初得天下欲立愛姬劉氏爲后而韓夫人正室也伊夫人位次在劉氏上莊宗雖出夷狄又承天下大亂禮樂崩壞之際然顧典禮人情亦難其事未知所出羣臣雖往往阿諛亡學術然亦無敢當其議者豆盧革爲相郭崇韜爲樞密使崇韜功高迹危思爲自安計而革庸懦無所爲惟諂崇韜以自安因相與上章言劉氏當立於是莊宗遂立劉氏爲后劉氏既立黷貨蠹政殘賊忠良天下遂大亂莊宗以弑崩李氏之子孫殲焉嗚呼革不足言矣崇韜佐命大臣忠勞爲一時冠其請立劉氏非有他心也不過謂天子所寵昵而自結焉將賴其助以少安而已然唐

之士實由劉氏是士唐者崇韜也後唐之先皆有勳勞於帝室晉王克用百戰以建王業莊宗因之遂有天下同光之初海內震動幾可指麾而定矣而崇韜顧區區之私引劉氏以覆其社稷而滅其後嗣宗廟之靈其肯赦之乎崇韜卒以盡忠赤其族革亦無罪誅死豈非天哉昔唐高宗欲立武昭儀爲后大臣褚遂良等力爭以爲不可者皆得禍獨李勣勸成之窮極富貴而死自謂得計矣及武氏得志唐高祖太宗之子孫誅戮幾盡而勣雖已死亦卒以孫敬業故發墓剖棺夷其宗族遂良等雖得禍不至此也天理之不可逃如此雖然豈獨天理哉彼勣與崇韜皆武夫烈士勇於報德乃以此心揣婦人以爲自安之奇策安知婦人之性陰忮忍毒果於背德方其得志自肆若豺虎然豈復思得立之所自哉然則二人之禍雖徼天理固有不可逃者矣悲夫

書安濟法後

當安濟坊法行時州縣醫工之良者憚於入坊越州有庸醫曰林彪其技不售乃冒法代它醫造安濟今日傳容平當來則林彪也明日丁資當來又林彪也又明日僧寧當來亦林彪也其治疾亦時効遂以起家然里巷卒不肯用比安濟法罷林彪已爲溫飽家矣年八十餘乃終開禧乙丑四月七日務觀書

書空青集後

建中靖國元年景靈西宮成詔丞相曾公銘於碑以詔萬世碑成天下傳誦爲宋大典且歎曾公耆老白首而筆力不少衰如此建炎後仇家盡斥曾公文章始行於世而獨無此文或謂中更喪亂不復傳矣淳熙七年某得曾公子寶文公遺文於臨川然後知其寶文公代作蓋上距建中八十年矣嗚呼文章鉅麗閎偉至此使得用於世代王言頌成功施之朝廷薦之郊廟孰能先之而終寶文公之世士大夫莫知也汪翰林平生故人及銘其墓惟曰始爲家賢子弟中

爲時勝流晚爲能吏是豈足以言公哉公家世固以文章名天下又自少時所交皆諸父客天下偉人出入試用亦數十年朋舊滿朝然世猶不盡知之如此況山林之士老於布衣所交不出閭巷其埋沒不耀抱材器以死者可勝數哉可勝歎哉九月十九日山陰陸某書

書浮屠事

浮屠師宗杲宛陵人法一汴人相與爲友資皆豪傑負氣好遊出入市里自若已乃折節同師蜀僧克勤相與磨礱浸灌至忘寢食遇中原亂同舟下汴杲數視其笠一怪之伺杲起去亟視笠中果有一金釵取投水中杲還亡金色頗動一叱之曰吾期汝了生死乃爲一金動邪吾已投之水矣杲起整衣作禮曰兄真宗杲師也交益密於虖世多詆浮屠者然今之士有如一之能規其友者乎籍有之有如杲之能受者乎公卿貴人謀進退於其客客之賢者不敢對其不

肖者則勸之進公卿亦以適中其意而喜謀於子弟亦然一日得禍其客其子弟則曰使吾公早退可不至是而公卿亦歎曰向有一人勸吾退豈至是哉然亦晚矣

書渭橋事

中大夫賈若思宣和中知京兆櫟陽縣夏夜以事行三十里至渭橋夜漏欲盡忽見二三百人馳道上衣幘鮮華最後車騎旌旄傳呼甚盛若思遽下馬避於道傍民家且使從吏詢之則曰使者來按視都城基漢唐故城王氣已盡當求生地此十里內已得之而水泉不壯今又舍之矣語畢馳去如飛時方承平若思大駭明日還縣亟使人訪諸府則初無是事也若思河朔人自櫟陽從蔡靖辟爲燕山安撫司管勾機宜文字靖康中自燕遯歸入尚書省爲司封郎而卒陸某曰河渭之間奥區沃壄周秦漢唐之遺跡隱轔故在自唐昭宗東遷廢不都者三百年矣山川之氣

鬱而不發藝祖高宗皆嘗慨然有意焉而羣臣莫克奉承予得此事於若思之孫逸祖豈闗中將復爲帝宅乎虜暴中原積六七十年腥聞於天王師一出中原豪傑必將響應決策入闗定萬世之業茲其時矣予老病垂死懼不獲見故私識若思事以示同志安知士無脫輓輅以進說者乎

書包明事

包明者不知其鄉里少爲兵事湯岐公自樞密至左相明常在府紹興末岐公以御史論罷故例一府之人皆罷遇拜執政則往事焉久之御史中丞汪公澈拜參知政事一府皆往汪公蓋前日劾岐公者也於是明獨不肯往曰是嘗論擊吾公者持何面目事之雖妻子飢寒不之顧未幾以病死方岐公貴時所薦達士大夫多矣至其失勢不反噬以媚權門者幾人且岐公平日待明非有異於衆人也汪公之拜一府俱往非獨明也明而往事汪公非有負也泥塗賤隸

又非清議所及而其自信毅然不移如此此蓋有古烈士之風矣書其始末使讀者有感焉

書神僊近事

昔道士侯道華喜讀書或問其意答曰天上無凡俗神僊後果騰舉而去呂洞賓陳摶賀元施肩吾皆本書生近歲有譙定雍孝閔尹天民亦皆以儒士得道定今百二十餘歲故在青城山中采藥道人有見之者讀易尚不輟也孝閔或自稱木先生往來沔鄂間天民客青城儲福宮一日大罵所與往來道士郎閉門睡道士明旦相率謝之而門不啓壞壁視之危坐死矣方相與驚歎俄失所在此三人者皆顯人故其事傳閭巷山澤之士名迹湮晦本不爲人知者又可悉數哉予從子慧綽爲浮屠爲予言豫章西山香城寺之傍有埜人身被綠毛每雨霽多坐石上暴日見人輒避去追之不可及有識者曰此馬祖弟子亮座主者乃知長生久視之道人人可以得之初不必老

氏之徒也因書置座右以自勵云

書屠覺筆

建炎紹興之間有筆工屠希者暴得名是時大駕在宋都在廣陵又南渡幸會稽錢塘希嘗從駕自天子公卿朝士四方士大夫皆貴希筆一筒至千錢下此不可得晁侍讀以道作詩稱譽之有吳先生師中字茂先得其筆以一與先少師希之技誠絕人入手即熟作萬字不少敗莫能及者後七十餘年予得其孫屠覺筆財價百錢入手亦熟可喜然不二百字敗矣或謂覺利於易敗而速售是不然價既日削矣易敗則人競趨它工覺固不爲書者計獨不自爲計乎乃書希事庶覺或見之

書二公事

鄭介夫名俠以剛直名天下晚居福清自號一拂居士布衣糲食而雜植華木於舍傍觴詠自適客至必與飲多不過五爵蔬果之外一肉而已遇貧士過者

亦薄䞋之止於千錢飲具皆白鐵或遺以銀盃辭不取好強客弈碁有辭不能者則留使旁觀而自以左右手對局左白右黑精思如真敵白勝則左手斟酒右手引滿黑勝反是如是幾二十年如一日謝昌國名諤嘗聞道於頤正郭先生居臨江名其廬曰艮齋晨與烹豆腐菜羹一釜偶有肉則縷切投其中客至亦不問何人輒共食有貧士及醫卜之類飯已輒語之曰吾無錢予君豈欲詩乎取幅紙作絕句贈之以爲常二公皆予所鄉慕也予貧甚欲學介夫辦五盃千錢亦復未易又不解弈碁或可力貧學昌國耳書之座右當徐圖之紹熙之元十二月八日九曲老樵書

渭南文集卷第二十五

渭南文集目錄

卷第二十六

渭南文集卷第二十六

真廟賜馮侍中詩

某家舊藏孝嚴殿繪像先正侍中馮公在焉冠劍偉然與太行黃河氣象相埒每稽首歎曰侍中輔相兩朝更天下大變而社稷尊安夷狄讋服鉏耰萬里無犬吠之警有以也夫晚待罪新定公之孫頎出示章聖皇帝賜詩又以想見一時盛事恨不生其時俯伏沙隄旁窺望風采云

高宗聖政草

某被命修光堯皇帝聖政草剏凡例網羅放逸雖寢食間未嘗置也然不敢以稿留私篋暇日偶追記得此命兒輩錄之隆興二年十月一日左通直郎通判鎮江軍府事陸某記

高宗賜趙延康御書

右知金壇縣趙君師㬎錄高宗賜其大父延康公書

及延康移僞楚書共爲一編以示史官陸某某曰延康在宣和靖康間聲望風采震曜一時及守宛丘百戰禦狂虜卒全其城視唐代張巡許遠顏真卿皆過之來朝行在高皇蓋欲以左轄命之議者謂宗室輔政非故事遂止方公之南徙也謝表有云臣本支百世侍從三朝又云堅壁以保近畿慨前功之俱廢登壇而陪盛禮懷曩遇以自憐讀者悲之某又嘗於公從孫師嚴有翼家見公建炎奏議稿一編皆人所至難言者不知此稿皆在鑑堂集中否或可訪於有翼院中以補逸遺敢併以告嘉泰癸亥歲三月丙申臣某謹識

高皇御書二

臣某少時與胡尚書之子杞同學於雲門山中見高皇帝賜尚書御題扇曰文物多師古朝廷半老儒蓋黃體也與此手詔絕相類後數年蒙收召得面天顏距今四十四年矣伏讀霣涕不知所云嘉泰癸亥五

月一日史官臣陸某謹題

又

臣某伏覩高皇帝御天下幾三十年進用諫官御史皆出聖選故往往躐至相輔其不合者猶爲侍從乃去如施公財任遺補卽出守小郡蓋無幾人則其犯顔咈指不橈於權倖可以想見而上之知人受盡言有仁祖用范仲淹唐介之風矣惜乎施公遽逝去不及召用於虖悲夫開禧乙丑九月一日故史官陸某謹書

今上皇帝賜包道成御書崇道菴額

開禧某年某月甲子皇帝親御翰墨書崇道菴三字賜妙行先生臣包道成以示故史官臣陸某將刻之石具載歲月及被賜之由示天下後世臣某竊聞臣道成實晉陵人少學黄老之説以飭身濟衆爲事寓跡都城三十餘年築堂以居凡以黄冠褐衣至者靡不館之往來千人蓋嘗有神僊異人混於衆中道成

獨默識之而不言會稽光孝觀故名乾明天聖間章獻明肅皇后遣中使築之久壞不葺道成談笑復其舊凡都城橋梁道路皆力治之費至緡錢百餘萬建東嶽廟吳山上既成又即其傍築室以奉真武左江右湖氣象雄麗而道院屹立於廡外鐘磬步虛之聲在雲霄間都人爲之心駭神竦於是皇帝聞而異之故有扁榜之賜臣某犬馬之年駸駸九十獲在聖主仁壽域中且嘗獲紬繹三朝金匱石室之藏今雖篤老猶幸未病廢得以紀稀闊盛事豈非幸哉開禧二年歲在丙寅三月某日太中大夫充寶謨閣待制致仕山陰縣開國子食邑五百戶賜紫金魚袋臣陸某昧死稽首再拜謹書

跋尹耘師書劉隨州集

傭書人韓文持束紙支頭而睡偶取視之劉隨州集也乃以百錢易之手加裝褫紹興二十五年正月八日陸某記

尹耘師耕鄉里前輩與九伯父及先君游此集蓋其手抄云紹熙元年七月望某再跋

跋唐御覽詩

右唐御覽詩一卷凡三十人二百八十九首元和學士令狐楚所集也按盧綸墓碑云元和中章武皇帝命侍臣采詩第名家得三百一十篇公之章句奏御者居十之一今御覽所載綸詩正三十二篇所謂居十之一者也據此則御覽爲唐舊書不疑然碑云三百一十篇而此纔二百八十九首蓋散逸多矣姑校定訛謬以俟完本御覽一名唐新詩一名選集一名元和御覽云紹興乙亥十一月八日吳郡陸某記

跋文武兩朝獻替記

學者當以經綸天下自期此書不可不見也但傳本繆誤幾不容讀以它書尋繹之十得四五云紹興丙子臘日務觀題

跋杲禪師蒙泉銘

右妙喜禪師爲良上人所作蒙泉銘一首往予嘗晨過鄭禹功博士坐有僧焉予年少氣豪直據上坐時方大雪寒甚因從禹功索酒連引徑醉禹功指僧語予曰此妙喜也予亦不辭謝方說詩論兵旁若無人妙喜遂去其後數年予老於憂患志氣摧落念昔之狂痛自悔責然猶冀一見作禮懺悔孰知此老遂棄世而去邪雖然良公蓋一世明眼衲子不知予當時是耶今是試爲下一轉語隆興改元十一月五日笠澤漁隱陸某書

跋修心鑑

右高祖太傅公修心鑑一篇初公生七年家貧未就學忽自作詩有神僊語觀者驚焉晚自號朝隱子嘗退朝見異人行空中足去地三尺許邀與俱歸則古僊人嵩山栖真施先生肩吾也因受鍊丹辟穀之術尸解而去然其術秘不傳今惟此書尚存某旣刻版傳世并以七歲吟及自贊附卷末庶幾篤志方外之

士讀之有所發焉亦公之遺意也隆興二年七月二日元孫某謹書

跋邵公濟詩

先子入蜀時與邵子文遇於長安同遊與慶池有詩倡酬相得驩甚夜讀公濟詩超然高逸恨未嘗得講世舊與文盟也乾道元年五月十八日笠澤漁隱陸某書

跋坐忘論

司馬子微師體玄先生潘師正體玄師昇玄先生王遠知昇玄師貞白先生華陽隱居陶弘景故體玄語子微曰吾得陶隱居正一法逮汝四世矣乾道二年天慶節借玉隆藏室本傳漁隱子手記

跋查元章書

李份事士大夫謹以故得書帖多不可數然閟其書至不敢與他札偕藏者元章吏部一人而已份一吏耳知敬元章如此豈知元章仕於朝既不容去而居

幙府又不容自引於數千里外赤甲白鹽之間乃少安嗚呼亦可歎也夫丙戌上元後三日漁隱書

跋高象先金丹歌

右玉隆萬壽觀本序言有注解而不傳亦不知序者爲何人也丙戌二月八日務觀書

又

國初有高象先淳化中爲三司戶部副使少從戚同文學與宗度許驤陳象輿郭成範王礪滕涉齊名不言其所終亦不知其鄉里恐卽此人然序言名先字象先又似別一人神仙隱顯不可必知聊記之耳辛亥炊熟日書

跋天隱子

最後易簡漸門二說非天隱子本語他日錄本當去之丙戌三月中休傳本於玉隆萬壽宮漁隱

東坡先生以爲天隱子真司馬子微所著也傳本後二十五年紹熙庚戌冬至日書

跋造化權輿

先楚公著埤雅多引是書然未之見也乾道三年孟夏十八日傳自玉隆藏室甫里陸某謹題

跋老子道德古文

右漢嚴君平著道德經指歸古文此經自唐開元以來獨傳明皇帝所解故諸家盡廢今世惟此本及貞觀中太史令傅奕所校者尚傳而學者亦罕見也予求之踰二十年乃盡得之玉笈藏道書二千卷以此爲首漁隱陸某題乾道二年十月十日

跋卍菴語

乾道庚寅十月入蜀舟過公安二聖見祖珠長老得此書珠自言南平軍人得法於卍菴云

跋武威先生語錄

豐清敏公爲中執法論事上前曰司馬光呂公著皆忠賢何爲引赦復官赦當及有罪耳無罪何赦也徽祖曰光等變先帝法度非罪乎清敏公頓首曰誠當

變無可罪者方元符建中間衆正畢集於朝天下喁喁想望太平清敏公與陳忠肅公俱極諫官御史之選而所以言則有婉直之異吾先大父楚公每以爲二公之論皆不可廢蓋忠肅似孟子說齊而清敏似伯夷諫周其歸一也今觀武威先生之論又甚似清敏百世之下志士仁人得此書讀之當有太息流涕者矣乾道七年立秋日山陰陸某書

跋闕著作行記

著作闕公出使硤中風采峻甚仕者人人震慄莫敢仰視某以孤生起皐籍萬里佐州淺闇滯拙自期且汰去而闕公獨厚遇之舉酒賦詩談臺閣舊事忘其位之重也公免歸之明年某以事至臥龍山咸平寺長老惠璉言公往有行記今將刻之石因屬某書其末某曰方闕公之門可炙手時此書伏不出今公歸臥青城山中賓客解散形勢一變而璉方刻其書爲不朽計嗟乎足以愧士大夫矣乾道七年七月七日

左奉議郎通判夔州軍州主管學事陸某謹識

跋司馬子微餌松菊法

乾道初予見異人於豫章西山得司馬子微餌松菊
法文字古奥非妄庸所能附託八年又得別本於蜀
青城山之丈人觀齋戒手校傳之同志十二月六日
笠澤漁翁陸務觀書於玉華樓

跋周茂叔通書

濂谿之生也世但以佳士許之耳既死蒲左轄作誌
黄太史作詩其稱述亦不過如此向使無二程先生
後世豈知濂谿爲大儒傳聖人之道者邪以此知士
之埋沒無聞者何可勝計乾道壬辰十二月十五日
成都驛南窗書

跋岑嘉州詩集

予自少時絶好岑嘉州詩往在山中每醉歸倚胡床
睡輒令兒曹誦之至酒醒或睡熟乃已嘗以爲太白
子美之後一人而已今年自唐安別駕來攝犍爲既

畫公像齋壁又雜取世所傳公遺詩八十餘篇刻之以傳知詩律者不獨備此邦故事亦平生素意也乾道癸巳八月三日山陰陸某務觀題

跋二賢像

右孟貞曜歐陽率更二像皆唐人筆墨北湖者吳則禮子傳也無悔者劉燾無言也最後實先君會稽公茶山先生曾文清公書萬里覊旅不自意全撫卷流涕乾道九年九月既望刻石置漢嘉月榭上山陰陸某識

跋山谷先生三榮集

予集黃帖得贈元師及王周彥三詩甚愛之有黃淑者家三榮見而笑曰紹興中再刻本也舊石方黨禁時已磨毀矣乃出此卷曰是舊石本其筆力精勁蓋如此因錄藏之淳熙之元二月二日務觀書

跋硯錄香法

硯錄舊有本而士之香法蓋未之見師房者濟南衞

昂也娶婆娑先生崔德符女晚官巴硤死焉乾道辛卯冬予得此編於巫山縣師房手鈔也已腐敗不可讀乃錄藏之後三年淳熙之元二月三十日蜀州漱玉南窗務觀書

跋唐修撰手簡

某之曾外大父質肅唐公守幷州故給事中呂公實爲幕客質肅爲人方嚴少許可或面折人臨川王和甫同時在幕中每言見唐公退輒汗滿握然遇呂公特歡他客莫敢望也淳熙元年某在蜀州得質肅仲子修撰公與給事手帖讀之蓋元祐初修撰使河北給事爲御史時也書論黃河市易辭指激烈無一語及其私與世俗責報父客至有違言者何其遠哉修撰字君益元祐中建議棄渠陽城紹聖初坐貶團練副使元符建中之間起守許昌方治事得報召蔡京撫案憤咤卽日疽發背卒某不及拜公而先夫人爲言公大節如此敢併記之以遺給事之孫教授君云

七月二十三日山陰陸某謹書

跋蔡君謨帖

近歲蘇黃米芾書盛行前輩如李西臺宋宣獻蔡君謨蘇才翁兄弟書皆廢此兩軸君謨真行草隸皆備石在仙井可寶也淳熙元年九月八日蜀州手裝

跋瘞鶴銘

瘞鶴銘予親至焦山摹之止有此耳殘璋斷玦當以真爲貴豈在多邪淳熙之元九月一日蜀州重裝

跋西崐酬唱集

通直郎張玠河陽人呂汲公家外甥藏書甚富淳熙二年正月八日夜讀此集燈架忽仆壞書時傳畢方一日豈歐尹諸人亦有靈邪記之爲異時一笑

跋歷代陵名

三榮守送來近世士大夫所至喜刻書版而略不校讎錯本書散滿天下更誤學者不如不刻之愈也可以一歎淳熙乙未立冬可齋書

跋温庭筠詩集

先君舊藏此集以華清宮詩冠篇首其中有早行詩所謂雞聲茆店月人跡板橋霜者久已墜失得此集於蜀中則不復見早行詩矣感歎不能自已淳熙丙申重陽日某識

跋王君儀待制易說

王公易學雖出於葆光張先生然得於心者多矣建炎間胡騎在錢塘明越俱陷王公端居於嚴曰虜決不至此且狠狽而歸自此窮天地不復渡江矣其妙於易數蓋如此淳熙丁酉元日山陰陸某書於錦官閣下

跋崔正言所書書法要訣

德符詩名一代書則未之見也觀此編中字瘦健有神采亦類其詩乃知前輩未易以一技名也戊戌重午務觀書

跋後山居士詩話

談叢詩話皆可疑談叢尚恐少時所作詩話決非也意者後山嘗有詩話而士之妄人竊其名爲此書耳後山二子豐登登過江爲會稽曹官李鄴降虜登亦被驅以北悲夫淳熙戊戌十月二十四日可齋

跋佛智與升老書

此一編佛智禪師與其法子寒巖升公書也議論超卓殆非世儒所及三復歎仰淳熙己亥三月九日建安雙清堂書

跋古柏圖

此圖吾家舊藏予居成都七年屢至漢昭烈惠陵此柏在陵旁廟中忠武侯室之南所謂先主武侯同閟宮者與此略無小異則畫工亦當時名手也淳熙六年龍集己亥六月一日陸某識

渭南文集卷第二十六

渭南文集目錄

卷第二十七

渭南文集卷第二十七

跋中和院東坡帖

此一卷皆蘇仲虎尚書所藏鑒定精審無一帖可疑者刻石在成都大聖慈寺中和勝相院淳熙六年六月十七日陸務觀題

跋漢隸

漢隸十四卷皆中原及吳蜀真刻淳熙己亥集於建安公署友人莆陽方士繇伯謨親視裝褾故無一字差謬者六月二十一日山陰陸某書

跋晁百谷字敘

名者士所願也而或懼太早何哉吾測之審矣少而得名我不能不矜人不能不忌以滿假之心來讒慝之口幾何其不躓也吾元歸年甫二十筆力扛鼎不患無名患太早耳雖然洪道方力張其名而吾獨欲其退避揜覆元歸未必樂也異時出入朝廷更歷世

故會當思吾言也夫淳熙庚子二月三日山陰陸某書

跋陵陽先生詩草

右陵陽先生韓子蒼詩草一卷得之其孫籍先生詩擅天下然反覆塗乙又歷疏語所從來其嚴如此可以爲後輩法矣予聞先生詩成既以予人久或累月遠或千里復追取更定無毫髮恨迺止則此草亦未必皆定本也大歇菴詩一章徐師川作而先生手錄之亦足見其無昔人爭名之病矣故附見卷中淳熙庚子四月二十二日笠澤陸某書

跋荆公詩

右荆公手書詩一卷前六首贈黃慶基後七首贈鄧鑄石刻皆在臨川淳熙七年七月十七日陸某謹題

跋續集驗方

予家自唐丞相宣公在忠州時著陸氏集驗方故家世喜方書予宦遊四方所獲亦以百計擇其尤可傳

者號陸氏續集驗方刻之江西倉司民爲心齋淳熙庚子十一月望日吳郡陸某謹書

先左丞使遼語錄

右先楚公使遼錄一卷三十八伯父手書伯父自幼被疾以左手書然筆力清健如此平生凡鈔書至數十百卷云云淳熙八年四月五日某謹識

跋朝制要覽

先君會稽公晚歲喜觀此書間爲子弟講論因華率至夜分先君捐館舍三十有四年統得此於故廬伏讀悲哽敬識卷末淳熙八年龍集辛丑十一月二十五日山陰陸某書

跋東坡問疾帖

東坡先生憂其親黨之疾委曲詳盡如此則愛君憂國之際可知矣其曰勿使常醫弄疾天下之至言讀之使人感歎彌日淳熙九年五月乙未甫里陸某書

跋東坡詩草

東坡此詩云云清吟雜夢寐得句旋已忘固已奇矣晚謫惠州復出一聯云云春江有佳句我醉墮渺莽則又加於少作一等近世詩人老而益嚴蓋未有如東坡者也學者或以易心讀之何哉淳熙九年五月二十六日玉局祠吏陸某書於鏡湖下鷗亭

跋孫府君墓誌銘

方五代割裂時自一郡以上非其國子弟則大將功臣也士大夫仕爲令掾者已爲達官錢氏土境尤蹙而孫公至專城蓋其國顯人也觀杜公所述亦誠有以得之矣淳熙壬寅立秋日甫里陸某

跋蘇魏公百韻詩

右首一卷丞相魏公謝事歸第且八十時所作也蘇端明賀趙清獻公得謝啓云云念平生之百爲一無可恨某於魏公亦云云淳熙壬寅立秋日吳郡陸某謹識

跋家藏造化權輿

右造化權輿六卷楚公舊藏有九伯父大觀中題字

淳熙壬寅得之故第廢紙中用別本讎挍而闕其不可知者兩本俱通者亦具疏其下六月四日山陰陸某謹記

後十有四年慶元元年八月十二日重挍凡三日而畢時年七十一

跋三蘇遺文

此書蜀郡呂商隱周輔所編周輔入朝爲史官得唐安守以歸未至家暴卒可悲也淳熙十一年正月十一日務觀識

跋兼山先生易說

郭立之從程先生遊最久程先生病革猶與立之有問答語著於語錄而尹彥明獨謂立之自黨論起卽與程先生絕死亦不吊祭蓋愛憎之論也立之子雍字子和屏居峽中屢聘不起亦著易說得其家學蓋程氏易學立之父子實傳之淳熙甲辰二月三十日甫里陸務觀云

後六年得謝昌國所贈頤正先生辨尹公說乃知予此言龐合也頤正即雍也己酉八月二十八日某書

跋鄭虞任昭君曲

自張文潛下世樂府幾絕吾友鄭虞任作昭君曲如羊車春草空芊芊及重瞳光射搔頭偏之類文潛殆不死也但願夕烽長不驚甘泉妾身勝在君王前能道昭君意中事者淳熙甲辰三月二十三日甫里陸某書

跋傅正議至樂菴記

伏波將軍困於壺頭曳病足土室中以望夷賊左右哀之莫不爲流涕定遠侯在西城三十年年老思土上書自言願生入玉門關詞指甚哀彼封侯富貴矣然戚戚無聊乃如此其他盈滿臲卼畏禍憂誅願爲布衣不可得者又何可勝歎然則富貴果不如貧賤之樂邪曰此自富貴者言之耳貧賤之士仕則無路處則無食自非有道君子其憂又有甚者矣正議傅

公在學校二十年聲震京師同舍生去爲公卿者袂相屬而公始僅得一第既仕矣適時艱難妄男子往往起閭巷取美官公又棄不用則亦何自樂哉及讀所作至樂菴記自道其胸中恢疎磊落所以樂而忘憂者文辭辯麗動人有列禦寇莊周之遺風然後知公蓋有道者或曰使天以富貴易公之樂公其許之乎予曰公所以處貧賤者則其所以處富貴也顏回之簞瓢周公之袞繡一也觀斯文者盍以是求之淳熙十一年七月十六日山陰陸某謹書

跋中興間氣集

高適字仲武此乃名仲武非適也評品多妄蓋淺丈夫耳其書乃傳至今天下事出於幸不幸固多如此可以一歎淳熙甲辰八月二十九日放翁書

高適字仲武此集所謂高仲武乃別一人名仲武非適也議論凡鄙與近世宋百家詩中小序可相甲乙唐人深於詩者多而此等議論乃傳至今事固有幸

不幸也然所載多佳句亦不可以所託非其人而廢之

跋齊驅集

此集刻版於宣和三年方是時黨禁猶未解文士蓋僅有見者故本多誤然好事者冒法刻之亦奇矣淳熙甲辰重午日陸務觀書

跋柳柳州集

此一卷集外文其中多後人妄取他人之文冒柳州之名者聊且裒類於此子京

右三十一字宋景文公手書藏其從孫㝡家然所謂集外文者今往往分入卷中矣淳熙乙巳五月十七日務觀挍畢

跋說苑

李德芻云館中說苑二十卷而闕反質一卷曾鞏乃分修文爲上下以足二十卷後高麗進一卷遂足淳熙乙巳十月六日務觀書

跋章氏辨誣錄

徽宗皇帝盛德大度自秦漢以來人主莫能及者尤在友愛蔡王寬貸章惇而史臣不能發明可爲太息淳熙丙午十月望陸某謹題

跋釣臺江公奏議

某乾道庚寅夏得此書於臨安後十有七年蒙恩守桐廬訪其家復得三表及贈告墓志因併刻之以致平生尊仰之意淳熙十三年十一月十有六日笠澤陸某書

先太傅遺像

先太傅皇祐中以吏部郎中直昭文館自會稽移守新定期年請老得分司西京以歸迨今百四十年而某自奉祠玉局起爲是邦實繼遺躅於是知建德縣事蘇君林以父老之請築祠宇於兜率佛寺淳熙十四年春正月丙辰備車旗儀物大合樂奉遺像於祠且以公自贊道帽羽服像刻之堅珉慰邦人無窮之

思朝隱子蓋公自號云元孫朝請大夫權知嚴州軍州事陸某謹書

跋高康王墓誌

王岐公文章閎麗有西漢風而宋常山公書法森嚴實傳鍾張古學方裕陵致孝寶慈極天下養故竝命兩公彰顯高氏先王功烈以詔萬世可以爲寵光矣中更亂離而墨本寶藏如新殆有神物護持云淳熙十四年二月三日笠澤陸某謹識

跋半山集

右半山集二卷皆荊公晚歸金陵後所作詩也丹陽陳輔之嘗編纂刻本於金陵學舍今亡矣淳熙戊申上巳日笠澤陸某書

跋李深之論事集

唐丞相司空李公深之論事集有兩本其一本七卷無序其一本一卷史官蔣偕作序然以序考之則偕所序蓋七卷者也淳熙戊申四月十九日笠澤陸某

識

跋李莊簡公家書

李文參政罷政歸鄉里時某年二十矣時時來訪先君劇談終日每言秦氏必曰咸陽憤切慨慷形於色辭一日平旦來共飯謂先君曰聞趙相過嶺悲憂出涕僕不然謫命下青鞵布襪行矣豈能作兒女態邪方言此時目如炬聲如鐘其英偉剛毅之氣使人興起後四十年偶讀公家書雖徙海表氣不少衰丁寧訓戒之語皆足垂範百世猶想見其道青鞵布襪時也淳熙戊申五月己未笠澤陸某題

跋之罘先生稿

肩吾文忠公四世孫博學工文章與予蓋莫逆也晚來行在諸公貴人頗知之欲引置要津有毀之者肩吾既不偶乃調桂陽令去客姑蘇未繫舟暴疾一夕死哀哉嘉父犍爲人肩吾沒後數年始以進士起家淳熙戊申秋社日放翁書

跋吳夢予詩編

山澤之氣爲雲降而爲雨勾者伸秀者實此雲之見於用者也子嘗見旱歲之雲乎嵯峨突兀起爲奇峯足以悅人之目而不見於用此雲之不幸也君子之學蓋將堯舜其君民若乃放逐顦顇娛悲舒憂爲風爲騷亦文之不幸也吾友吳夢予槀其歌詩數百篇以示余余愀然曰子之文其工可悲其不幸可吊年於天下名卿賢大夫之主斯文盟者翕然歎譽之未益老身益窮後世將曰是窮人之工於歌詩者計吾吳君之情亦豈樂受此名哉余請廣其志曰窮當益堅老當益壯丈夫蓋棺事始定君子之學堯舜其君民余之所望於朋友也娛悲舒憂爲風爲騷而已豈余之所望於朋友哉淳熙十五年十一月二十六日甫里陸某書

跋松陵集三

淳熙十六年四月二十六日車駕幸景靈宮予以禮

部郎兼膳部檢察賜公卿食訖事作假會陵陽韓籍寄此集來云東都舊本也欣然讀之時寓軱街巷街南小宅之南樓山陰陸某務觀手識

此集蔡景繁舊物復嘗歸韓子蒼子蒼之孫籍以遺予蓋百年前本也

景繁元豐中嘗爲開封推官此所題開封南司者是也景繁二子居厚居易此題居厚者其長也景繁臨川人而韓子蒼居臨川故得此書務觀手記

跋王仲言乞米詩

仲言貸米本自欲就魯肅輩人而艮齋又戒以勿取陶胡奴米仲言治己可謂嚴而艮齋告之亦可謂忠矣數年來仲言以貧甚客長安中豪子資給殊厚今春忽捨去主人叩首乞少留不可豈獨能踐初言亦不負艮齋期待矣淳熙己酉四月二十七日陸某務觀書

跋金奩集

飛卿南鄉子八闋語意工妙殆可追配劉夢得竹枝信一時傑作也淳熙己酉立秋觀於國史院直廬是日風雨桐葉滿庭放翁書

跋韓非子

右韓非子一卷紹興丁卯先君年六十時傳吳棫才老本後四十有二年淳熙己酉某重裝而藏之時年六十有五十月九日史院東閤手識

跋却掃編

此書之作敦立猶少年故大抵無紹興以後事淳熙己酉十一月十四日書於儀曹直廬

跋彩選

紹興甲戌七月三日子宅過此彩選畢景丙子二月五日同季思訪務觀雲門山草堂復爲此戲子宅記紹興十九年正月十有七日友人王仲言父自京江來以是書爲贈酴醿菴記

官制左右丞不爲平章事自侍郎拜者皆躐遷尚書

此書蓋失之
子宅季思下世忽已數年予今年六十有七覽此太息然予方從事金丹丹成長生不死直餘事耳後五百年過雲門草堂故趾思昔作彩戲豈非夢邪紹熙元年上元日放翁書去子宅題字時三十年矣

跋陝西印章二

紹熙庚戌正月十九日夜閱故書得此追思在山南時已二十年同幙惟周元吉閻才元章德茂張季長及余五人尚亡恙爾拊卷累欷放翁題
又十有五年當嘉泰之四年歲在甲子因曝書再觀則元吉才元德茂又皆物故數年矣季長在蜀累歲不得書存亡有不可知者而予年已八十感歎不能已八月十六日務觀書

跋詩稿

此予丙戌以前詩二十之一也及在嚴州再編又去十之九然此殘稿終亦惜之乃以付子聿紹熙改元

立夏日書

跋祕閣續帖張長史率意帖

此一帖在故簽書樞密王倫家倫出使時得之故都予少日嘗見之紹熙改元五月甲子甫里陸某識時年六十有六距初見時四十有五年矣

跋王深甫先生書簡二

深甫先生以治平二年七月二十八日卒而此卷末答其弟容季書是年六月一日相距無兩月矣悲夫紹熙元年六月望陸某書

此書朝夕觀之使人若居嚴師畏友之間不敢萌一毫不善意

跋郭德誼墓誌銘

仲晦先生識郭公墓或恨其太簡然吾夫子銘季札曰於虖有吳延陵季子之墓財十字耳至今傳以爲寶彼賣菜求益之論可付一歎紹熙二年正月二十三日陸某謹書

又

顏魯公麻姑壇記東坡先生經藏記皆有大字小字兩本蓋用羊叔子峴山故事千載之後陵谷變遷尚兾其一存爾德詛之名固自不朽然吾元晦爲斯人計亦至矣豈希呂兄弟孝愛篤至有以發之邪紹熙二年正月壬申笠澤陸某識

跋郭德誼書

予童子時嘗避兵東陽山中距今六十年予長德誼三歲計其年可以相從而不及也觀此遺墨爲之太息紹熙二年正月二十三日笠澤老漁陸某謹書

渭南文集卷第二十七

渭南文集目錄

卷第二十八

渭南文集卷第二十八

跋後山居士長短句

唐末詩益卑而樂府詞高古工妙庶幾漢魏陳無己詩妙天下以其餘作辭宜其工矣顧乃不然殆未易曉也紹熙二年正月二十四日雪中試朱元亨筆因書

跋蘇氏易傳

此本先君宣和中入蜀時所得也方禁蘇氏學故謂之毗陵先生云紹熙辛亥七月二十日陸某識

跋資暇集

吾家舊有此本先左丞所藏書字箇樸疑其來久矣首曰隴西李厈文濟翁編厈字猶成文也久已淪墜忽尤延之寄刻本來爲之愴然紹熙二年十一月二十九日陸某識

跋法帖

此本嘗見之清勁可愛及移之石乃爾失真拙工誤人如此此乾符元年十一月乃改元此云三月何邪蔡君謨用蠨字頫字俱非是又何邪紹熙三載正月二十二日三山下漚亭書

又

魯公書殊不類紙乃煙熏周副之語尤俚俗羅紹威用羅氏世寶印犯唐諱益可疑跋語詩句亦鄙甚也君謨豈至是哉惟錢希白字奇古可喜然非題顏帖乃翦它軸附卷後耳

跋蘭亭樂毅論并趙歧王帖

某恭聞太宗皇帝天縱聖學跨軼百王萬幾之餘尤留神翰墨文昭武穆世受筆法有若歧簡獻王得稿書之妙蓋其爲學上稽三代兩漢以象其高古下專以晉右將軍王羲之爲法以極其變化所藏魯公作文王尊彝伯禽祀文王之器紹聖間詔取藏祕閣宣和博古圖亦列於他周器上又政和中關中發地得

竹簡皆東漢討羌書檄字作章草好事者爭取而王獨多獲之則王之窮深造微豈寒窶書生所及哉至書名尊一代固無足異今周器漢札雖不可復見而蘭亭脩禊序樂毅論又王所愛玩天下名本王之於修禊序樂毅論如魯靈光巋然獨存意有神物護持非適然也王遺墨藏家廟者今雖僅存某嘗獲觀皆奇麗超絕動心駭目往時米芾於書少許可獨推王以爲能學古人語在芾所著書畫史王之孫不流以從官長東諸侯懼書家不能盡見是奇蹟逎諏良工併刻樂石置會稽郡齋而屬某書其後惟王歷事累朝典司宗盟嘉言善行不可勝載文章尤長於詩有唐人餘風此特論其書而已紹熙四年正月辛卯中奉大夫提舉建寧府武夷山冲佑觀山陰縣開國男食邑三百戶陸某謹書

跋蔡肩吾所作蘧府君墓誌銘

蔡迨肩吾與予同官犍爲郡文辭字畫皆過人自蜀

入吳持予書見友人許昌韓无咎无咎時爲吏部侍郎薦之甚力且有除命矣蜀士有排之者眉吾遂從銓部得桂陽令行至吳門㬥死舟中每念之未嘗不流涕也不識眉吾者讀此文亦足知其不凡矣蘧昌老字眞叟亦佳士蓋與眉吾爲方外友云紹熙癸丑立夏日笠澤陸務觀書

跋原隸

故吏部郎宇文卷臣所著卷臣爲郎數月坐口語亟去晚守臨邛廣漢有能名然亦以謗絀遂卒於家可哀也紹熙癸丑四月二十一日老學菴書

跋京本家語

本朝藏書之家獨稱李邯鄲公宋常山公所蓄皆不減三萬卷而宋書校讎尤爲精詳不幸兩遭回祿之禍而方策掃地矣李氏書屬靖康之變金人犯闕散士皆盡收書之富獨稱江浙繼而胡騎南騖州縣悉遭焚劫異時藏書之家百不存一縱有在者又皆零

落不全予舊收此書得自京師中遭兵火之餘一日於故篋中偶尋得之而蟲齕鼠傷殆無全幅綴緝累日僅能成秩乃命工裁去四周所損者別以紙裝背之遂成全書嗚呼予老嬾目昏雖不復讀然嗜書之心固未衰也後世子孫知此書得存之如此則其餘諸書幸而存者爲予寶惜之紹興戊午十月七日雙清堂書

後五十有七年復脫壞不可披子聿亟裝緝之持以相示方先少保書此時某年十四今七十矣不覺老淚之濡睫也紹熙甲寅閏月四日第三男中大夫某謹識

跋李徂徠集

中野去魯歸周三詩可以追媲退之琴操而世不甚傳使予得見李公當百拜師之不特願爲執鞭而已紹熙甲寅六月二日書

跋劉文老使君義居遺戒

祥符中天子封禪講墜典以文太平詔求孝義之門於是天下以名聞者數十家遠不過十世獨吾鄉裘承詢自齊梁以來十九世如一日郡國莫先焉吾亡友劉文老歿當上一子世其祿而長子復辭以予其季蓋文老所未嘗命者於未嘗命者如此況其所命者乎將見世世守遺訓不墜十九世豈足道哉紹熙甲寅中秋日陸某識

跋無逸講義

按實錄元祐五年二月壬寅邇英閣講畢無逸篇詔詳錄所講以進今後具講義次日別進壬寅是月七日也與此卷首所云面奏乞候講畢錄進乃不同恐當以此爲正紹熙五年八月十日陸某謹識

跋東坡帖

此碑蓋所謂横石小字者邪頃又嘗見豎石本字亦不絕大數箇行筆尤奇妙可貴與成都西樓十卷中所書郭熙山水詩頗相甲乙也紹熙甲寅十月二十

三日務觀題

跋東坡祭陳令舉文

東坡前後集祭文凡四十首惟祭賢良陳公辭指最哀讀之使人感歎流涕其言天人予奪之際雖若出憤激然士抱奇材絕識沉壓擯廢不得少出一二則其肝心凝爲金石精氣去爲神明亦烏足怪彼憤憤者固不知也紹熙甲寅十二月二十九日笠澤陸某謹書

跋劉凝之陳令舉騎牛圖

公卿貴人方黃金絡馬傳呼火城中時欲如二公騎牛山谷蕭散遺物固不可得若予者仕既齟齬及斥歸欲買一黃犢代步其費二萬有畸作欄畜童又在此外遂一笑而止徒有此生猶著幾兩屐之歎乃知二公風流亦未易追也紹熙甲寅十二月二十九日陸某識

跋東坡七夕詞後

昔人作七夕詩率不免有珠櫳綺疏惜別之意惟東坡此篇居然是星漢上語歌之曲終覺天風海雨逼人學詩者當以是求之慶元元年元日笠澤陸某書

跋張監丞雲莊詩集

虜覆神州七十年東南士大夫視長淮以北猶傖荒也以使事往者不復黍離麥秀之悲殆無以慰畣父老心今讀張公爲奉使官屬時所賦歌詩數十篇忠義之氣鬱然爲之悲慨彌日慶元改元九月二十七日陸某書

跋淵明集

吾年十三四時侍先少傅居城南小隱偶見藤床上有淵明詩因取讀之欣然會心日且莫家人呼食讀詩方樂至夜卒不就食今思之如數日前事也慶元二年歲在乙卯九月二十九日山陰陸某務觀書於三山龜堂時年七十有一

跋陸史君廟籤

昔者龐德公未曾入州府襄陽耆舊閒處士節獨苦豈無濟時策終竟畏羅𦊅林茂鳥有歸水深魚知聚舉家隱鹿門劉表焉得取

射洪陸史君廟以杜詩爲籤極靈余自蜀被召東歸將行求得此籤後十四年乃決意不復仕宦媿吾宗人多矣紹熙辛亥十二月十日山陰陸務觀書

跋巴東集

予自乾道庚寅入蜀至淳熙戊戌東歸九年間兩過巴東登秋風白雲二亭覩萊公手植檜未嘗不悵然流涕恨古人之不可作也又十有七年慶元丙辰六月二十四日山陰陸某書時年七十二

跋呂侍講歲時雜記

承平無事之日故都節物及中州風俗人人知之若不必記自喪亂來七十年遺老凋落無在者然後知此書之不可闕呂公論著實崇寧大觀閒豈前輩達識固已知有後日邪然年運而往士大夫安於江左

求新亭對泣者正未易得撫卷累欷慶元三年十二月乙卯笠澤陸某書

跋許用晦丁卯集

許用晦居於丹陽之丁卯橋故其詩名丁卯集在大中以後亦可爲傑作自是而後唐之詩益衰矣悲夫慶元丁巳六月四日放翁識

跋李涪刊誤

王行瑜作亂宗正卿李涪盛陳其忠必悔過及行瑜傳首京師涪亦放死嶺南疑卽此人也丁巳七月十六日識

跋歸去來白蓮社圖

予在蜀得此二卷蓋名筆規模龍眠而有自得處季子子聿手自裝䙜藏之慶元丁巳中秋前三日放翁識

跋釋氏通紀

予少時避兵東陽山中有沈師者丞相恭惠公之裔

近有僧來往天衣山自言歐陽文忠公家今又得脩公所著釋氏通紀觀之則建炎樞臣盧公諸孫也近世不以世類求人名門大家散而爲方外道人者多矣如脩公既棄衣冠猶能博學強記寓史氏法於是書亦賢矣夫慶元丁巳重九日放翁陸某務觀識

跋毛仲益所藏蘭亭

龍乘雲氣而上天鳳凰翔於千仞吾見舊定本蘭亭其猶龍鳳邪慶元丁巳十一月二十日笠澤陸某務觀書

跋魏先生草堂集

按國史野陝人沈存中筆談以爲蜀人居陝州不知何所據也予在蜀十年亦不聞野爲蜀人筆談蓋誤也慶元戊午得之書肆十月十九日龜堂病叟手識時年七十有四矣

跋王輔嗣老子

晁以道謂王輔嗣老子題曰道德經不析乎道德而

上下之猶近於古此本乃已析矣安知其他無妄加竄定者乎慶元戊午十月晦書

跋前漢通用古字韻編

古人讀書多故作文時偶用一二古字初不以爲工亦自不知孰爲古孰爲今也近時乃或鈔綴史漢中字入文辭中自謂工妙不知有笑之者偶見此書爲之太息書以爲後生戒己未三月二十四日龜堂識

跋胡少汲小集

少汲之兄名僧孺字唐臣在元祐紹聖間亦知名士也少汲十詩中一篇所謂阿兄驚世才者是也周秀實名蔚予士姑之子及與元祐前輩游紹興十六七年猶亡恙有文集數十卷王性之作序少汲倡酬最多班班見於此集秀實有子名曇文者乃翁每稱其穎異自先少師捐館兩家相去地遠不復相聞每爲之惻愴於懷也因讀少汲小集併書之慶元己未七月一日老學菴書

跋曉師顯應錄

法華之爲書天不足以喻其大海不足以喻其深利根之士一經目一歷耳自不能捨雖舉天下沮之彼且不動尚何勸相之有哉然人之根性利鈍蓋有如天淵者善知識諄諄告語誘之以福報懼之以禍罰亦有不得已者譬之世法道德風化固足坐致唐虞三代之治矣而賞以進善罰以懲惡亦烏可廢哉觀曉師顯應錄者當作是觀慶元己未立秋日山陰陸某書

跋范巨山家訓

人莫不愛其子孫愛而不知教之猶弗愛也人莫不思其父祖思而不知奉其教猶弗思也使爲人父祖者皆如范氏之先爲人子孫者皆如吾友巨山世其有不與者乎吾所謂與者天地鬼神與之鄉人慕之學者尊之是爲與不然雖門列戟床堆笏德弗稱焉何與之有巨山之子既以文章擢高科公卿將相之

儲也故予思廣其意而書其家訓後如此巨山父子不以予爲老悖則將有感也夫巨山名中立其子名薰慶元己未八月晦山陰陸某謹書

跋張安國家問

東坡先生書遍天下而黄門公所藏至寡蓋常以爲易得雖爲人持去不甚惜也紫微張舍人書帖爲時所貴重錦囊玉軸無家無之今大宗伯兄弟自爲知己家書往來蓋以百計矣相稱相勉期以遠者亦何可勝計而今所存財五紙耳方紫微亡恙時豈亦以爲易得故多散逸邪某昔者及爲紫微客今老病卧家而大宗伯猶以世舊寄此卷命寓姓名於後某自浮玉别紫微三十六年之間摧頹抵此紫微若尚在而見之且不能識則大宗伯尚何取哉援筆至此慨然不知衰涕之集也慶元五年十一月戊申笠澤陸某書

跋坐忘論

此一篇劉虛谷刻石在廬山以予觀之司馬子微所著八篇今昔賢達之所共傳後學豈容置疑於其間此一篇雖曰簡略詳其義味安得與八篇爲比兼既謂出於子微乃復指八篇爲道士趙堅所著則堅乃子微以前人所著書淵奧如此道書仙傳豈無姓名此尤可驗其妄予故書其後以祛觀者之惑己未十一月二十一日放翁書

跋唐盧肇集

子發嘗謫春州而集中誤作青州蓋字之誤也題清遠峽觀音院詩作青州遠峽則又因州名而妄竄定也前輩謂印本之害一誤之後遂無別本可證眞知言哉病馬詩云塵土臥多毛已暗風霜受盡眼猶明足爲當時佳句此本乃以已爲色猶爲光壞盡一篇語意未必非妄挍者之罪也可勝歎哉慶元庚申二月三日放翁燈下書

跋居家雜儀

王性之言熙寧初有朝士集於相藍之燒朱院俄有一人來至問之則王元澤也時荆公方有召命衆人問舍人不堅辭否元澤言大人亦不敢不來然未有一居處衆言居處固不難得元澤曰不然大人之意乃欲與司馬十二丈卜鄰以其修身齊家事事可爲子弟法也某聞此語六十年矣偶讀居家雜儀遂識之慶元庚申五月四日書

跋皇甫先生文集

右一詩在浯溪中興頌傍石間持正集中無詩詩見於世者此一篇耳然自是傑作近時有容齋隨筆亦載此詩乃云風格殊無可采人之所見恐不應如此或是傳寫誤爾慶元六年五月十七日龜堂書

跋南堂語

予入蜀時南堂入滅已久獨有一二弟子在然皆破齋犯律諸禪皆詆訾之予亦以衆毀意薄其爲人及其死也乃卓然穎脫人亦不得而議是誠未易測也

庚申五月壬戌書於龜堂

跋注心賦

世之未通佛說者觀此亦得其梗概矣慶元庚申七月庚申龜堂老人書

跋朱新仲舍人自作墓誌

秦丞相擅國十九年而朱公竄嶠南者十有四年僅免僵仆於炎瘴中耳以此胸中浩然無愧將終自識其墓辭氣山立向使公詔附以苟富貴至莫年世事一變方憂愧內積惟恐聞人道其平日事其能慨然奮筆自敘如此乎慶元六年秋社日笠澤陸某謹書

跋黃魯直書

老子曰豫兮若冬涉川猶兮若畏四鄰山谷此卷蓋有得於此慶元庚申重九日笠澤陸某書

渭南文集卷第二十八

珍倣宋版印

渭南文集目錄

卷第二十九

渭南文集卷第二十九

跋蘭亭序

觀蘭亭當如禪宗勘辨入門便了若待渠開口堪作什麽識者一開卷已見精麤或者推求點畫參以耳鑑瞞俗人則可但恐王内史不肯爾余平生見佳本亦多然如武子所藏不過三四真可寶也慶元庚申重九日笠澤陸某書

跋李少卿帖

宣城李氏自推官至今八九世世詩人不絕蓋時有如少卿者振起之也慶元庚申九月二十日笠澤陸某書

跋樂毅論

樂毅論縱橫馳騁不似小字瘞鶴銘法度森嚴不似大字此後世作者所以不可仰望也庚申重九陸某書

跋李朝議帖

胡唐臣僧孺少汲直孺兄弟爲江西名士其朋友亦皆知名朝議公蓋其一也慶元庚申重九日陸某書

跋東方朔畫贊

元豐間有德州士人攜畫贊示東坡自言二百年前本家藏數世矣東坡爲題之曰畫贊世多本惟德州者第一君所藏又爲德州第一或曉之曰此言君是德州人耳其人雖不伏亦大笑止因觀武子所藏聊識卷末慶元六年九月甲子陸某務觀書

跋李虞部與范忠宣公啓

某家藏先大父遺書其牘背多當時士大夫牋啓刺字不過曰尚書左丞或曰左丞中大而已數十百人無一人異者此建中靖國之元也上距元祐又十餘年風俗淳厚可知況丞相忠宣公與虞部李公之相與親厚者乎宜其不爲諂也諸公或以今日耳目求之過矣夫慶元庚申九月二十一日陸某書

跋范文正公書

觀文正范公書札如欲與韓魏公同薦李泰伯見其進賢之誠戒余安道石守道避禍見其愛惜人材之意於虖賢哉然泰伯卒棄不用安道守道俱陷患難或至死不解志士仁人至今以爲歎信乎明哲保身之難也慶元庚申九月二十九日笠澤病叟陸某書

跋東坡帖

成都西樓下有汪聖錫所刻東坡帖三十卷其間與呂給事陶一帖大略與此帖同是時事已可知矣公不以一身禍福易其憂國之心千載之下生氣凜然忠臣烈士所當取法也予謂武子當求善工堅石刻之與西樓之帖並傳天下不當獨私囊褚使見者有恨也

跋盧衷父絕句

客懷耿耿自難寬老傍京塵更鮮歡遠夢已回窗不曉杏花同度五更寒

盧衷父絕句衷父名蹈青社人今寓犍爲郡夾江縣佳士也

跋四三叔父文集

先楚公捐館時叔父未成童已從章貢黃先生安時學喪禮覆講無小差蓋天資精敏如此謹附書於遺文之後以示後人

跋王右丞集

余年十七八時讀摩詰詩最熟後遂置之者幾六十年今年七十七永晝無事再取讀之如見舊師友恨間闊之久也嘉泰辛酉五月六日龜堂南窗書

跋歐陽文忠公疏草

慶曆之盛蓋庶幾漢文景矣而賢人君子猶如是之難文忠公之奏議非獨不明諸公之讒也身亦墮排陷中滁州之謫是已於虖悲夫嘉泰二年人日笠澤陸某書

跋盤澗圖

紹興己卯庚辰之間予爲福州決曹延平張仲欽爲閩縣大夫朝莫相從後四年予佐京口仲欽佐金陵數以檄往來於鍾阜浮玉間把酒道舊甚樂又二十年予使閩中仲欽閒居延平數相聞方約相過而予蒙恩召還遂有死生之異言之悵然仲欽之子爲西和守寄此軸來求詩蓋又二十餘年予年七十有七矣嘉泰改元歲辛酉五月十九日陸某書時予納祿已三年居會稽山陰之三山

跋爲琛師書維摩經

鄉僧琛上座求予書維摩詰所說法欲刻石施四衆以薦其母會予病不能卽如其請琛十返不厭孝哉此僧吾徒所樂從也乃力疾爲書嘉泰壬戌正月二十一日放翁書

跋東坡諫疏草

天下自有公論非愛憎異同能奪也如東坡之論時事豈獨天下服其忠高其辯使荆公見之其有不撫

几太息者乎東坡自黃州歸見荊公於半山劇談累日不厭至約卜鄰以老焉公論之不可掩如此而紹聖諸人乃遂其忮心投之嶺海必死之地何哉此疏藏馮氏三世八十年矣真可寶哉嘉泰壬戌二月七日笠澤陸某謹書

跋東坡代張文定上疏草

張安道實一時偉人以其論新法諫用兵則不得不爲忠以其力排吳育深惡石介歐陽文忠公司馬文正公斥之於前呂正獻公抑之於後則似有可議者然東坡此疏則自與日月爭光安道之爲人不與焉元祐初盡起舊老安道獨置不問近臣請加恩禮亦不報更奪其宣徽使議者以爲多出正獻公之意云嘉泰壬戌二月七日笠澤陸某謹書

跋楊處士村居感興

一壺村酒膠牙酸十數胡皴徹骨乾隨著四婆裙子後杖頭挑去賽蠶官

右畢仲荀景儒所記楊處士詩也四婆即處士之配也蘇嶠季真家有處士夫妻像埜逸如生恨不曾傳摹得之它日見蘇氏子孫尚可畢此志也嘉泰癸亥放翁書於三山老學菴北窗

跋朱氏易傳

易道廣大非一人所能盡堅守一家之說未爲得也元晦尊程氏至矣然其爲說亦已大異讀者當自知之嘉泰壬戌四月十二日老學庵識

跋晁以道書傳

晁以道著書專意排先儒故其言多而不通然亦博矣凡予家所錄本多得於以道孫子闔子闔本自多誤予方有吏役故所錄失誤又多不暇校定及謝事居山陰欲得別本參攷又不能致可恨也壬戌四月十八日老學菴記時年七十八

跋嵩山景迂集

景迂過鄜時排悶詩云莫言無妙麗土稚動金門蓋鄜

人善作土偶兒精巧雖都下莫能及宮禁及貴戚家爭以高價取之喪亂隔絕南人不復知此句遂亦難解可歎嘉泰壬戌四月二十四日放翁識

跋任德翁槃桴集

德翁感遇篇云言行身不用無適我所欲長沙地卑溼正可高閣足其議賈生可謂善矣所抱如此排擯至死天下之不幸也壬戌五月一日老學菴書

跋洪慶善帖

某兒童時以先少師之命獲給掃洒丹陽先生之門退與子威講學則兄弟如也每見子威言洪成季慶善學行然皆不及識今獲觀慶善遺墨亦足少慰衰病廢學負師友之訓如媿何嘉泰二年五月丁卯陸某謹題

跋蒲郎中易老解

易學自漢以後寖微自晉以後與老子並行其說愈高愈非易之舊宋興有酸棗先生以易名家同時种

豹林亦開門傳授傳至邵康節遂大行於時然康節欲以授伊川程先生乃拒弗受而伊川每稱胡安定王荆公易傳以爲今學者所宜讀惟此二家王公乃自毁其說以爲不足傳著論悔之易之難知如此夜讀蜀蒲公易傳老子解喟然歎曰公於易與老子蓋各自立說迹若與晉諸人同而實異也書以遺其族孫申仲試以予言請問信何如也嘉泰二年九月丁卯笠澤陸某書

跋陸子彊家書

吾友伯政持其先君子家問來讀之累日不厭使學者皆能如此孰得而訾病之雖有訾者吾可以無愧矣乃令子聿鈔一通置篋中時覽觀焉嘉泰壬戌十月二十三日宗人某書

跋子聿所藏國史補

子聿喜蓄書至輟衣食不少吝也吾世世其有與者乎嘉泰壬戌閏月幾望放翁記時年七十有八以同修

國史兼祕書監居六官宅第六位

跋火井碑

予昔在征西幙府嘗得小校言火山軍地枯燥不可耕鉏犂入地不及尺烈火隨出今江吳間穿地尺餘則見水北人聞之亦未必信也夜讀蜀彭君火井碑乃知天地間何所不有亦喜彭君之善記事也嘉泰壬戌閏月十有五日山陰陸某務觀書

跋韓晉公牛

予居鏡湖北渚每見村童牧牛於風林煙草之間便覺身在圖畫自奉詔紬史逾年不復見此寢飯皆無味今行且奏書矣奏後三日不力求去求不聽輒止者有如日嘉泰癸亥四月一日笠澤陸某務觀書

跋畫橙

嘉泰癸亥四月十六日兩朝實錄將進書予以史官兼祕書監宿衞於道山堂之東直舍茶罷取此軸摩挲久之覺香透指爪此物著霜時予歸鏡湖小園久

矣山陰陸某務觀書

跋臨帖

此書用筆靄靄多態度如雙鉤鍾王遺書可寶藏也笠澤陸務觀跋時年七十九當嘉泰癸亥四月二十八日居於六官宅老學行庵

跋米老畫

畫自是妙迹其爲元章無疑者但字却是元暉所作觀者乃并畫疑之可歎也嘉泰癸亥四月二十九日陸務觀書

跋潘邠老帖

潘邠老詩妙絕世恨不見其字今見此卷無復遺恨矣癸亥五月一日笠澤陸某書

跋鄭林帖

先少師使淮南實與鄭林向公爲代鄭林作雍熙堂於廨中堂之前有井泉甘寒宜茶洪駒父聞之寄詩云何如喚取陸鴻漸石鼎風爐來試茶詩與除代堂

帖同日到薌林大以爲異手書報先少師今尚在也伏觀公移文奏牘稿大節貫金石然諸公所書已可傳世贅書之亦屋下架屋耳而某家世所傳足補薌林逸事者則不可不書以遺後人嘉泰三年五月十日陸某謹書

跋陳魯公所草親征詔

紹興辛巳壬午之間某由書局西府掾親見丞相魯公經綸庶務鎮服中外有人所不可及者然猶不知此詔爲出於公也後四十有三年某行年且八十偶幸未先犬馬獲見公手稿於虜公之謙厚不伐與露才揚己者相去何啻千萬哉追懷盛德大度如巨山喬嶽凜然猶在目前爲之霣涕嘉泰三年五月十二日門人前史官陸某謹書

跋蔡忠懷送將歸賦

予讀送將歸之賦爲之流涕不爲蔡氏也宋興百餘年累聖致治之美庶幾三代熙寧元祐所任大臣蓋

有孟楊之學稷卨之忠而朋黨反因之以起至不可復解一家之禍福曲直不足言也爲之子孫者能力學進德不爲偏詖則承家報國皆在其中矣嘉泰三年五月十五日山陰陸某書於浙江亭

跋東坡書髓

成都西樓下石刻東坡法帖十卷擇其尤奇逸者爲一編號東坡書髓三十年間未嘗釋手去歲在都下脫敗甚乃再裝緝之嘉泰三年歲在癸亥九月三日務觀老學菴北窗手記

跋范元卿舍人書陳公實長短句後

紹興庚申辛酉間予年十六七與公實游時予從兄伯山仲高葉晦叔范元卿皆同場屋六人者蓋莫逆也公實謂予小陸兄後六十餘年五人皆已隔存歿予年七十九而公實郎君宦字伯廣者出此軸恍然如與公實元卿聯杖屨均茵凴也爲之太息彌日因識其末雖然使死而有知吾六人者安知不復相從

如紹興間乎會當相與與挈手一笑尚何歎嘉泰癸亥十月二十九日笠澤釣叟陸某書

跋謝師厚書

謝師厚早歲與歐陽兗公王荆公梅直講江記注諸人遊名甚盛晚更蹭蹬居穰下二十餘年學愈進文章愈成獨後諸公死子愔悰甥黃魯直皆知名天下然年運而往士大夫鮮能知師厚者今觀吾友傅漢孺所藏其上世墓刻實師厚遺文至送行詩雜之宛陵詩中殆不可辨字則宋宣獻父子之流亞也爲之太息嘉泰癸亥立春後四日笠澤陸某書時年七十九

跋雲丘詩集後

宋與詩僧不愧唐人然皆因諸巨公以名天下林和靖之於天台長吉宋文安之於凌雲惟則歐陽文忠公之於孤山惠勤石曼卿之於東都祕演蘇翰林之於西湖道潛徐師川之於廬山祖可蓋不可殫紀潛

可得名最重然世亦以蘇徐兩公許之太過爲病餘則徒得所附託故聞後世非能歸然自傳也予觀雲丘詩平淡閑暇蓋庶幾可以自傳者政使不遇呂居仁蘇養直朱希真王性之范至能亦決不泯沒況如予者烏足爲斯人重哉其徒覺淨以遺稿來求題其後十欵吾門不厭故爲之書嘉泰四年二月乙巳笠澤陸某書

跋呂舍人九經堂詩

前輩以文章名世者名愈高則求者愈衆故其間亦有徇人情而作者有識之士多以爲恨如呂公九經堂詩蓋自少時與昭德尊老諸公師友淵源講習漸漬所得又爲其子孫而發故雄筆大論如此於虖凜乎其可敬畏也哉嘉泰四年六月庚子陸某書

跋韓忠獻帖

方曩胥犯邊時忠獻王首當禦戎重任功冠諸公後入輔帷幄陳謨畫策駕馭人材鎮服虜情自曾集賢

以降皆協贊而已觀此帖可槩見也嘉泰四祀六月辛丑故史官山陰陸某謹識

跋高大卿家書

子長大卿娶予表從母之女故自少時相從後又同入征西大幕情分至厚讀此數書如見其長身蒼髯意象軒舉也嘉泰甲子歲夏六月壬寅放翁陸某書

渭南文集卷第二十九

渭南文集目錄

卷第三十

渭南文集卷第三十

跋諸晁書帖

某之外大母清豐君實巨茨先生女兄而墓刻則景迂先生所作故某每見昭德及東眷中表每感愴也況今行年八十飾巾待盡伏讀此卷其情可知嘉泰甲子六月既望山陰陸某謹識

跋南城吳氏社倉書樓詩文後

南城吳君子直兄弟作社倉略倣古者斂散之法築書樓用爲子孫講習之地其設意深遠流俗殊未易測也或者乃謂吳氏捐貲以爲社倉凶歲免民於死徙其有德於人甚大後世當有興者子孫不學則不足以承之此其築書樓之意使吳氏之意信出此乃市道也市道不可以交鄉黨自好之士其可以與天交乎吳君之意蓋曰吾爲是舉非一世也吾兄弟他日要當付之後人人不可知吝則嗇出貪則漁利怠

荒則廢事雖面命之或不聽於遺言何有惟學則免是三者之患而社倉雖百世可也此吾兄弟之本指若夫富貴貧賤我且不能自知乃爲後人謀而責報於荒忽不可致詰之地亦愚矣吳君遣書行千餘里示予以社倉本末因及諸公書樓紀述予慨然歎以爲知吳君兄弟心者莫予若也故書之嘉泰四年六月某日山陰陸某書

跋六一居士集古錄跋尾

始予得此本刻畫精緻如見真筆會有使入蜀以寄張季長及再得之纔相距數年訛闕已多知古人欲傳遠者必託之金石有以也夫嘉泰甲子六月二十二日笠澤陸某謹識

跋林和靖詩集

和靖人物文章初不賴東坡公以爲重況黃秦哉若李端叔者尤不足錄讀竟使人浩歎書之所以慰和靖於泉下也嘉泰甲子六月二十四日放翁識

跋米元暉書先左丞海岱樓詩

右米侍郎元暉書先大父題海岱樓詩一首春秋公羊傳曰山川有能潤於百里者天子秩而祭之觸石而出膚寸而合不崇朝而徧雨乎天下者惟泰山爾故大父云起爲霖雨從膚寸蓋言徧雨天下之澤自膚寸而始也米所書誤以從爲成遂失本意可爲太息嘉泰四年秋八月壬寅山陰陸某書於三山老學菴

跋蘇丞相手澤

某之先大父左丞平生所尊事願學者惟丞相魏公每爲門生言國朝輔相德量巋然莫如魏公與王文貞公旦所謂築太平之基壽宗社之脈養天下之氣者他相雖賢莫敢望觀此奏稿可概見也嘉泰四年秋八月丙辰山陰陸某謹識

跋韓幹馬

大駕南幸將八十年秦兵洮馬不復可見志士所共

歎也觀此畫使人作關輔河渭之夢殆欲霣涕矣嘉
泰甲子十月二十一日山陰陸某書

跋義松

黃子邁之爲蓮城以最聞予以相距遠不能知其詳
然草木無知造物無心太平無象其所感猶如此則
是邑之民其有以不友不敬至庭造獄者乎予將求
諸邑人而紀之未暇也嘉泰甲子歲十一月甲子山
陰陸某書

跋林和靖帖

祥符天禧間士之風節文學名天下者陝郊魏仲先
錢塘林君復二人又皆工於詩方是時天子修封禪
告太平有二人在天下麟鳳芝草不足言矣君復書
法又自高勝絕人予每見之方病不藥而愈方飢不
食而飽忽得觀上竺廣慧法師所藏二帖不覺起敬
立法師能捐一石刻之山中使吾輩皆得墨本以刮
目散懷亦一奇事也嘉泰甲子歲十二月丁卯山陰

陸某務觀書

跋東坡集

此本藏之三十年矣嘉泰甲子歲十二月遺燼幾焚之予緝成編比舊本差狹小乃可愛遂目之曰焦尾本云十四日山陰陸某書

跋陶靖節文集

張縯季長學士自遂寧寄此集來道中失調護前後皆有壞處遂去之而存其偶全者末有年譜辨正別緝為編云開禧元年正月四日務觀書

跋三近齋餘錄

右外兄元城王正夫所作正夫名從元豐中書舍人震字子發之子仕至上饒守云開禧改元正月庚申務觀識

跋望江麴君集

徐常侍鼎臣送望江張明府詩云無使千年後空傳麴令名則麴令之名在唐著矣開禧改元歲乙丑三

月二十七日山陰陸務觀書時年八十有一

跋吳越備史

錢氏諱佐故以左爲上凡官名左字者悉改爲上此書所謂上右者乃左右也

又

吳越在五代及宋興最爲安樂少事然廢立誅殺猶如此方斯時吾家先世世守農桑之業於魯墟梅市之間無一人仕於其國者真保家之法也開禧乙丑九月四日山陰陸某書於三山書巢

跋僧帖

方外之士發揚其先德累世不懈吾輩亦可少愧矣開禧乙丑九月五日陸某書贈觀師余年八十一識其家四世矣安得不爲陳人乎因以寓歎

跋鄉師帖

本朝小楷至宋宣獻後僅有道士陳碧虛一人今見吾里中前輩鄉師所書則蕭散小不逮碧虛而法度

森巖無媿者亦名筆也後人善藏之開禧元年乙丑歲九月丁亥山陰陸某務觀題時年八十有一

跋松陵倡和集

皮襲美當唐末遯於吳越死焉有子光業爲吳越相子孫業文不墜家聲至襲美四世孫公弼以進士起家仕慶曆嘉祐間爲韓魏公所知雖不甚貴顯亦當世名士也方吳越時中原隔絕乃有妄人造謗以謂襲美隳節於巢賊爲其翰林學士新唐書喜取小說亦載之豈有是哉比唐書成時公弼已死莫與辨者可歎也開禧元年九月十四日山陰陸某務觀書於松陵倡和集之後

跋潛虛

學者必通易乃能以其緒餘通玄玄既通矣又以其餘及虛非可以一日驟得也劉君談虛如此則其於易與玄可知矣司馬丞相乃謂己學不足知易故先致力於玄蓋謙云耳開禧乙丑十一月十八日笠澤

陸某書

跋呂成㕜和東坡尖乂韻雪詩

古詩有倡有和有雜擬追和之類而無和韻者唐始有之而不盡同有用韻者謂同用此韻耳後乃有依韻者謂如首倡之韻然不以次也最後始有次韻則一皆如其韻之次自元白至皮陸此體乃成天下靡然從之今蘇文忠集中有雪詩用尖乂二字王文公集中又有次蘇韻詩議者謂非二公莫能爲也通判澧州呂文之成㕜乃頓和百篇字字工妙無牽强湊泊之病成㕜詩成後四十餘年其子栻乃以示予予固好詩者然讀書有限用力尠薄觀此集有愧而已乃書集後而歸其本呂氏開禧元年乙丑十一月丙申笠澤陸某務觀書

跋花閒集

花閒集皆唐末五代時人作方斯時天下岌岌生民救死不暇士大夫乃流宕如此可歎也哉或者亦出

於無聊故邪笠澤翁書

又

唐自大中後詩家日趣淺薄其間傑出者亦不復有前輩閎妙渾厚之作久而自厭然梏於俗尚不能拔出會有倚聲作詞者本欲酒間易曉頗擺落故態適與六朝跌宕意氣差近此集所載是也故歷唐季五代詩愈卑而倚聲者輒簡古可愛蓋天寶以後詩人常恨文不逮大中以後詩衰而倚聲作使諸人以其所長格力施於所短則後世孰得而議筆墨馳騁則一能此不能彼未易以理推也開禧元年十二月乙卯務觀東籬書

跋韓晉公子母犢

予平生見三尤物王公明家韓幹散馬吳子副家薛稷小鶴及此子母牛是也不知未死間尚復眼中有此奇偉否開禧二年四月甲子陸務觀老學菴北窗書

跋韓立道所藏蘭亭序

觀此本蘭亭如見大勳業鉅公於未央庭中大冠若箕長劍拄頤風采凜凜雖單于不覺自失況餘子有不汗洽股栗者哉開禧丙寅歲四月十有三日陸某年八十二

跋龔氏金花帖子

右龔氏家藏其先世金花帖子嘉泰中陳翰林考質史諜以爲先書姓名散報始於端拱中宋太素尚書知貢舉時自建隆至端拱取士已久始克舉此故事然予按宋公有追念策名時詩凡千言略云吉音來碧落帖子報紅牋清夜驚神王曨明到省前風中宮漏盡日出牓繩懸宋公蓋建隆二年進士則國初已有前一夕報帖之事唐制初未嘗廢若曰五代草創止用紅牋至端拱初乃加金華如唐時則亦細事耳不得云云始舉唐故事也世必有知者予復書此於後以待博洽君子云云開禧丙寅夏四月丙寅山陰陸某

書

跋曾文清公奏議稿

紹興末賊亮入塞時茶山先生居會稽禹跡精舍某自勑局罷歸略無三日不進見見必聞憂國之言先生時年過七十聚族百口未嘗以爲憂憂國而已後四十七年先生曾孫黯以當日疏稿示某於今某年過八十仕忝近列又方王師討殘虜時乃不能以塵露求補山海眞先生之罪人也開禧二年歲在丙寅五月乙巳門生山陰陸某謹書

跋曾文清公詩稿

河南文清公早以學術文章擅大名爲一世龍門顧未嘗輕許可某獨辱知無與比者士之相知古蓋如此方西漢時專門名家之師衆至千餘人然能自見於後世者寡矣揚子惟一侯芭至今誦之故識者謂千人不爲多一人不爲少某何足與乎此讀公遺稿不知衰涕之集也開禧丙寅歲五月乙巳門生笠澤

陸某謹識

跋魚計賦

某恭聞徽祖宣和末將下罪己詔學士王孝迪當直不召顧謂輔臣曰非小宇不能作遂召肅愍公公初不在北門既至辭以非職守不許遂授以聖意下筆亹亹不數刻進御今載在國史與三代訓誥並驅蓋千百年間詔令所未有也晩讀魚計堂賦贍麗超軼如此則施之大手筆固宜絕人遠甚某嘗見公遺像於友人趙恬家英氣如生恨不得獨拜牀下致欣慕之意今得記所聞於賦後亦幸矣開禧二年六月己巳笠澤老民陸某謹書

跋徐待制詩稿

予以乾道庚寅入蜀幾十年而歸故人在朝者惟許昌韓无咎握手道舊因相與論當世知名士无咎獨稱待制徐公以爲文辭辨論有貞元元和間諸賢之遺風恨予不及識因誦其詩句信奇作也後二十年

徐公之子植以遺稿一編示予屬以序引予與待制雖出處不同時然嘗歎愛其筆墨則亦願託名卷首而待制之文阨於火所餘財百之二則序亦無自作乃姑書此附於後它日得全書紬繹其妙處而論載之尚未晚也開禧二年六月某日山陰陸某書

跋周益公詩卷

紹興辛巳予與益公相從於錢塘去題此詩時十一年予年三十七益公少予一歲後二年相繼去國自是用捨分矣今益公捨我去所不知者相距幾何時耳開禧丙寅九月二十五日山陰陸某謹識

跋樊川集

唐人詩文近多刻本亦多經校讎惟牧之集誤繆特甚予每欲求諸本訂正而未暇也書以示子遹尚成吾意開禧丙寅十一月二十七日放翁書

跋周侍郎奏稿

某生於宣和末未能言而先少師以畿右轉輸饟軍

留澤潞家寓滎陽及先君坐御史徐秉哲論罷南來壽春復自淮徂江間關兵間歸山陰舊廬則某少長矣一時賢公卿與先君遊者每言及高廟盜環之寇乾陵斧栢之憂未甞不相與流涕哀慟雖設食率不下咽引去先君歸亦不復食也伏讀侍郎周公論事牓子猶想見當時忠臣烈士憂憤感激之餘風於虖建炎紹興間國勢危蹙如此而內平羣盜外捍强虜卒能披草莽立社稷者諸賢之力爲多某故具載之以勵士大夫儻人人知所勉則北平燕趙西復關輔實度內事也開禧丁卯歲正月丁亥故史官陸某謹書

跋周侍郎壽姊妹帖

方建炎多故羣盜如林士大夫家罹禍有盡室不知在亡者觀周公所書可爲流涕六七十年來在仕在野皆安其生養老者字幼者藏死者可不知所自邪尚勉思所以報開禧三年正月丁亥山陰陸某書

跋鮑參軍文集

鮑明遠宋元嘉中人比陶淵明謝靈運差爲晚出然與靈運詩名相埒體製亦頗相類故世稱鮑謝云開禧三正九放翁書

跋南華真經

南華真經幷音二冊籤題皆友人莆陽方伯謨書伯謨下世已二年矣哀哉開禧丁卯二月四日老學菴識

跋與周監丞書

某頃得監丞公書作報如此後二十餘年公家持以來屬以題數字於後乃爲記歲月公諸子多賢不幸有早世者今惟主簿君以力學承其緒他日仕途有嶄然頭角者必吾主簿君恨耄期已迫不及見之耳開禧三年二月丙子渭南伯陸某書於山陰澤中老學菴

再跋皇甫先生文集後

司空表聖論詩有曰愚嘗覽韓吏部詩其驅駕氣勢掀雷決電撑抉於天地之垠物狀其變不得鼓舞而徇其呼吸也其次皇甫祠部文集外所作亦爲遒逸非無意於深密蓋或未遑爾據此則持正自有詩集孤行故文集中無詩非不作也正如張文昌集無一篇文李習之集無一篇詩皆是詩文各爲集耳表聖直以持正詩配退之可謂知之然猶云未遑深密非篤論也予讀之蓋累歎云開禧丁卯四月二十一日某再書

跋漢文帝後元年三月詔

漢文此詔與詩之七月書之無逸何異吾以此知文景太平之有自也雖然豈獨爲天下哉十室之邑十金之產儻能思是言其有至於喪敗者乎庚申五月十七日陸某書

跋張魏公與劉察院帖

與人同功人用而己捨君子不敢言勞與人同辠人

免而已窮君子不敢逃責非能異夫人也理固如是也不然則士恥已使御史公無恙得予此說其將以爲能知言乎

跋世父大夫詩稿

世父大夫公自幼得末疾以左手作字性喜鈔書嘗鈔王岐公華陽集百卷筆筆無倦意豈特其書可貴重哉亦可見其爲人矣

渭南文集卷第三十

珍做宋版印

渭南文集目錄

卷第三十一

渭南文集卷第三十一

跋魯直書大戴踐阼篇

上古之文幸不泯者率非後世所可及不必壞魯壁發汲冢而得之乃可信也丹書之辭如此武王之銘如此雖微大戴禮載之可置疑哉某鄉先生傅公子駿爲學者言洪範自無偏無黨至歸其有極三十二字皆古所傳爲人君之常訓箕子申以告武王吳棫才老著尙書裨傳以爲得此說於虞仲琳少崔少崔學於傅公此三十二字與丹書三十九字一傳於箕子一傳於師尙父武王敬受力行之卜世卜年之永有所自矣開禧三年五月辛卯故史官陸某識於黃太史所書踐阼篇後以遺廬陵彭君孝求

跋唐昭宗賜錢武肅王鐵券文

某按唐昭宗乾寧四年遣中使焦楚鍠賜吳越武肅王鐵券以八月壬子至國是歲武肅始兼領鎮東節

出師大敗淮南兵十八營定婺睦蘇湖州而鐵券適
至蓋其國始盛時也及忠懿王入朝以其先王所藏
玉冊鐵券置之祖廟不敢以自隨淳化元年杭州悉
上之於朝時忠懿王已薨太宗皇帝復以冊券賜王
之子安僖王惟濬安僖王薨券歸文僖公惟演文僖
公薨券傳仲子霸州防禦使晦霸州侍仁宗皇帝燕
閒帝問先世所賜鐵券欲見之霸州并三朝御書以
進帝爲親識御書之末復賜焉文僖之孫開府公景
臻尚秦魯國大長公主某年十二三時嘗侍先夫人
得謁見大主鐵券實藏臥內狀如箭瓦今七十餘年
乃得見錄本於武肅諸孫標家後十字蓋文僖手書
某家舊藏文僖書帖亦有押字皆與此同武勝軍節
度使印則文僖尹洛時所領鄧州節鉞也開禧三年
六月乙巳山陰陸某謹書

跋司馬端衡畫傳燈圖

司馬六十五丈抱負才氣絕人遠甚方少壯時以黨

家不獲施用於時欲有以寓其胸中浩浩者遂放意於畫落筆高妙有顧陸遺風某嘗以通家之舊親聞其論畫袞袞終日如孫吳談兵臨濟趙州說禪何其妙也每恨是時不能記錄一二以遺後之好事者今獲觀傳燈圖恍如接言論風指時稽首太息不能自已開禧丁卯歲十月丁未山陰陸某謹題

跋呂伯共書後

紹興中某從曾文清公遊公方館甥呂治先日相與講學治先有子未成童卓然穎異蓋吾伯共也後數年伯共有盛名從之學者以百數不幸中道奄忽而予幾九十尚未死攬其遺墨大抵忠信篤敬之言也爲之涕下開禧丁卯歲十二月乙巳山陰陸某書

跋張敬夫書後

隆興甲申某佐郡京口張忠獻公以右丞相督軍過焉先君會稽公嘗識忠獻於掾南鄭時事載高皇帝實錄以故某辱忠獻顧遇甚厚是時敬父從行而陳

應求參贊軍事馮圓仲查元章館於予廨中蓋無日不相從迨今讀敬父遺墨追記在京口相與論議時真隔世事也開禧丁卯十二月乙巳山陰陸某書

跋劉戒之東歸詩

乾道中予與戒之同在宣撫使幙中同舍十四五人宣撫使召還予輩皆散去范西叔宇文叔介最先下世其餘相繼凋落至開禧中獨予與張季長猶存今春季長復考終於江原予年開九秩獨幸未書鬼録偶得戒之郎君市征君所藏送行詩觀之恍然如隔世事也爲之流涕丁卯十二月乙丑渭南伯陸某書

跋秦淮海書

於山陰老學菴

黃豫章秦淮海皆學顏平原真行豫章晚尤自稱許淮海則退避不肯以書自名亦各行其志也嘉定改元四月己酉山陰陸某書

跋柳書蘇夫人墓誌

近世注杜詩者數十家無一字一義可取蓋欲注杜詩須去少陵地位不大遠乃可下語不然則勿注可也今諸家徒欲以口耳之學揣摩得之可乎書家以鍾王爲宗亦須升鍾王之堂乃可置論耳爾來書法中絕求柳誠懸輩尚不可得其可遽論哉然予爲此言非獨觸人亦不耆自爲地矣覽者當粲然一笑也嘉定元年四月己酉陸某書

跋朱希眞所書雜鈔

朱先生與諸賢當建炎間裔夷南牧羣盜四起時猶相與講學如此吾輩生平世安居鄉里乃欲飽而嬉可乎嘉定之元四月乙酉陸某書於山陰老學菴時年八十有四

跋爲子遹書詩卷後

子遹持疋紙求錄詩期年矣以乃翁衰疾不忍迫蹙予更以此念之爲寫終此卷然此兒近者時時出所作皆大進論建安黃初以來至元和後詩人皆有本

末歷歷可聽吾每爲汗出因併記之嘉定戊辰歲五月乙巳放翁書時年八十有四

跋呂文靖門銘

一言可以終身行之者其恕乎此聖門一字銘也詩三百一言以蔽之曰思無邪此聖門三字銘也其簡且盡如此學者茍能充之雖入聖域不難矣丞相申國文靖呂公作門銘自忠孝十有八字廣吾夫子之訓以遺後人某得本於公元孫祖平敢再拜書其後致願學之意嘉定元年夏五月辛亥山陰陸某謹識

跋傅給事竹友詩稿

王逸少寫經換鵝給事傅公籠鵝換竹二者皆山陰勝絕事然換鵝事人皆能道之換竹事未甚著鄉人以爲恨獨某曰是不足怪也逸少志在物外不肯輕爲世用故換鵝事易傳給事方南渡之初忠義大節爲一時稱首雖困於讒誣用之不盡然至今聞其風者可立衰懦則換竹事固應不傳蓋所見於世者大

也給事遺文百卷今藏祕閣某領策府時見之嘉定元年七月庚申陸某謹識

跋陳伯予所藏樂毅論

世傳中山古本蘭亭之流帶右天五字有殘闕處於是士大夫所藏蘭亭悉然又謂樂毅論古本至一海字止於是凡樂毅論亦至海字而止其餘妄僞亂真大抵如此今伯予此軸皆佳後一本尤敷腴可愛未可以海字爲定論也嘉定戊辰歲七月己未山陰陸某務觀書時年八十有四

跋伯予所藏黃州兄帖

某之從父兄故黃州使君遺墨伯予書其後發揚大節至矣伏讀感涕不知所云先兄諱沇字子東仕至朝奉大夫嘉定元年七月己未山陰老民陸某謹書

跋詹仲信所藏詩稿

予平生作詩至多有初自以爲可他日取視義味殊短亦有初不滿意熟觀乃稍有可喜處要是去古人

遠爾詹仲信何處得予斷稿以見示爲之屢歎乃題其後歸之嘉定改元六月壬辰山陰陸某務觀書於三山老學菴年八十四

跋陳伯予所藏蘭亭帖

予監定此本自是絶佳然亦不必云唐舊刻也卷末數跋皆吾友王君玉所錄黃太史魯直語竊恐未必然蓋周孔無過蘭亭筆法亦無過學者步亦步趨亦趨猶或失之豈可以輕心慢心觀之哉若以夫子嘗自謂有過孟子云周公之過遂據以爲周孔有過乃醉夢中語也嘉定改元十月庚午陸某書

跋坡谷帖

先大父左轄元祐中自小宗伯自請守潁逾年移南陽而蘇公自北扉得潁與大父爲代此當時往來書也書三幅前後二幅藏叔父房其一幅則從伯父彥遠得之亡兄次川又得於伯父此是也傳授明白可以不疑而或者疑其出於摹倣識真者寡前輩所歎

嘉定元年十二月乙亥山陰陸某謹識

跋山谷書陰真君詩

此石刻在夔州漕司白雲樓下黃書無出其右者嘉定己巳四月辛卯放翁書

跋呂尚書帖

右尚書呂公給事傅公往來書二卷書曰昔先正保衡作我先王語曰起予者商也蓋臣當有以作其君弟子當有以起其師而況朋友之際乎二公可謂無負於古道矣使此書廣傳安知百世之下無與起者嘉定己巳秋七月辛亥山陰陸某謹識

跋傅給事帖

紹興初某甫成童親見當時士大夫相與言及國事或裂眥嚼齒或流涕痛哭人人自期以殺身翊戴王室雖醜裔方張視之蔑如也卒能使虜消沮退縮自遣行人請盟會秦丞相檜用事掠以爲功變恢復爲和戎非復諸公初意矣志士仁人抱憤入地者可勝

數哉今觀傅給事與呂尚書遺帖死者可作吾誰與
歸嘉定二年七月癸丑陸某謹識

跋熊舍人四六後

裕陵見伯通外制手批付中書曰熊本文詞朕自知
之荊公亦曰讀熊君奏報如面相語

跋臨汝志

歐陽澈字德明撫州臨川人徙崇仁金虜犯闕上書
請身使虜庭馭親王以歸不報建炎初伏闕上書論
大臣誤國太學生陳東亦上書所言略同遂併誅二
人年三十一車駕渡江贈承事郎紹興初贈朝奉郎
祕閣修撰官其二子賜田十頃

跋尼光語錄

予登豫章西山其上蓋有光禪師塔焉及來成都又
得師所說法要博辯奇偉雷霆一世猶有蜀忠文公
立朝堂堂不橈於死生禍福之遺風信其爲范氏女
子也笠澤漁隱陸某

跋程正伯所藏山谷帖

此卷不應攜在長安逆旅中亦非貴人席帽金絡馬傳呼入省時所觀程子他日幅巾筇杖渡青衣江相羊喚魚潭瑞草橋清泉翠樾之間與山中人共小巢龍鶴菜飯掃石置風爐煮蒙頂紫茁然後出此卷共讀乃稱爾

跋張待制家傳

待制公躓於仕宦晚途僅得一郎吏而感激國難冒兵渡河北行忠義之氣可泪金石方其客死靈丘寓骨雲中時雖夷狄異類亦爲躓涕也今其家寖微一孫未去天官侍郎選公卿大夫乃未有表出之以爲忠義勸者誠某所不識也

跋柳氏訓序

方玭之爲是書也璨已長矣詩曰誨爾諄諄聽我藐藐悲夫

跋祠部集

祠部叔祖詩文至多今皆不傳此小集得之書肆蓋
石氏所藏也某謹識

跋消災頌

高道傳言此頌蓋武陵張尊師作尊師亦號白雲子
豈以此故遂誤爲子微乎玉笈齋書

跋肇論

高僧傳肇公化時年三十一耳所著書乃傳百世吾
曹老而無聞可愧也

先楚公奏檢

舊有海陵時錄白元本巨編大字有先左丞親書更
定處今不復存此本紹興中先少師命筆史傳錄者
某識

跋宗元先生文集

宗元先生吳貞節唐史有傳以歌詩名天寶中此一
卷蓋見雲章寶室云云放翁書

跋韓子蒼語錄

此故人范季隨周士所記也周士沒後數年得之於其子然余舊聞周士道韓公語極多尚恐所記不止於此當更訪之

跋孟浩然詩集

此集有示孟郊詩浩然開元天寶間人無與郊相從之理豈其人偶與東野同姓名邪晁伯以謂岳陽樓止有前四句亦似有理

續考之伯以之說蓋不然大抵浩然四十字詩後四句率覺氣索如洞庭寄閻九歲莫歸南山之類皆然杜少陵評浩然詩云新詩句句盡堪傳豈當時已有此論故少陵爲揜之邪

適越留別譙縣張主簿詩初云得與故人會後云浮雲去吳會此亦是吳與會稽也

跋出疆行程

此一書蓋陳魯公出使時官屬所記不知爲何人也文詞雖鄙淺事頗詳洽故錄之

淳熙己酉秋錢愷之子端忠爲金部外郎予在儀曹與之同廊日會食嘗問此書誰所作端忠云刁儷也儷字文叔頗有文不應鄙淺如此恐未必然也放翁書

跋李衞公集

韋執誼之爲人順宗實錄及唐書載之甚詳正人所唾罵也今觀李衞公祭文稱譽之乃如此衞公之言固過矣史官所書無乃亦有溢惡者乎毀譽之可疑如此者多矣可勝歎哉執誼作相時實錄言嘗還中書侍郎同平章事而史不書衞公又以爲僕射雖小節亦聊附見於此

跋徐節孝語

仲車名在天下孰不知尊仰者雖無蘇公所云可也況它人乎此集前後所載悉當削去陸某識

跋趙渭南詩集

唐人如韋蘇州五字趙渭南唐律終身所作多出此

故能名一代云

跋石鼓文辨

予紹興庚辰辛巳間在朝路識鄭漁仲好古博識誠佳士也然朝論多排詆之時許至三館借書故館中尤不樂云

跋西崐酬唱集

祥符中嘗下詔禁文體浮豔議者謂是時館中作宣曲詩宣曲見東方朔傳其詩盛傳都下而劉楊方幸或謂頗指宮掖又二妃皆蜀人詩中有取酒臨邛遠之句賴天子愛才士皆置而不問獨下詔諷切而已不然亦殆哉

跋兼山家學

予始得此書時猶未識昌國後五年始同朝詳觀其爲人誠法度之士間相與論學輒忘昏日乃知其得於子和先生者深矣昌國名其所居曰艮齋亦以嗣兼山之學歟

跋淮海後集

悼王子開五詩賀鑄方回作也子開名蘧居江陰既死返葬趙州臨城故有和氏干將之句方回詩今不多見於世聊記之以示後人放翁

跋張季長中庸辨擇

此書大槩似陳瑩中初著尊堯集識者當自得之

跋法書後

法書一編付子遹能熟觀之亦可得筆法之梗槩矣

跋李太白詩

此本頗精今當塗本雖字大可喜然極謬誤不可不知也

跋重廣字說

字說凡有數本蓋先後之異此猶非定本也

跋巖壑小集

朱希真夜熱坐寺庭五字一篇及病虎過酒樓二古詩皆出同時諸人上

跋王元澤論語孟子解

元澤之歿，詔求遺書，荆公視篋中得論語孟子解，皆細字書於策之四旁，遂以上之。然非成書也。

渭南文集卷第三十一

珍倣宋版印

渭南文集目錄

卷第三十二

珍倣宋版印

渭南文集卷第三十二

右朝散大夫陸公墓誌銘

陸氏自漢以來爲天下名族文武忠孝史不絕書比唐士惡五代之亂乃去不仕然孝弟行於家行義修於身獨有古遺法世世守之不以顯晦易也宋興歷三朝數十年秀傑之士畢出太傅始以進士起家楚公繼之陸氏衣冠之盛寖復如晉唐時往往各以所長見於世而材略偉然可紀者如公是也公諱寘字元珍曾祖吏部郎中直昭文館贈太傅諱翰太傅兩子伯曰萬載縣令諱琪縣令生宿州符離縣主簿贈朝奉大夫儼仲曰國子博士贈太尉諱珪實生楚公仕至尚書左丞諱佃公楚公第五子大夫早卒無嗣子楚公命公後焉任爲假承務郎調台州寧海縣丞行令事遇事立決老吏宿姦畏懾縮栗不敢輒動丞以淫祀惑民悉捕寘於法習俗爲變會省丞官父老

送公出境爭贐金帛公拒之不可至或泣下乃取絲一鈎歷杭州仁和縣尉越州司工曹事以舉爲蘇州長洲縣縣號繁劇且久不治公至從容如無事而縣以大治以最遷郎就命通判真州事發姦伏申寃枉號稱神明州多大陂澤用事者方與水利官吏人人懷希望意謂且得厚賞公獨不肯與人莫測也而覆覈多誕謾遂置詔獄惟公獨免盜起青溪張甚至出大兵監司知公長於治劇共薦爲隨軍勘計官軍食漕浙江公建議潮汐贏縮不可必請令士卒各持三日糧舟至龍山果失期賴以無乏而主將怒護舟吏欲立斬之莫敢爭者公獨慨然曰江行與平地異非吏罪且戮二人衆必大駭怯者求死強者委舟竄立敗事矣乃議分所載募民陸輦以行舟遂輕皆以時會雖沙磧湍瀨無害也衆多其謀而主將終以戾其意不說凡與軍事者皆超擢獨公更爲通判登州徙制置發運司幹當公事未赴除江南東路轉運判官

實代兄中散公賓當時以爲榮部中饑公便宜留上
供米六十萬石損直予民而糴於他郡官無所亡失
而民賴以濟避親嫌移提舉京畿常平等事與轉運
提點刑獄皆置司陳留會金人犯京師游騎突至轉
運提點刑獄倉卒避去故事兩司皆兼提舉將兵及
保甲而常平司弗與也及是公獨不動以便宜招集
燕山戍卒數千雜以保甲日夜部勒習教命舊將張
憲統之扼據要害虜既不能犯而潰卒亦不爲亂措
置號令赫然有大將風采因間道上章自劾且乞犒
軍詔釋罪從所請方是時虜剽掠四出陳留適當其
衝微公幾殆議者謂宜出入兵間以盡其材而公罷
歸矣屏居常州無錫縣讀書賦詩以自適初甚貧約
公才具高既不仕因治產業甫數年家大贍足然取
予有大略不務苛碎凶年賑貸至傾倉庾無少計惜
鄰里疾病嫁娶喪葬有弗給者不待告而賙之然必
以莫夜曰吾畏人知也蓋公雖退而家居然有所爲

猶卓卓如此使得盡其材於多故時視古所謂功名之士豈遠哉初太傅遇異人得祕訣服氣仙去公晚而嗣其學起居康寧齒髮不衰疾已革猶不亂以紹興十八年閏八月四日卒年六十有一官至右朝散大夫遺命葬太湖之東大浮山之原以宜人徐氏祔宜人尚書禮部員外郎君平之女有賢德善筆札文辭先公二十有九年卒四男子演某官仕以廉直稱亦以故不得志後公十一年卒淙某官淩某官渲某官一女子適某官段彬孫若公既葬十有五年淙等始屬公從子某爲銘銘曰

以公之材遭時囏虞馳騁功名公蓋有餘世方尚法豪傑斥疎亦或知之旁睨欷歔卒斂智略老於里閭二十三年燕及惸孤大浮之原其下震澤春秋奉祠世世無斁

陳君墓誌銘

建炎四年先君會稽公奉祠洞霄屬中原大亂兵祲

南及吳楚謀避之遠遊而所在盜賊充斥莫知所鄉有惟悟道人者東陽人爲先君言同邑有陳彥聲名宗譽其義可依其勇可恃彥聲事親孝父死貲百萬悉推以予弟脫身躬耕復致富饒宣和中盜發旁郡東陽之民有將應之者賴彥聲爲言逆順禍福得不從亂安撫使劉忠顯公因命悉將其鄉之兵彥聲設方略明部伍盡出家貲激使用命者有潰卒阻林莽且數百人彥聲馳一馬自往招之皆感泣願効死東陽當橫潰中而能獨全不爲盜區者彥聲之力也劉公奇其材欲官之辭不肯受至建炎初羣盜四合州縣復以禦賊事屬彥聲方是時所立尤壯偉及論賞則又固辭先君聞之大喜曰是豪傑士眞可託死生者也於是奉楚國太夫人間關適東陽彥聲越百里來迎旗幟精明士伍不譁既至屋廬器用無一不具者家人如歸焉居三年乃歸彥聲復出境餞別泣下霑襟已而先君捐館舍予兄弟遊宦四方念無以報

之每惕然不自安乾道二年予歸自豫章一日有衰
經來見者則彥聲之子愔也泣曰先君晚歲竟以前
功補承信郎遇登極恩遷承節郎盱眙軍守嘗奏爲
沿淮巡檢不赴不幸以去年三月某日歿矣享年七
十四將以今年十一月某日葬於猿騰山之原遺言
求銘嗚呼是蓋嘗有德於予家者義不可辭彥聲曾
大父用之大父希觀父奭娶羅氏以子囘授恩封孺
人六男子恂忱惲懌愔恪恂忱皆吉州助教懌成忠
郎新差監光化軍在城都酒稅女一人適貴州助教
盧敏求孫男二十二人溥泳源淮氾湜深潛泓澮淳
浚汲潚涓皆業進士滋汪潭準淇濤洋尚幼孫女二
十人適進士王宦范庭艾胡詠保義郎路光祖進士
葛少伊晏剛中左迪功郎婺州武義尉應振曾孫男
女三十二人元孫一人予聞彥聲既得官赴銓離立
庭中吏操牘唱姓名彥聲大不樂卽日棄去其自愛
重又有士大夫所愧者則其得銘亦不獨以與之有

雅素而已銘曰
亂能全其鄉功名非其願也富能燕其族公侯非其羨也一辱於銓吏而擯耳疾走終身弗見則吾儕區區釋耕而干祿者非可賤也夫

費夫人墓誌銘

故建平守蜀費公樞有女子子曰法謙字海山年十有七歸於今右宣教郎晉張君珖三十有八年年五十五而沒沒百二十三日而葬葬再歲而銘銘之歲實乾道八年而作銘者君之友吳陸某也君少爲進士有場屋聲旣壯屢屈於禮部乃以從父任入官又蹭蹬幾二十年故時同爲進士者今丞相葉公自大司馬使西鄙奏君爲其屬君顧太夫人春秋高將辭不行夫人曰行矣妾在側君奚憂於是盡斥奩中之藏具滫髓滑甘以時進饋奉盥授帨比平日加謹雖有疾强自持不怠至疾平太夫人或終不知君得夙夜王事而無內憂者夫人力也君嘗自楚歸蜀上忠

州獨珠灘觸石舟敗舟人皆失魂魄夫人獨不動徐謂君曰與君平生皆俯仰無媿何至溺死已而果全上下交慶而夫人乃澹然無甚喜色某曰夫人篤孝君姑以成其夫之賢蓋有古列女風至臨死生之變而不以動心則雖學士大夫有弗及者然求其所以能至是者亦自孝敬始而已夫人生四子男曰宗望宗康女曰海月海雲海雲先夫人四十餘日卒孫祖義銘曰嗚呼有宋孝婦費夫人之墓

曾文清公墓誌銘

公諱幾字吉父其先贛人徙河南之河南縣曾祖識泰州軍事推官妣祖氏寧晉縣君李氏祖平衢州軍事判官贈朝散大夫妣慈利縣君劉氏考準朝請郎贈少師妣魏國太夫人孔氏公有器度舅禮部侍郎孔武仲祕閣校理平仲歎譽以爲奇童未冠從兄官郢州補試州學爲第一教授孫勰亦贛人異時讀諸生程試意不滿輒曰吾江西人屬文不爾諸生初未

諭及是持公所試文矜語諸生曰吾江西人之文也乃皆大服已而入太學屢中高等聲籍甚會兄弼提舉京西南路學事按部溺死無後特恩補公將仕郎公以太夫人命不敢辭試吏部銓中優等賜上舍出身擢國子正兼欽慈皇后宅教授遷辟雍博士兼編修道史檢閱官時禁元祐學術甚厲而以剽剝頡頏熟爛爲文博士弟子更相授受無敢異一少自激昂輒擯弗取曰是元祐體也公獨憤歎思一洗之一日得經義絕倫者而他場已用元祐體見黜公爭之不可明日會堂上出其文誦之一坐聳聽稱善爭者亦奪氣及啓封則內舍生陳元有也元有遂釋褐文體爲少變學者相賀改宣義郎入祕書爲校書郎道士林靈素以方得幸尊寵用事作符書號神霄籙自公卿以下羣造其廬拜受獨故相李綱故給事中傅崧卿及公俱移疾不行出爲應天少尹尹故相徐處仁敬待公公嘗决疑獄徐公謝曰始徒謂君儒者乃精

吏道如是邪一日有中貴人傳中旨取庫金而不齎文書徐公用府寮議將姑許之公力爭至謁告不出徐公雖不果用而尤以此服公丁內艱服除主管南外宗室財用靖康初提舉淮南東路茶鹽公事女真入寇都城受圍太府鹽鈔無自得商賈不行公乃便宜爲太府鈔給之比賊退得緡錢六十萬喪亂之餘國用賴是以濟而公不自以爲功也改提舉荊湖北路茶鹽公事羣盜大起湖北諸郡皆破獨辰沅靖三州僅存有封椿鹽公以與蠻獠貨易得錢數鉅萬間道上行在所賊孔彥舟據鼎州川陝宣撫使司幕官有傳雱者輒假彥舟湖北副總管彥舟因自稱官軍而殺掠四出自若也俄以總管檄檄公求鹽給軍食官屬震恐請與以紓禍公卒拒不予其後有爲鼎澧鎮撫使者怙權暴橫復欲得鹽公曰使吾畏死則輸彥舟矣亦卒不予以疾乞閑主管臨安府洞霄宮起爲福建路轉運判官未赴改廣南西路廣南支郡賦

入悉隸轉運司歲度所用給之吏緣爲姦公獨親其事吏不得與文書下諸郡慴服徙江南西路提點刑獄公事改兩浙西路故太師秦檜用事與虜和士大夫議其不可者輒斥公兄爲禮部侍郎爭尤力首斥而公亦罷時秦氏專國柄未久猶憚天下議復除公廣南西路轉運副使以慰士心徙荆湖南路賊駱科起郴州宜章縣郴道桂陽皆警且度嶺詔湖北宣撫司遣將逐捕賊引歸宜章之臨武峒宣撫司遂以平賊聞公獨奏其實朝廷始命他將討平之主管台州崇道觀起提舉湖北茶鹽未赴改廣西轉運判官公雖益左遷然於進退從容自若人莫能窺其涯復主管崇道觀寓上饒七年讀書賦詩蓋將終焉紹興二十五年檜卒太上皇帝當宁慨然盡斥其子孫姻黨而取用耆舊與一時名士十一月起公提點兩浙東路刑獄公老矣而精明不少衰去大猾吏張鎬一路稱快明年知台州公娶錢氏有郡酒官者夫人族子

也大爲奸利且恣橫患苦里閭公亟捕繫獄奏廢爲民黃巖令用兩吏爲囊橐以受賕吏持之令不勝怒械吏置獄一夕皆死公發其罪或以書抵公曰令左丞相客也公治益急亦坐廢踰年召赴行在所力以疾辭除直祕閣歸故官數月復召既對太上皇帝勞問甚渥曰聞卿名久矣公因論士氣不振既久陛下興起之於一朝矯枉者必過直雖有折檻斷鞅牽裾還笏若賣直沽名者願皆優容奬激之時太上懲秦氏專政之後開言路奬孤直應詔論事者衆公懼或有以激訐獲戾者故先事反覆極論以開廣上意太上大悅除祕書少監先是少監選輕士至不樂入館公既以老臣自外超用名震京都及入朝鬢須皓然衣冠甚偉雖都人老吏皆感歎以爲太平之象於是公去館中三十有八年矣舉故事與同舍賦詩飲酒縱談前輩言行臺閣典章從容每竟日故相湯思退嘗語客曰恨進用偶在前不得當斯時從曾公遊也

其爲薦紳歆慕如此擢尚書禮部侍郎初公兄楙歷禮部侍郎至尚書兄開亦爲禮部侍郎至是公復繼之衣冠尤以爲盛事二十七年吳越大水地震公極論消復災變之道及言賑濟之令當以時下太上皆嘉納時將郊祀公力請對言臣老筋力弗支矣陛下郊天若禮官失儀亦足辱國太上曰卿氣貌不類老人姑爲朕留公再拜謝曰臣無補萬分一惟進退有禮尚不負陛下拔擢不然且爲清議罪人乃以集英殿修撰提舉洪州玉隆觀又三歲除敷文閣待制元顏亮盜塞下詔進討已而虜大入或欲通使以緩其來公方病卧聞之奮起上疏曰遣使請和增幣獻城終無小益而有大害爲朝廷計當嘗膽枕戈專務節儉整軍經武之外一切置之如是雖北取中原可也且前日陛下降詔諸將傳檄數金人君臣如罵奴耳何詞復和邪今上初受內禪公又上疏累數千言大槩如前疏而加詳既封奏具衣冠遡闕再拜乃發公

自宣義郎十一遷爲左中大夫至是以郎位恩遷左太中大夫執政欲起公入侍經筵度不可致乃以公子逮爲提點浙西刑獄以便養隆興二年公上章謝事遷左通議大夫致仕莊文太子立羣臣爲父後者得加封其親公子逢請於朝而有司疑公官高詔特遷左通奉大夫乾道二年五月戊辰卒於平江府逮之官舍享年八十三爵至河南縣開國伯食邑至七伯戶公平生燕居莊敬如齋至沒不少變九月辛酉逢等葬公於紹興府山陰縣鳳凰山之原詔贈左光祿大夫有司謚曰文清娶故翰林學士錢勰之孫朝請郎東美之女封魯國太夫人男三人逢朝散大夫尚書左司郎中逮朝奉大夫充集英殿修撰知湖州迅通直郎主管台州崇道觀女一人嫁右朝散郎知吉州呂大器孫男七人槩迪功郎監戶部贍軍烏盆酒庫㮚承務郎新知平江府長洲縣梁從政郎監戶部贍軍諸暨酒庫檠迪功郎監建康府提領所激賞

酒庫槊宣教郎棐修職郎監明州支鹽倉棠迪功郎新湖州長興縣尉孫女九人長適從事郎衢州江山縣丞李孟傳次適通直郎新通判楊州軍州事朱輅次適宣義郎新浙東提舉常平司幹辦公事詹徽之次適從政郎新婺州金華縣丞邢世材次適宣教郎幹辦行在諸軍審計司葉子強次適修職郎呂祖儉次適文林郎湖州長興縣丞丁松年次適迪功郎前明州慈谿縣主簿王中行次適迪功郎監衢州比較務張震曾孫男女十三人公貫通六經尤長於易論語夙興正衣冠讀論語一篇迨老不廢孝悌忠信剛毅質直篤於爲義勇於疾惡是是非非終身不假人以色詞少師捐館舍公才十餘歲已能執喪如禮終喪不肉食及遭內艱則既祥猶蔬食凡十有四年至得疾顛眴乃已每生日拜家廟未嘗不流涕也平生取與一斷以義三仕嶺外家無南物或求沉水香者雖權貴人不與守台州以屬縣並海產蛸菜比去官

終不食初佐應天時元祐諫臣劉安世士恙鄒禁方厲仕者不敢闖其門公獨日從之遊論經義及天下事皆不期而合避亂寓南嶽從故給事中胡安國推明子思孟子不傳之絕學後數年時相倡程氏學凡名其學者不歷歲取通顯後學至或矯託干進公源委實自程氏顧深閉遠引務自晦匿及時相去位爲程氏學者益少而公獨以誠敬倡導學者吳越之間翕然師尊然後士皆以公篤學力行不譁世取寵爲法公治經學道之餘發於文章雅正純粹而詩尤工以杜甫黃庭堅爲宗推而上之繇黃初建安以極於離騷雅頌虞夏之際初與端明殿學士徐俯中書舍人韓駒呂本中游諸公繼沒公歸然獨存道學既爲儒者宗而詩益高遂擅天下有文集三十卷易釋象五卷他論著未詮次者尚數十卷某從公十餘年公稱其文辭有古作者餘風及疾革之日猶作書遺某若永訣者投筆而逝故公之子以銘屬某會某客巴

蜀久乃歸銘之歲實淳熙五年去公之歿十二年矣

銘曰

聖人既沒道裂千歲士誦遺經用鮮弗戾孰如文清得於絶傳耄期躬行知我者天秉禮蹈義篤敬以終病不惰媮大學之功仕豈不逢施則未究刻銘於丘維以詔後

渭南文集卷第三十二

渭南文集目錄

卷第三十三

珍倣宋版印

渭南文集卷第三十三

青陽夫人墓誌銘

有宋蜀人天池先生譚公諱篆字拂雲之夫人青陽氏井研人大父知歸州事泰實生五丈夫子以幼子古繼其弟春是爲夫人之考夫人歸譚氏不及事舅獨事君姑太安人太安人則歸州之女子子於夫人爲姑夫人夙夜婦道不以親故少懈天池與其考隆山先生諱望字勉翁皆以文章名一代取友皆天下士亦繼以進士起家然得年皆不盈五十志遠年局未嘗問家人產業方天池歿時一子曰季壬甫生十年煢然獨立而天池亦無兄弟譚氏不絕如綫太安人傳家事已久夫人幼讀書了大義於是行其所知自處儉薄而不以貧憂其姑躬履艱難而不以事累其子外父母家而一意立譚氏門戶太安人饍服非其手調芼縫紉不以進親客至夫人視庖廚刀匕惟

謹及卽席則立侍姑側終日不休酒殽潔豐果蔬芳甘奉盥授帨肅祗無譁客歸皆太息祝其女婦願庶幾夫人萬一而夫人歉然常愧力不足也斥賣簪襦遣季壬就學夜課以書必漏下三十刻乃止間則爲道隆山天池言行以磨礪之及季壬稍長與人交則誨之曰某可師某可友某當絕勿與通故季壬名其堂曰願學室曰勝己私皆夫人所以訓也夫人享家廟如養姑之孝字孤嫠如愛子之恩蓋其節行法度士君子莫能加焉季壬舉進士拔解太安人尚無恙夫人不自喜而爲太安人喜及擢第拜廟夫人猶涕泣曰先姑不及見矣觀者皆感動惻愴後以德壽宮慶壽恩得封亦以是不敢樂也初季壬解褐爲崇慶府府學教授凡四年徙成都府吏部以僑寓格不下執政爲奏復還崇慶以便養命至而夫人棄其孤矣初命教成都今樞密使周公貳大政知予與季壬友以書來告曰石室得人矣季壬有學行爲諸公大人

所知蓋如此以故士皆慕與之交而夫人墓道之碣乃萬里來屬予於山陰鏡湖上義不可辭夫人諱字及年與其他在法當書者皆已見內誌懼於再告故獨述其大節而已自周以降禮教日衰爲女子者不聞姆師之訓圖史之戒閭巷尼媼交煽其間非天資淑柔則悖驁嚚昏貪黷悍驕不復知供養祭祀爲婦職者固其所也夫人奮乎千載之下獨不移於俗矯矯自立如此於虖賢哉予與季壬實兄弟如也故述孝子之意以作銘其辭曰

淳熙十祀冬十月丙申孤季壬奉先夫人之柩祔於天池先生之藏平生相倚爲命兮未嘗輕去吾親之傍日將夕而未返則倚門其皇皇今也山空無人凜乎欲霜鳥獸紛其號鳴木葉霣兮草黃吾親不見其孤兮悲生死之茫茫兒不能奉養於泉塗兮肝心裂而涕滂茹哀忍死兮庶其顯揚維友予銘兮後百世而彌芳

陸孺人墓誌銘

孺人山陰陸氏曾大父某國子博士贈太尉大父某承奉郎考某迪功郎明州司法參軍母同郡齊氏孺人年若干嫁爲承議郎知梧州高郵桑公莊之妻端靖淑柔讀書略知大義自其在父母家已得孝名見治絲枲輒趨與共事法曹與齊夫人皆異之建炎間法曹避兵天台而承議適攝縣主簿事故時兩家已繼爲婚姻情好甚篤因以孺人歸焉承議既罷主簿以亂故不克北歸因寓近縣山中凡四十年間雖出仕歲滿輒歸居山之日多於在官衣食嘗不足孺人處之超然自幼奉佛法戒擊鮮終身不犯嘗舟行泝汴遇老桑門丐錢孺人亟施之且問曰師何許人老如此尚行乞邪對曰居天台兄弟十八人我獨好遠遊故抵此汝與我有宿契他日當爲鄰及是寓居適近石橋一日登應真閣修茶供至第三尊者驚歎曰此吾汴舟所見也承議嘗爲西安令有娠婦以事繫

獄念釋之未果孺人夢白衣人告曰囚且字子矣曰一以告承議呼乳醫眎之而信卽脫械予假使歸果以是夕產孺人事佛之驗至如此然奉家廟盡孝盡敬朝夕定省如事生凡祭祀烹飪滌濯皆親之至累夕不寐承議平生所與遊多知名士每客至輒信宿留孺人執刀匕自首無倦色曰此婦職也近世閨門之教略妄以學佛自名則於祭祀賓客之事皆置不顧惟私財賄以徇其好曰吾徼福於佛也於虖娶婦所以承先祖主中饋顧乃使之徼佛福而止耶安得以孺人之事告之承議有兄之子妻士人陳汝翼貧無以生孺人力贊承議挈之歸同爨十五年使其子與己子俱就學遂中名第而孺人諸子皆好修世昌從諸公問學不以貧奪其志人以爲積善之報孺人得年七十有四以淳熙十二年正月己丑卒丈夫子三人長之瑞早卒次則世昌次世茂女子子四人徐廷煥顧淵陳寬吳植其壻也明年某月甲子葬於天台

之太平鄉朴墺祔承議之墓世昌寔來請銘孺人於予爲從祖姊其敢辭銘曰

廟祭賓享維婦之職嫚鷙狠驕蠹我壼則孰如孺人者老益恭名山崇崇閟此幽宮

浙東安撫司參議陸公墓誌銘

紹興初詔修元祐故事命大臣近侍以十科舉士翰林學士承旨知制誥孫公近首舉右迪功郎陸靜之文章典麗可備著述科方詔之下也孫公一時辭宗主盟翰墨自三館諸儒與進士高第願得一言者袂相屬也公年財二十餘以門蔭入官初未爲人知而孫公獨歎譽稱薦之一日出千百人右於是中朝名勝士莫不知陸伯山慕與之交而公仲弟升之仲高亦以文章有名號二陸仲高遂登進士丙科公業春秋及賦再試禮部乃輒斥因不復踐名場而一意欲以才略致通顯然愈不偶以老豈非命邪公會稽山陰人曾大父珪國子博士贈太尉大父佖中大夫考

長民左朝請大夫尚書右司員外郎兩世皆贈金紫光祿大夫公以父任補將仕郎調信州上饒縣台州天台縣主簿皆不赴監潭州南嶽廟從措置戶部贍軍酒庫所幹辦公事又不赴從江南東路轉運司淮南西路轉運司幹辦公事知台州寧海縣部使者挾私憾中公以法鍛鍊累月無所得然猶坐微文銜替起知臨安府臨安縣主管台州崇道觀通判隆興府建康府資當守郡會得重聽疾不能奉臨遣乃爲浙東路安撫司參議官官至朝散大夫服三品淳熙十四年六月癸酉卒享年七十七娶季氏先公二十年卒贈宜人子二人子墨前台州寧海縣主簿子埜當以公納祿恩補官女子二人長適承議郎新權知台州軍州事司馬倢次適從政郎趙善价孫男三人立達立言立柔孫女五人長適鄉貢進士石正大餘尚幼子墨子埜將以九月丙午葬公於會稽縣上皐尚書塢以季宜人祔實來請銘公平生不大試於事故

可傳載者少然在寧海有嫗訴子不孝二十條公遽呼嫗問之懵不能置一辭逮問爲書者則嫗之女壻實爲之案驗辭服一邑驚以爲神佐建康會久旱力請於府爲火備已而火屢作皆以有備不爲災士民至今誦之晚既久不仕日誦左氏傳史記前漢書率盡兩卷不以寒暑疾恙少廢有疑義客至輒講之前五年忽作治命百餘言戒家人勿用浮屠法及厚葬比終無大疾疾已亟猶起坐堂上觀書如平生徐闔書危坐遂逝於虖亦奇矣銘曰

士患不材材患莫知既或之知又弗克施在昔所歎天嗇其壽耄耋不試將孰歸其咎

山陰陸氏女女墓銘

淳熙丙午秋七月予來牧新定八月丁酉得一女名閏孃又更名定孃予以其在諸兒中最稺愛憐之謂之女女而不名姿狀瓌異凝重不妄啼笑與常兒絕異明年七月生兩齒矣得疾以八月丙子卒菆於城

東北澄谿院九月壬寅卽葬北岡上其始卒也予痛甚灑淚棺衾間曰以是送吾女聞者皆慟哭女女所生母楊氏蜀郡華陽人銘曰

荒山窮谷霜露方墜被荊榛兮於虖吾女孤冢巋然四無鄰兮生未出房奧死棄於此吾其不仁兮

傅正議墓誌銘

公諱某字凝遠其先爲北地清河著姓後徙光州爲固始人唐廣明之亂光人相保聚南徙閩中今多爲大家而傅氏之祖曰府君實與其夫人林氏始居泉州晉江縣生五子長子卒謀葬有異人告以葬聖姑山之右而徙其居仙遊羅山之麓林夫人有高識悉用其言宋與仙遊隸興化軍而傅氏鉅公顯人始繼出矣若夫德修於家教行於鄉而身不及用者亦在其子孫如公是也公之大父程父嵩以累舉進士推恩閉門教子不肯仕累贈奉直大夫公奉直第二子幼有美質讀書日數千言學爲文輒驚其長老崇寧

中甫年十八入太學聲名籍甚試中高等然猶幾二
十年乃以上舍登第調滄州無棣縣主簿會女真陷
全燕椉虛南下兩河皆震吏士相顧無人色或委官
去郡檄公餉軍公南方書生平生不習金鼓初咸意
公難之而公得檄即行不暇秣馬冒兵往來軍賴以
無乏虜出塞會公亦遭奉直憂始南歸終喪得南劍
州順昌縣尉時所在盜起縣民亦相挻爲亂公素得
士心徐設方略窮其窟穴未幾悉平部使者欲言之
朝公辭而出弓手有謀叛者語其徒曰奈累傅公何
比公罷去盜遂作殺掠暴甚邑人以不留公爲悔調
泉州安溪縣丞改宣教郎猶安其官不求徙有自吏
部擬注來代者始徙南安縣丞其恬於仕進如此南
安大饑民棄子者相屬公請於州出常平錢米設安
養院於延福僧舍乳湩糜粥湯液皆不失其宜明年
歲豐悉訪其所親歸之曩時縣之貧民鬻業者輒減
其戶產以求速售或業盡而賦獨存官責之急至死

徙相踵公既得其弊一切以肥磽定賦民之寃失職者皆得直治最一路還知晉江縣會詔造戰艦他郡縣吏多並緣煩擾事亦不時集公獨不以諉吏躬督其役勞費視他邑省殆半而事獨先期辦安撫使張公於是行能已爲時所知秩滿造行在所顧不數見忠獻公聞於朝特減磨勘年遂爲茶事司幹辦公事公鄉赴銓得通判南劍州而歸將之官以紹興二十一年六月十一日感疾不起享年六十有八積寄祿官至左朝奉大夫累贈正議大夫公士恙時自發書卜葬於白石之南雖月日莫不有治命至歿悉遵用焉娶林氏正議大夫豫之女封宜人今累封太淑人六子淡奉議郎知漳州漳浦縣汶朝散郎江南西路提舉常平茶鹽公事淇朝散大夫直龍圖閣兩浙西路提點刑獄公事洵凌洧舉進士奉議莅官有家法不幸與洵凌皆早世常平以材望擢使一道而龍圖嘗位列卿實中朝宿德皆且柄用矣士大夫以爲公

積行累功之報四女長適進士林維次適龍溪縣尉陳希錫次適進士林若思次適進士林若公初龍圖使浙東實治會稽而某爲郡人始從龍圖遊獲觀公文章豪邁絶人而其詩尤工龍圖又爲某言公當官至廉爲縣時有小吏持官燭入中閾公顧見立遣出仕官三十年先疇無一壟之增老猶力學不厭行其所知未嘗以窮達累心飢者輟食濟之病者治藥療之所居之傍有路達泉州而林谷阻險者四十餘里行旅告病公率親黨塹山伐石易爲夷途人至今誦焉疾革猶戒諸子曰吾平生無愧頫仰歿後汝曹居官主清治家主嚴奉先主敬收族主恩造次顛沛必主忠信能用吾言雖貧賤猶爲有德君子不然獵取光顯奚爲哉語終遂瞑方龍圖言此時固已屬某以發揚潛德會徙節浙西後逾年乃以狀來請銘銘曰築野肖夢相武丁死不泯亡騎列星後世繼起三千巘峨冠相望立漢廷公入太學奮由經蹭蹬晚乃驀

箳篁抱才不試歸泉扃一二妙山立尚典刑公雖埋玉有餘馨印綬三品告諸冥馬鬣之封柏青青咨爾雲來視斯銘

渭南文集卷第三十三

渭南文集目錄

卷第三十四

渭南文集卷第三十四

尚書王公墓誌銘

寶謨閣直學士正議大夫致仕贈銀青光祿大夫王公既葬之二年孫宿來請於公之里人陸某願次公出處請謚於有司某辭不獲既以狀授其家宿復來泣且言曰古之葬以碑封因識於碑則碑固在墓外後世隧葬識於隧中非古也吳會稽之葬弗隧則雖已葬刻石墓旁實爲近古惟丈人予之銘某辭以既嘗狀公之行願更求名卿巨人以信後世宿復泣言近世固有既爲狀而復爲之碑者丈人何獨謂謙某用是不果固辭惟公諱佐字宣子會稽山陰人曾大父諱仁大父諱忠世有隱德考諱俊彥以進士起家經行尊顯爲時醇儒仕至左宣義郎太平州州學教授贈至特進兩娶同郡葉氏追贈同安永寧郡夫人同安實生公幼而穎異不羣七歲特進爲講孟子卽

能復講不遺一言退無矜色特進歎曰吾家積善百
年當有興者是子其當之乎十八補太學生二十有
一以南省高選奉廷對爲第一方唱名時趨拜進止
詳華中度高宗皇帝嘉動玉色授承事郎簽書平江
軍節度判官廳公事未赴召爲祕書省挍書郎時秦
丞相檜專政其子熺以前執政提舉祕書省館中或
趨附以爲捷徑公獨簡默嚴重未嘗妄交一語嘗語
同舍曰唐三館故事丞相與赤縣尉均爲學士安得
妄自屈哉熺聞不能平嗾言者論去之逾年請祠祿
爲主管台州崇道觀丁特進憂服除會秦丞相死熺
亦斥逐起家拜祕書郎兼玉牒所檢討官遷尚書吏
部員外郎右司郎闕以公兼領秦丞相夫人王氏陳
乞舊所得恩數之未用者自稱沖真先生公持白執
政曰婦人安得此名向者誤恩有司不能執爲失職
今當追正然王氏封兩國夫人蓋祖宗以寵親王之
配及外家尊屬者何可輒引以階僭紊當併奪之執

政不能聽但寢其請而已後王氏死卒奪先生號識
者猶恨不盡用公初議同安夫人墓在山陰爲盜所
發公卽日不待命奔赴至墓一日獲盜公與母弟左
司公公哀欲手殺之親戚爲言此在法固當死不患
讎恥不雪乃告於有司公旣斂葬猶不忍去墓所朝
旨趣還不得已造朝逾月獄成盜不死左司公憤切
手戮盜挈其首詣郡自繫待罪公迺乞盡納官以贖
弟罪詔給舍議給事中楊公椿等共議曰春秋之義
義復讎公哀無罪佐納官之請可勿許詔曰給舍議
是於是趣公就職如初紹興二十九年二月拜起居
郎遇事直前獻納多所裨益未兩月以臺評罷然言
者詆公甚峻至請投竄而上終保全之命守外郡遂
知永州公自初仕卽在館閣未嘗一日歷州縣到郡
每決事吏皆抱牘立數步外不呼不敢輒進公親與
民語有寃者得盡其言誕謾者一再詰皆詞窮折服
自謂當受罰公迺延見諸生勞問耆年凡可美民俗

勵士節者舉之無遺又言永之士衆於道州而解名
財及道四之一願詔有司稍均之庶無失士徙知吉
州廬陵號江西劇郡人疑公且困於事不得復閑暇
公至爲政如零陵時不知有閑劇之異而事亦頓省
治聲聞於行在詔直寶文閣逾年徙知明州仍命入
奏而張丞相浚力薦公及王侍郎十朋張舍人孝祥
以爲可大用既對壽皇聖帝諭以且有親擢既退除
中書門下省檢正諸房公事兼權戶部侍郎公力辭
且言臣昨面奏乃者戶部以江東歲歉有江西和糴
之令臣在江西實見一路決不能獨出百五十萬石
而闕子茶藥乳香之屬既不能售必至抑配其爲民
病且甚於江東之饑今臣若不自揆貪榮冒受而實
未有以爲策他日固不敢逃譴然民力國計將何以
支願復補外或止供檢正職事詔不允仍兼侍講湯
丞相思退以首相領江淮都督請公參其軍謀公爲
湯公言虜方議和而以兵入吾境此非其酋本指蓋

用事者幸一勝以遂所求當選驍將精卒棄其驕惰
急擊之彼以敗聞則用事者且得罪吾可從容制之
矣會湯公去位公亦罷參謀方是時疆埸未靖調兵
遣戍用度日窘且諸路歲頗不登公從容應變室漏
察欺事無不集而民間泰然如無事時會永寧夫人
臥疾懇求奉祠改權吏部侍郎請不已乃復以直寶
文閣知宣州徙知建康府行宮留守建康自車駕行
幸建爲別都居守多執政及侍從久次者惟公以威
望被親擢中外皆知上任屬之意妖人朱端明崔先
生挾左道與軍中不逞輩謀不軌且久及公至相與
謀曰是不可欺少緩必敗不如先事發乃共約以春
大閱日起事雖極詭祕而公已盡得其陰謀一日坐
帳中決事命捕爲首者至前略詰數語即責短狀判
斬之而流其徒數人於嶺外餘置不問僚屬方候見
於客次無一人知者見公擲筆乃異之而妖人已誅
矣公方閱案牘治他事如平時良久延見賓僚乃退

無一毫異於常日又徙知平江隆興二府未赴會知
上元縣李允升坐賄前事未作已丐尋醫去而讒者
謂公縱有罪坐削官居建昌軍讒者去上察守臣連
坐未有公比且數思其才復官主管台州崇道觀俄
起知饒州又復直寶文閣知楊州入對勞問甚渥留
爲宗正少卿兼權戶部侍郎上祀南郊命公玉輅執
綏凡所顧問占對贍敏上甚悅有褒嘉語於是疾公
者益衆史侍郎正志爲發運使坐奏課不實謫有欲
爲史分謗者乃併罷公而發運司事公始末未嘗與
且嘗論其徒擾無補至是乃併得罪逾年主管台州
崇道觀起爲福建路轉運判官徙知潭州連進祕閣
修撰集英殿修撰淳熙六年正月郴州宜章縣民陳
峒竊發俄破道州之江華桂陽軍之藍山臨武連州
之陽山縣旬日有衆數千郴道連永桂陽軍皆警公
奏乞荆鄂精兵三千未報公度不可待而見將校無
可用者流人馮湛適在州公召與語曰君能有功不

特雪前辠且遂爲朝廷用北鄉恢復自此始矣湛請行公曰請行易耳今當不俟奏報以兵相付旣受此命卽以羣盜授首爲期一有弗任軍法非某敢貸也遂檄湛帶元管權湖南路兵馬鈐轄統制軍馬卽日令湛自選潭州廂禁軍及忠義寨凡八百人卽教場誓師遣行仍命凡兵之分屯諸州縣者皆聽湛調發違慢皆立誅又出軍令牌付湛軍士所過秋毫擾民及臨敵不用命或旣勝而攘賊金帛使得竄逸者皆必行軍法上奏以擅遣湛待罪且請亟發荊鄂軍又私念湛有善戰名賊必遯入廣南思得勁兵遏其衝而廣南非所部未有以爲計會受命節制討賊軍馬而前一日又奉詔會合諸路兵乃合二命爲一稱節制會合諸路兵馬檄廣南摧鋒軍兵官黃進張喜分屯要害賊知湛至而廣南守備已嚴乃驅載所掠輜重由間道歸宜章轉運司聞之卽移諸州以爲賊已窮蹙自守巢穴毋以備禦妨農公得報曰是不獨害

捕寇且必惑朝廷乃檄轉運司及諸州以為賊未嘗敗何謂窮蹙其巢穴旁接三路十郡林箐深阻出入莫測何謂自守復奏言遣馮湛之後事方有緒若遽弛備賊必更猖獗愚民且有附和而起者非細事也因堅乞前所請荊鄂軍從之已而果聞賊方作箭鏃甚盛遣入溪峒買毒藥之可為藥箭者公赫然以蕩滅為期且奏向者連州受賊首李晞降賞犒備足未幾復亡去為賊今陳峒之次首領是也以此知不一意討捕容其不死湖廣之憂未艾俟誅賊首而貸脅從未為晚也樞密院猶謂當先招降上獨是公策命公躬至軍前節制公即日戒行師徒不譁耕隴市肆之人莫有知者既至宜章命湛以四月二十三日移屯何卑山湛請進兵日不當惟給以合符曰符至即行耳二十九日夜半始發兵符命湛及鄂州軍統領夏俊五月朔日詰旦分五路進兵賊初詐降實欲繕治寨柵阻險以抗官軍公得其情督兵甚峻及馳入

隘口賊果立寨柵未及成聞官軍至狼狽出戰旣敗又退失所憑乃皆潰走是日奪空岡寨駐兵十二渡賊之起也假唐源淫祠以誑其下日殺所虜一人祭神至是斬像焚其祠湛遂誅陳峒函首來獻已而李晞以下誅獲無遺宥其脅從發倉粟振貸安輯之案功行賞悉如初令且上其事於朝振旅而還詔以公忠勞備著起拜顯謨閣待制湛亦由此復進用俄徙公知楊州平江遂知臨安府公力辭曰人各有能有不能天府臣所不能爲也方祖宗時用人莫重於三司開封高選賢傑號將相之儲豪右憚其威望莫不斂避故得人爲多巡幸以來用人益輕惟能媚奉權貴則爲稱職沿襲非一日矣若使方拙自守者爲之猶推舟於陸決不可行縱臣欲降心下氣周旋其間賦性旣定如燥溼之不可移終有不能自抑者徒速顚隮而已奏三上不得請遂就職入對上褒勉甚寵特賜金帶進工部侍郎兼知臨安府進權工部尚書

而尹京猶如故兼侍講久之進侍讀遂權戶部尚書
知淳熙十一年貢舉公尹京逾三年又兼版曹故時
以冗劇日夜不得休公處之超然閑暇事皆立辦貴
臣權家斂手不敢干以私民間利病無巨細罷行之
或可施於四方者則疏其事以聞多見施行歲饑畿
內小民或以農器蠶具抵粟於大家苟紓目前明年
皆有失業之憂公乃出令斷自東作之日先以還之
侯蠶麥訖事而歸其子本大家不遵令小民負約不
以時償皆坐罪令下農家相慶識者以爲與呂文靖
公建請不稅農器事相埒他日且爲名相上亦自器
異之嘗因夜直召對出御書三都賦序以賜蓋倚以
拓定中原之事會長子病卒公力乞奉祠上察其不
可留命以寶文閣直學士出守公復力申前請得提
舉江州太平興國宮以歸執永寧夫人喪服除提舉
隆興府玉隆萬壽觀鳳翔府上清太平宮紹熙元年
八月自製壙記又爲治命凡沐浴斂葬之節莫不備

具時公方康强無疾人或怪之二年二月十一日晨起猶讀書理家事如平時俄纍感風眩遂卒享年六十有六寄祿官自承事郎積遷至正奉大夫封自山陰縣開國男至開國伯食邑自三百戶至九百戶致仕進正議大夫遺表上贈銀青光祿大夫以卒之歲十一月四日葬于山陰縣天樂鄉竺里峯之原公娶同郡高氏早卒繼室括蒼季氏亦先公若干年卒皆追封碩人子男二人履常承奉郎監淮西總領所建康府西酒庫克常承奉郎知台州天台縣丞皆前卒女四人長適温州平陽縣主簿梁叔括叔括卒再適提舉湖北路常平茶鹽張孝曾次適通判建康府曾槩今存者惟適曾氏女而槩卒矣孫男二人宿承務郎某某官孫女二人尚幼公以英傑邁往之資自學校科舉時已卓然出千萬人上仕雖至侍從所施設曾未究一二閑居九年憂患或出意表而公所養愈剛大不爲事變之所折困人莫窺其涯一日嘗語某

曰里中或謂僕以誅殺衆故多難不知僕爲人除害也湖湘鄉者盜相踵今遂掃迹者二十年綿地數州深山窮谷之氓得以滋息而僕以一身當毆譴萬萬無悔於虖公可謂知命者銘曰

維宋中興三聖相承公聽竝觀以出賢能公奮於幽有德有勳知我者天用我者君蹈義秉節迄至耆艾山立在庭以道進退大夏方建拱把毓材豈茲棟梁萬牛莫回生或忌之亦歎其死我銘弗誣用詔太史

楊夫人墓誌銘

郢爲東方大邦宋興以來多名公卿雖擯不仕及仕而不顯者如穆參軍脩士兵部建中學易劉先生跂皆旣死而言立化行於家至今學者尊焉建炎南渡人物寖衰矣而山堂鞏先生諱庭芝經爲人師行爲世範德義之化自家人始凜然克配前數公先生之仲子處士諱灋之夫人曰武義楊氏年二十有一而嫁二十有三而字二十有六而寡寡四十有三年年

六十有八而卒卒一年而葬望處士之墓實紹熙五年十一月丙申也夫人自爲鞏氏婦事山堂及君姑錢夫人一步趨一話言悉皆鞏氏家法耳目濡染又皆天下長者事故行成德進山堂以爲稱吾家婦宗黨姻戚隣里皆取法焉處士先山堂不祿當是時夫人尚盛年也遂誓不再行二子伯始學步踉蹡不踰閾仲尚襁褓及能言夫人皆親授以孝經論語毛詩國風爲之講聲形正章句具有師法二子未從外塾而於幼學之事各已通貫精習卓然爲奇童矣其後子益長夫人身任家事不以荒其子之業故皆舉進士中其科然夫人不喜子之得祿所以教而進之者父師莫加焉於虖非是母固不能成其子非鞏氏家法亦不能成是婦也予少時猶及見趙魏秦晉齊魯士大夫之渡江者家法多可觀雖流離九死中長幼遜悌內外嚴正肅如也距今未五十年散處四方寖不能如故時久而不變如鞏氏者蓋鮮矣夫人曾大

父瓊大父彬父伸鄉皆不仕子曰豐從事郎江南東路提點刑獄司幹辦公事嶸奉議郎知徽州歙縣事孫復亨慈孫陽孫耦孫孫女七皆處豐來請銘銘曰

鞏氏之先化行閨門我觀夫人典則具存夫人之賢實應圖史有如不信視其二子東有茂櫝處士所藏雖不克祔鬱乎相望

陸郎中墓誌銘

公諱沅字子元會稽山陰人曾大父珪國子博士贈太尉大父佃中大夫尚書左丞贈太師楚國公考寘右中散大夫贈少師公於某爲從父兄某蓋少公十五歲方爲童子時公已學成行著以兩浙轉運司進士試禮部不中試博學宏詞又不中乃以世賞試禮部再爲第一人所與交多一時知名士每見某必諄諄道其所與共學日夜磨礱浸灌以希古人者曰時然進之時然莊氏名華早死不顯而進之則故相湯岐公也及岐公以文章事業相高皇帝公猶沉浮州

縣久之乃得監行在都進奏院監尚書六部門歧公每見必留公道往昔相從講習時事抵掌笑語公輒俛首踧踖自引去歧公亦歎息以爲不可親疏後輩躐進至大官者相望公顧處百僚底自若也歧公免相門下士多牽聯以辠斥未去者亦不自安公獨澹然如平時人亦莫指議者初少師自山陰徙四明已數十年婚姻皆在焉蓋四明人也會史魏公入爲參知政事爲右丞相與公實姻家少相從魏公亦器待公而公未嘗數謁見朝士亦莫知其相國親且厚也監門歲滿遷太府寺丞權尚書戶部郎久次當爲真矣而公亟求歸養得提舉兩浙市舶權知舒州提舉福建市舶遭母益國夫人憂以歸初通判泉州者嘗有所請以法拒之公去而提點刑獄兼權舶司事通判者因訹提點刑獄以危法中公公平日以恭謹聞又方以舉職被賞遷一官朝論右之公雖得辠猶傅輕比於是公斆門絶交遊誦佛書以夜繼日多至萬

卷不復言再仕亦絕口不及仇家對客清談而已自
束髮至老無一日廢書尤長於詩閑澹有理致在場
屋時以賦稱老猶自喜子孫及族黨從之講貫皆有
師法公爲人夷雅曠遠與人言惟恐傷之然遇事必
力行所知無所撓屈嘗爲丹徒丞朝廷用言者遣使
籍江上沙田立稅額使指甚厲吏莫敢違亦或從而
張虛數以爲功使者至郡聞人人稱公詳練乃檄與
偕往公既極論其不可又爲詩陳民情詩流傳至朝
廷遂止不行沙人礱石刻其詩今猶可考其使福建
也有中貴人所親皇甫甲者輒諷公以珍貨別進公
正色拒之戒典客者他日謁至勿復通其不阿類如
此公仕自修職郎至朝奉大夫而廢二十三年以紹
熙五年四月六日卒享年八十有五娶盧氏封宜人
先公十二年卒享年亦八十有五六子曰梓通直郎
知寧國府宣城縣先公十二年卒曰格舉進士曰之
瑞國學免解進士曰橦曰槱曰之祥皆舉進士一女

適文林郎監淮東總領所糴場樓鈞六孫曰炳曰煥曰炎曰熺曰燮曰熨四孫女諸孤以慶元元年九月二十五日遵治命返葬於會稽澁塢望少師墓百步且來屬某爲銘銘曰

仕躓於時年登耄期孰奪孰與理莫可推銘識於幽孰知我悲

知興化軍趙公墓誌銘

慶元二年八月辛亥朝請郎新知興化軍事趙公以疾卒於第越十月庚午葬於會稽會稽五雲鄉湯家畈之原明年九月乙卯諸孤寀夫等墨其衰見予於郡西南澤中泣且言曰先君之葬將請銘於執事以大事之日迫方伏苫塊間不能自通今幸踰年未即死敢以承事郎簽書平江軍節度判官廳公事莫君子純之狀來告惟公幸許之某等即死無憾予以老疾辭請益牢維公文學治行皆應銘法而寀夫實娶予從孫女與其弟同時中進士科爲鄉里后來之秀

乃卒與銘謹按公諱彥真一名彥能以淳熙新制改
今名冑出宣祖昭武皇帝之後曾大父諱叔澹贈武
康軍節度使洋川郡公大父諱賚之武經大夫浙東
路兵馬鈐轄贈右朝請大夫考諱公懋左朝請大夫
知臨江軍贈太中大夫公少純篤從故侍御史王公
十朋學王公嘗得中書舍人張公孝祥書不欺室榜
持以遺公所以期公者甚遠公益自奮雖舉進士蓋
不止爲科舉而已然同時爲進士亦皆推之遂中其
科調撫州錄事參軍以太中公喪解官歸除喪起爲
信州弋陽縣丞終更調建寧府觀察推官薦者如格
改宣教郎知寧國府宣城縣未赴以內艱罷除喪知
平江府吳縣通判袁州知興化軍朝廷知公者寖多
謂且用矣而得郡未及赴遽至大故公之將赴撫州
錄事參軍也太中公戒之曰汝任治獄人死生所繫
也可不勉乎公再拜受教既就職束吏甚嚴視囚之
寒暑飢渴慘然不啻在己囚以故皆輸其情曰不忍

欺吾父也會部使者以事付獄有寃狀而使者方怒風指甚厲人皆謂乖其意且得譴吏尤惶恐即欲捶掠成之公叱吏去具列其寃使者爲屈因欲薦公公亦終不就也太中聞之太息曰吾有子矣及在建寧幕南劍州將樂沙縣諸寨軍食不時給羣卒空壘來訴於轉運司趙公公碩謝公師稷爲使乃檄公行公馳至沙縣與其令調財得三千緡明日召卒於庭閱籍自下給之軍吏及卒長皆不得一搖手衆乃大服比至將樂給之如沙縣亦皆大服於是議者謂公所試者小然猶能表表如此他日功名事業詎可測哉郡守鄭公伯熊知公最深有疾不以郡事屬其貳而言於使者請檄公攝守疾革獨延公至卧內屬以草乞致仕奏其知之如此高宗皇帝永思陵欑宮事與公適爲吳縣轉運司調取洞庭青石期會迫不可遽辦公即日涉湖至其地召石工泣諭之曰先皇帝櫛風沐雨惡衣菲食爲天下攘强虜除大盜輕賦薄役

汝曹數十年安居樂業亦知所自乎今官取此石欲何用而汝曹尚可顧望不竭力哉於是民趣役不待督責先期告畢使者欲上其勞於朝公力辭曰此臣子職也袁州積彫弊公佐其守窮利病根源一切罷行之郡爲一振民困於坊場官弊於護運皆久不能革公奮曰小民知目前之利不知後日之害一陷於坊場則富者貧貧者大壞非死徙不得免乃取尤者白守請於戶部蠲除之挻繫收撽一旦幾空郡人驩呼以爲昔所未有護運異時多以所遣官非其人故多蠹害公一切精擇才吏其以權貴請託來者皆力拒絕之抵公去所發漕運四十萬緡不費一錢造朝得知興化軍未及到郡而卒享年五十有四公篤學工文辭有集五卷易集解五卷他所著未成編者尚多初太中通判饒州有江州統軍官王益者坐事下吏更江州鄂州鞫治獄成而家以寃聞由是復命太中鞫之得寃狀明白益賴以不死而太中以決疑獄

進秩除郡未幾捐館舍益之家人懷太中之德無已乃厚載金帛以助葬爲請公固辭不受曰非吾先人之志也益家人泣而去蓋公之清德類此然常畏人知故予亦不得而悉書也公娶李氏馮氏皆早世贈安人今皆從葬徐氏封安人四子二女皆李出康夫迪功郎隆興府武寧縣主簿先公十一年卒寀夫從政郎隆興府南昌縣丞寯夫從政郎臨安府於潛縣尉忘夫未仕女長嫁從事郎新平江府常熟縣尉劉祖邁次未行二孫時敏時哲銘曰

以公之才何適不宜晚始專城政弗克施天嗇其報子孫是貽匪筮匪龜眎我銘詩

渭南文集卷第三十四

渭南文集目錄

卷第三十五

渭南文集卷第三十五

夫人孫氏墓誌銘

夫人孫氏會稽山陰人四世祖沔觀文殿學士戶部侍郎諡威敏有傳國史曾祖之文朝議大夫主管杭州洞霄宮累贈正奉大夫祖延直奉議郎通判盱眙軍贈朝散郎考綜宣義郎致仕母同郡梁氏夫人幼有淑質故趙建康明誠之配李氏以文辭名家欲以其學傳夫人時夫人始十餘歲謝不可曰才藻非女子事也宣義奇之乃手書古列女事數十授夫人夫人日夜誦服不廢既笄歸今文林郎寧海軍節度推官蘇君瑑逮事舅姑左右就養唯謹凡組織縫紉烹飪調絜之事非出其手舅姑弗悅舅姑歿夫人執喪哀終喪事家廟如生祭薦豐潔中度疾已革猶修秋祭不知其力之憊推官女兄實朝議大夫直顯謨閣呂公正己之夫人性堅正善持家法凡家人必責以

法度不知者以爲過嚴至夫人能事之則終身怡怡
未嘗少忤宗黨間既稱譽夫人之賢又以知呂夫人
非難事者也紹熙四年從推官官臨安以其年七月
辛巳疾終於官舍夫人平生奉浮圖氏能信踐其言
及處生死之際盥濯易衣泰然不亂世外道人有所
不逮亦賢矣享年五十有三五子瀛太學生汭洄濱
潞皆卓然自立能世其家蓋推官與夫人善訓督之
力也二女長適修職郎通州錄事參軍王易簡次尚
幼孫男二人曰暹幼未名字予世家山陰先太尉邊
夫人實與威敏夫人爲女兄弟予與宣義外兄弟也
少時交好甚篤今夫人年逾五十而歿予乃及銘其
隧則予安得不老銘曰
猗與夫人率德不惰舅姑宜之曰善事我移其事姑
以奉女公雍雍肅肅既和且恭相夫以正教子以嚴
施於先後以遜以謙一病不復奄其告終我作銘詩
用詔士窮

奉直大夫陸公墓誌銘

吳郡陸氏方唐盛時號四十九枝太尉枝最盛唐末自吳之嘉興東徙錢塘吳越王時又徙山陰魯墟宋祥符中贈太傅諱軫以進士起家仕至吏部郎中直昭文館太傅生國子博士贈太尉諱珪太尉生尚書左丞贈太師楚國公諱佃太師生中散大夫贈少師諱宰少師八子皆以文學政事自奮公諱洸字子光少師第四子紹興初以蔭補登仕郎調右迪功郎浦江縣尉歷筠州司法參軍徽州司法參軍湖北路轉運司幹辦公事知玉山縣江淮等路坑冶司主管文字通判通州知荆門軍提舉江南西路常平茶鹽公事江南西路提點刑獄公事主管建寧府武夷山冲佑觀遂致仕積官至奉直大夫賜紫金魚袋封陳留縣開國男食邑三百戶以慶元元年十月丙寅卒於私第享年七十有二初少師避建炎之亂益東徙居明州鄞縣之横溪猶返葬山陰至公兄弟遂有卽葬

鄞縣者故公以三年十二月庚午葬於縣之豐樂鄉西嶴之原諸孤請銘於公從弟某某則少公一歲兒時分梨共棗稍長同入家塾實知公比他人爲詳公天資穎異數歲能屬文舉進士連拔兩浙轉運司解又爲江東轉運司解首然卒不第公不以懟有司治經考古益不少懈爲吏窮日夜勤其官未嘗事燕遊所至上官委以事公至忘寢食寒暑以趨事赴功在玉山時剗剔蠹弊根原窟穴毫髮必盡正俸外他增給悉棄不取比代去計其數凡六十餘萬故諫官尹穡有別業在縣歲往來邑中尹爲人喜議論仕者多憚之公不爲動尹顧敬公每曰子光清足以肅吏惠足以養民諸邑求其比殆未見也自荆門回奏事殿上所陳合指皆即日施行明日孝宗皇帝對輔臣稱公之才丞相王魯公力薦之遂擢江西常平使者到官治便坐於廳事之後治事退足迹不履中閾揭所治錢穀出納之最於壁列案皆簿書終日坐臥其間

目閱手披窒鏬漏嚴期會官屬吏胥奔走承命不暇
不旬月事大治一道肅然歲旱公一先事爲備得米
百萬斛吏不能一毫爲姦五州之民訖無流殍於是
特進一官遂除提點刑獄且進用於朝會有臨江軍
民習儀卿爲其奴所殺獄成則謂儀卿弟宣卿實使
之宣卿既服復以寃告凡八移鞫皆然最後特以命
公公始得其情宣卿實無使之之迹奴亦無異辭遠
近稱神明事上刑部刑部以爲疑言諸朝移大理寺
窮治久自卿以下亦不能與公異宣卿竟不死公既
以自請得奉祠而歸矣於是益知奉法守官之難不
復有仕進意甫七十卽上書告老始終進退之際可
謂無媿矣公娶林氏吏部侍郎保之女三男子桂修
職郎監秀州蘆瀝鹽場已卒椿迪功郎臨安府臨安
縣主簿棣迪功郎徽州歙縣西尉二女子長適迪功
郎平江府司戶參軍詹騏次女適從政郎監楚州鹽
城縣鹽場耿開孫男焯焞燀煒燠皆進士孫女適文

林郎新監台州支鹽倉宋安雅餘尚幼銘曰
遭余道兮晚乃逢握使節兮撫困窮發積勸分兮忘
歲凶以經決獄兮平反之功人不我知兮道則通歸
築室兮老於東位列卿兮耆始終服三品兮五等之
封植檟鬱鬱兮起墳崇崇閱百世兮過者必恭

中丞蔣公墓誌銘

公諱繼周字世修初周公相成王封元子伯禽於魯
是爲魯公別子伯齡封於蔣其後子孫因以國爲氏
至漢有蔣詡十世孫休自樂安徙義興陽羨縣始爲
吳人裔孫伸相唐宣宗僖宗故蔣氏益大宋興有堂
爲仁宗侍臣之奇執政徽宗初芾相孝宗皆不去陽
羨而公之先獨益東徙家處州青田縣曾祖球贈通
奉大夫祖禋父伃宣教郎致仕贈中散大夫公天資
警邁七歲賦牧童詩有奇思遂精詞賦十四棄其業
習戴氏禮期年輒通貫諸老先生自謂莫及一日先
生有欲勉成之者期以間處曰吾將有以發子公先

時往候之甚謹先生喜曰子誠可教士當務學才不足恃也子於書能博觀而得要則善如其未也當勉之毋以才自足蹈吾所悔公再拜謝自是窮日之力無所不讀人罕見其面遂舉進士中其科調衢州常山縣主簿試教官中選歷太平州州學臨安府府學教授改宣教郎入爲太學正會省官添差簽書鎭東軍節度判官廳公事復入爲司農寺主簿召試館職擢秘書省正字進校書郎祕書郎兼國史院編修官實錄院檢討官遭中散公憂服除起知舒州陞辭改宗正丞初公在館中得對所論甚衆其間因論和糴省運孝宗皇帝大悅曰卿文絕類陸贄省運誠不難行又曰朕將用卿卿果有趨事赴功之意乎公逡巡退避久之上亦默然方是時士大夫銳於進取者衆得上一語自謂結主知往往遂投合以取大官公獨若不敢當上意者故至是財得補郡然上終賢之辭日上問卿往年論事朕謂似陸贄今七年矣卿尚能

記否舒州待次幾年公以三年對上曰卿家貧母老
豈得待遠次當除卿行在職事官公謝曰臣事君猶
子事父固願朝夕膝下然幹蠱於外亦子職也敢有
所擇上益察公靜退乃大悅即有是命改祕書丞兼
國史院編修官權吏部郎官公還朝逾二年杜門絕
造請諸公貴人以爲簡我將假他事出之會熒惑犯
氐公因對言氐者邸也驛傳宜備非常不淹旬都進
奏院果災上諭輔臣曰蔣某博學善論事卿知其人
否皆對以不詳知上乃自禁中索班簿閱之將作監
闕即命除公已而命下則少監也蓋有密以資淺爲
言者上終不快未幾遷將作監遂兼太子侍讀然所
以屬公者顧不在是方試太學諸生未出院除右正
言實淳熙十年九月也十一年正月同知貢舉有禮
記義絕出流輩已見黜公力主之拔置高等及啓封
則吳人衞涇也已而廷對遂爲第一十二年二月兼
侍講八月遷右諫議大夫十三年九月遷御史中丞

公任諫官中執法凡五年知無不言初上受內禪收召四方名士舉集於朝其間議論或過爲激昂貴近不便之於是妄言方秦檜當國時遴於除授一人或兼數職亦未嘗廢事又可省縣官用度於是要官多不補而收召絕稀公首論之曰往者權臣用事專進私黨廣斥異己故朝列多闕至有一人兼數職者今獨何取此朝臣俸祿有限侍從卿監郎中以至百司月計其俸稟除百緡而已假使省二十員不過月省二千緡是特一二節度使俸耳其省幾何而遺才乏事上下交病且一官治數司而收其稟裴延齡用以欺唐德宗也孰倡此議者請得其人詰之其言蓋指貴臣人服其敢言時著令贓吏必坐舉官既屢施行矣有蔣億者以贓坐辠而舉官獨置不問公劾之曰此非有所避則有所芘耳同辠異罰法且由是廢上悅命有司舉行如初詔進士黃光大上書送台州聽讀公極論其不可且曰臣旣樸愚不長於言人之有

言又不能開導以廣言路實有愧焉太史奏日中有黑子公言日象君德豈容陰慝蘗之大臣之蒙蔽外夷之侵軼後宮之私謁宦者之用事下民之困窮皆其應也願陛下仰觀天文俯察人事以消羣陰之萌會地震公復反覆論奏而加詳焉將行郊禮上春秋寖高或以陟降拜跪爲勞公言今距冬至則踰半年願陛下清心省事養性導和毋強疲勞毋過燕樂飲酒以和氣不可以無節而飲過度之酒服藥以養生不可以無疾而服伐性之藥自今以往宜若神祇在其上下祖宗臨其左右誠意所加幽明竝助將不勞而成禮矣上悉嘉納議者亦翕然以爲得耳目之體有女冠請於皇太子妃以久廢上清宮額徙置其居因爲住持祝妃本命女冠入謝禁輿適有他女冠祝中宮本命者同列庭中爭長舊例以住持者爲首事聞上取文書毀之初不知有舊額也皇太子皇恐不敢入朝羣臣不知所爲公乃抗言徙廢額置他寺觀

天下皆有之然女冠自不應入宮今當一切禁絶僧尼道士女冠勿使得入而已上悅曰卿此奏善處朕父子間矣封以付東宮明日皇太子入謝上歡甚皇太子今太上皇帝也亦遣人謝曰非公慮不及此方是時上以暇日時御佛書閤召其徒入對或自內東門賜肩輿以入故公因以爲諫自是遂無所召士論歸重都下喧傳遊奕軍統制官笞百姓娠婦至墮胎公上章彈之詔大理寺鞠治同時又有故內人陸靚姬者訴其夫特爲閤門官無故棄逐且據有其貲公請窮治其人自計下吏詞且窮乃遣人妄訹公曰旦莫且除簽書樞密矣公叱遣之論愈力會考殿試進士此兩人者相與合力於是大理具獄以爲所笞乃軍妻公爲風聞不實卽日統制官者復還故官且賜金帶而靚姬所訴亦得不治考試畢公方再抗章詔遷禮部尚書辭不拜出知婺州未幾以母喪解紹熙元年除喪復還徙寧國府加煥章閣待制徙太平州

比四年易三郡適遇水旱公力行賑恤之政寢食不
置所條上者皆盡利害之實其大略曰臣夙夜訪求
荒政言者萬端然大指不過廣儲畜一事爾有備則
拙者亦能集事不然雖智何益中外服其論故奏多
見聽其以常平椿管通融賑民蓋得請乃行又旋已
補足且災傷五分許賑糶方高宗時已屢著之春秋
頒矣常平使者顧劾以為罪或曰是為其所親報宿
怨公盍自言於朝公曰吾初不討此人臣奉行寬大
詔令寧過無不及天下豈無公論會使者召用公卒
以口語罷歸卜居嚴州得屋僅庇風雨頽垣壞甃悠
然自適讀書日莫不輟時從其耆老而訓其子弟若
未嘗貴達者初公任言責累年排擊不避權豪至士
大夫有以誣得謗傷者輒語同舍曰夷考其人平日
恐不至此及廣詢之果不合故一時在朝寒遠孤進
之士得以自保而四方賢牧伯皆得究其設施不為
怨仇所搖及公治郡善政為一路最所遭乃如此人

爲公憤悒而公未嘗見之色辭於虖非學問之力疇克至此居嚴逾年稍起提舉江州太平興國宮俄感疾以通議大夫致仕遂卒實慶元二年十一月二十一日也享年若干娶梁氏故戶部尚書汝嘉之孫封碩人五男子綸修職郎台州司法參軍緯宣義郎知徽州休寧縣丞繹承奉郎維將仕郎紳承務郎二女子朝散郎通判溫州湯宋彥進士梁至其壻也五孫男一孫女皆幼諸孤將以某年某月某日葬公於處州某縣某原以某獲從公遊屬以銘不敢以衰耄辭銘曰

孝宗龍興大哉爲君聖意圖回羣才駿奔於時語公爾朕自知今且巨用欽哉勿違公屹如山卻立弗前曰臣實愚敢先衆賢帝初不怡久乃太息是予所求忠厚諒直乃長諫垣乃丞御史陳謨諤諤國論所倚一去不復白首外藩晚躋於巉浩然丘園維始及終進德彌劭勒銘墓隧萬世是詔

渭南文集卷第三十五

西元二〇二二年一月一日重製一版

陸放翁全集 冊五（宋陸游撰）

平裝六冊基本定價伍仟元正
（郵運匯費另加）

發行人 張敏君
發行處 中華書局
臺北市內湖區舊宗路二段一八一巷八號五樓（5FL., No. 8, Lane 181, JIOU-TZUNG Rd., Sec 2, NEI HU, TAIPEI, 11494, TAIWAN)
客服電話：886-8797-8396
公司傳真：886-8797-8909
匯款帳戶：華南商業銀行西湖分行
179100026931
印刷：維中科技有限公司
海瑞印刷品有限公司

No. N3076-5

國家圖書館出版品預行編目(CIP)資料

陸放翁全集/(宋)陸游撰. -- 重製一版. -- 臺北市 : 中華書局, 2022.01

冊 ; 公分

ISBN 978-986-5512-68-2(全套 : 平裝)

845.23 110021462